21

世纪文学之星

丛书 2021年卷

评论集

寄寓的诗性
与想象的超越

冯祉艾⊙著

作家出版社

作者简介：

冯祉艾，出生于1995年，湖南长沙人。在《收获》《文艺评论》《扬子江文学评论》《中国当代文学研究》《东吴学术》《中国文艺评论》《文艺报》《文学报》等报刊发表文学评论30余万字。评论集《寄寓的诗性与想象的超越》入选21世纪文学之星丛书。现供职于湖南省文联。

目录

总序　　　　　　　　　　　　　　　　　　袁　鹰／1
序　　　　　　　　　　　　　　　　　　黄桂元／5

辑　一

90后女作家写作的生命延展空间

　　——以庞羽、崔君小说为例　　　　　　　　3

父权书写、亲缘隐患与生活虚置　　　　　　　13

随流现实下的艰难隐痛

　　——论90后女作家的自我探照与生活抵达　18

在个体与世界之间着笔

　　——读鬼鱼小说集《仙人》　　　　　　　34

90后女作家的文化症候与人文观照

　　——以贾若萱、杜梨中篇小说为例　　　　39

1

辑 二

救赎背后的迷失
　　——蒋韵小说论　　53

复归古典下的现实提取
　　——论何立伟小说中的文学追溯和结构语态　　65

她者的吟唱
　　——谈赵玫小说中的凝望视角与置换书写　　83

内卷的魔镜
　　——论徐小斌小说中的神秘氛围与宿命哲学　　93

荒诞面目下的精神场域
　　——范小青近年小说论　　105

对岸的颤动
　　——谈苏童短篇小说中的地缘性隔膜与生命书写　　122

都市荒漠下的诗意栖居
　　——论潘向黎小说中的两性关系书写　　138

踟蹰的静寂
　　——论弋舟《庚子故事集》中的现实介入与虚构保留　　151

棱镜下的面孔
　　——谈东君小说集《面孔》　　164

权力迷境里的警世之喻
　　——读张平长篇小说《重新生活》　　175

像一枚棱镜，透视生命的况味
　　——浅谈杨晓升散文集《人生的级别》　　189

风暴眼的沉默
　　——论张惠雯小说中女性在家庭生活中的角色断裂与情感思考　　193

荒诞的慈悲
　　——论《蛋镇电影院》中的魔幻维度与群像拓展　　206

时光之下的唤醒与沉没

　　——论于怀岸小说中的生命困境 217

荒诞下的安宁

　　——浅谈王手小说集《飞翔的骡子》 229

迷惘的觉醒

　　——论《魏微十三篇》中的生命肌理与人道关怀 235

边界下的困局

　　——读陈希米新作《女人—思考》 246

多维视角下的现代城市问题

　　——南翔短篇小说集《伯爵猫》的文人观照和现代反思 256

浸润的命运

　　——读沈念新作《大湖消息》 269

生活的真相与难题

　　——读赵燕飞小说集《等待阿尔法》 274

时间的淘洗与击缶者

　　——《无愁河的浪荡汉子·八年》读札 279

以柔克刚的生活斗争

　　——谈黄咏梅小说集《小姐妹》中人物的心理困境 292

总　序

袁　鹰

　　中国现代文学发轫于本世纪初叶，同我们多灾多难的民族共命运，在内忧外患，雷电风霜，刀兵血火中写下完全不同于过去的崭新篇章。现代文学继承了具有五千年文明的民族悠长丰厚的文学遗产，顺乎20世纪的历史潮流和时代需要，以全新的生命，全新的内涵和全新的文体（无论是小说、散文、诗歌、剧本以至评论）建立起全新的文学。将近一百年来，经由几代作家挥洒心血，胼手胝足，前赴后继，披荆斩棘，以艰难的实践辛勤浇灌、耕耘、开拓、奉献，文学的万里苍穹中繁星熠熠，云蒸霞蔚，名家辈出，佳作如潮，构成前所未有的世纪辉煌，并且跻身于世界文学之林。80年代以来，以改革开放为主要标志的历史新时期，推动文学又一次春潮汹涌，骏马奔腾。一大批中青年作家以自己色彩斑斓的新作，为20世纪的中国文学画廊最后增添了浓笔重彩的画卷。当此即将告别本世纪跨入新世纪之时，回首百年，不免五味杂陈，万感交集，却也从内心涌起一阵阵欣喜和自豪。我们的文学事业在历经风雨坎坷之后，终于进入呈露无限生机、无穷希望的天地，尽管它的前途未必全是铺满鲜花的康庄大道。

　　绿茵茵的新苗破土而出，带着满身朝露的新人崭露头角，自然是我们希冀而且高兴的景象。然而，我们也看到，由于种种未曾预料而且主要并非来自作者本身的因由，还有为数不少的年轻作者不一定都有顺利地脱颖而出的机缘。其中一个重要的原因，乃是为出书艰难所阻滞。出版渠道不顺，文化市场不善，使他们失去许多机遇。尽管他们发表过引人注目的作品，有的还获了奖，显示了自己的文学才能和创作潜力，却仍然无缘出第一本书。也许这是市场经济发展和体制转换期中不可避免的暂时缺陷，却也不能不对文学事业的健康发展产生一定程度的消极影响，因而也不能不使许多关怀文学的有志之士为之扼腕叹息，焦虑不安。固然，出第一本书时间的迟早，对一位青年作家的成长不会也不应该成为关键的或决定性的一步，大器晚成的现象也屡见不鲜，但是我们为什么不在力所能及的范围内尽力及早地跨过这一步呢？

于是，遂有这套"21 世纪文学之星丛书"的设想和举措。

中华文学基金会有志于发展文学事业、为青年作者服务，已有多时。如今幸有热心人士赞助，得以圆了这个梦。瞻望 21 世纪，漫漫长途，上下求索，路还得一步一步地走。"21 世纪文学之星丛书"，也许可以看作是文学上的"希望工程"。但它与教育方面的"希望工程"有所不同，它不是扶贫济困，也并非照顾"老少边穷"地区，而是着眼于为取得优异成绩的青年文学作者搭桥铺路，有助于他们顺利前行，在未来的岁月中写出更多的好作品，我们想起本世纪 20 年代和 30 年代期间，鲁迅先生先后编印《未名丛刊》和"奴隶丛书"，扶携一些青年小说家和翻译家登上文坛；巴金先生主持的《文学丛刊》，更是不间断地连续出了一百余本，其中相当一部分是当时青年作家的处女作，而他们在其后数十年中都成为文学大军中的中坚人物；茅盾、叶圣陶等先生，都曾为青年作者的出现和成长花费心血，不遗余力。前辈们关怀培育文坛新人为促进现代文学的繁荣所作出的业绩，是永远不能抹煞的。当年得到过他们雨露恩泽的后辈作家，直到鬓发苍苍，还深深铭记着难忘的隆情厚谊。六十年后，我们今天依然以他们为光辉的楷模，努力遵循他们的脚印往前走去。

开始为丛书定名的时候，我们再三斟酌过。我们明确地认识到这项文学事业的"希望工程"是属于未来世纪的。它也许还显稚嫩，却是前程无限。但是不是称之为"文学之星"，且是"21世纪文学之星"？不免有些踌躇。近些年来，明星太多太滥，影星、歌星、舞星、球星、棋星……无一不可称星。星光闪烁，五彩缤纷，变幻莫测，目不暇接。星空中自然不乏真星，任凭风翻云卷，光芒依旧；但也有为时不久，便黯然失色，一闪即逝，或许原本就不是星，硬是被捧起来、炒出来的。在人们心目中，明星渐渐跌价，以至成为嘲讽调侃的对象。我们这项严肃认真的事业是否还要挤进繁杂的星空去占一席之地？或者，这一批青年作家，他们真能成为名副其实的星吗？

当我们陆续读完一大批由各地作协及其他方面推荐的新人作品，反复阅读、酝酿、评议、争论，最后从中慎重遴选出丛书入选作品之后，忐忑的心终于为欣喜慰藉之情所取代，油然浮起轻快愉悦之感。"他们真能成为名副其实的星吗？"能的！我们可以肯定地、并不夸张地回答：这些作者，尽管有的目前还处在走向成熟的阶段，但他们完全可以接受文学之星的称号而无愧色。他们有的来自市井，有的来自乡村，有的来自边陲山野，有的来自城市底层。他们的笔下，荡漾着多姿多彩、云谲波诡的现实浪潮，涌动着新时期芸芸众生的喜怒哀伤，也流淌着作者自己的心灵悸动、幻梦、烦恼和憧憬。他们都不曾出过书，但是他们的生活底蕴、文学才华和写作功力，可以媲美当年"奴隶丛书"的年轻小说家和《文学丛刊》的不少青年作者，更未必在当今某些已经出书成名甚至出了不止一本两本的作者以下。

是的，他们是文学之星。这一批青年作家，同当代不少杰出的青年作家一样，都可能成为 21 世纪文学的启明星，升起在世纪之初。启明星，也就是金星，黎明之前在东方天空出现时，人们称它为启明星，黄昏时候在西方天空出现时，人们称它为长庚星。两者都是好名字。世人对遥远的天体赋予美好的传说，寄托绮思遐想，但对现实中的星，却是完全可以预期洞见的。本丛书将一年一套地出下去，十年二十年三十年五十年之后，一批又一批、一代又一代作家如长江潮涌，奔流不息。其中出现赶上并且超过前人的文学巨星，不也是必然的吗？

岁月悠悠，银河灿灿。仰望星空，心绪难平！

1994 年初秋

序

黄桂元

20 世纪 90 年代初，中国启动经济转轨模式，市场潮涌，全民经商，文坛凋敝，作家逃亡，被边缘化的文学日益陷入动荡与恶化。上海文化界 1993 年发起的持续两年的"人文精神"讨论，酿成一个波及全国的"媒体事件"。讨论结束的 1995 年，冯祉艾呱呱降生。二十多年后，当她以青年批评家身份亮相文坛时，时过境迁，文学复活，却面目已非。难以置信的是，冯祉艾对此成竹在胸，如数家珍，其批评言说中所表现出的从容笃定、游刃有余。

评论集《寄寓的诗性与想象的超越》，像是打开了一个当下小说写作的百宝箱，里面品种多元，款式各异。冯祉艾的批评美学武库，储备丰富，旁涉广博，与其视角、定位、姿态、情怀浑然相融，互为印证。她深入小说现场，透过现象，切入肌理，寻找奥义。对于庞然大物般的大咖、名家，她以充分、精确的解读和研判表达敬意；对于名不见经传的民间写手，她同样坚持细读文本，提供有价值的分析。有些以学者自居的批评家，习惯于坐而论道，把作家作品当做自己展示专业身手的批评道具，云里雾里，大而无当，冯祉艾不会这样。对于作家路径和作品内质，她总能别出心裁，深入浅出，条分缕析，为一些不同代际的老中青作家摸准脉象，做出定位。

冯祉艾对于解剖作家文本的热爱几近痴迷。不同背景、代际和美学取向的作家，无论一线或非一线的，只要作品寓意独特，手法新颖，都能进入她的批评视线。她习惯于从某些作品个案入手，深潜其间，小中见大，滴水映日，捕捉亮色。

世纪老人黄永玉长篇小说《无愁河的浪荡汉子·八年》的"大巧不工"，何立伟小说地缘性的意境美学，苏童小说的文化意象与童年痛感，南翔小说中的现代城市困局，弋舟小说中的时间凝滞与虚构隐喻，朱山坡小说中异于常态的"意象图景"，东君小说人物"棱镜"面孔背后，于怀岸小说人物的生命困境，王手小说的"江湖"意味等，在她的娓娓道来中，言说自洽，靶向精准，令人信服。显然，批评家与作家作品之间，同量级的"较量"，往往可以谱写旗鼓相当的华章。她不喜欢以判官姿态出现，而愿意当伍尔夫说的那种"普通读者"，以敏锐、细腻、缜密的客观分析取胜，锋芒内敛，识见不凡。

她的批评一般很少聚焦于宏大叙事，对于某类触及重大社会征候的小说分析，却切中要害，并由此引申，举一反三。解读张平反腐长篇小说《重新生活》，她认为，"魏宏刚一步步走到今天，绝不仅是个人的道德败坏，更多的是大环境下的法则缺失与权力异化"，与张平感叹"腐败的因子已经深入到我们文化的骨髓之中了"，所见略同。冯祉艾还强调，要警惕人性中的"无知之恶"，犀利击中了大众集体无意识的某种顽症。古希腊先哲很早就发现，"无知是一切恶行的根源"，而愚昧的人往往为无知带来的恶果开脱，诸如我们常听到的，无知是无辜的啦，不知者不知罪啦，甚至有人还自诩为"无知者无畏"，为无知行为涂上褒义色彩。童稚的无知，尚有其童趣之可爱，成年后的乌合之众，

寄寓的诗性与想象的超越 |

一旦无知而不自觉，与汉娜·阿伦特指出的"平庸之恶"，同样是可怕的，隐患无穷。

作为女性批评家，顺理成章，女性文学写作自然成了冯祉艾的文学批评焦点之一。蒋韵小说的原罪感与救赎意识，赵玫小说的精神"自我剥离"，徐小斌的女巫书写，范小青小说的身份焦虑母题，魏薇的身体叙事，潘向黎的性别立场，张惠雯小说人物的自我博弈，黄咏梅对于小人物心理困境的展示，以及陈希米在《女人一思考》中对于两性起源与边界的思考与阐发，冯祉艾一一做了深度解析，可见其在女性文学批评领域的积累与底蕴之一斑。

评论集的"辑一"位置，是批评家对于90后女性文学写作的分析与梳理，可见其重视程度。这里涉及了女性凝视、死亡反思、父权衰退、代际关系等常说常新的命题。90后的独生子女们，没有那么多沉重的精神承袭，乡村经验在他们眼里已成历史传说，他们的记忆几乎与中国城市化进程同步。他们刚刚步入社会，就被裹挟进了一个令人目眩的倍速时代。科技至上，创新唯大，速度如同脱缰之马，一路狂奔，没有减速，没有刹车，没有退路，何去何从，皆为未知。这便是90后作家无法回避的写作资源。冯祉艾虽知根知底，却并不打算成为"代言"者，只是保持一种"我思即我写"的清醒姿态，客观描述出这代女作家写作轨迹的来龙去脉和命运状态。由此我意识到，不仅90后文学板块已经形成，其女性文学写作业也已有了某种气候。

在冯祉艾看来，"90后是没有经历过大的社会动荡的一代，因而，集体记忆的安稳和素质教育的普及给90后的成长轨迹带来的是工业化的加快以及诸多外来流行文化的侵入"。就文学本身而言，尽管"她们并没有形成整体化的文学风格和颠覆性的文学运动变革，但其中扎实且沉稳的文本写作也书写了一种全新且饱满的气象"。同时她也指出,"碎片化的、轻巧的对话体系并不能支撑起她们所希望表达的厚重前景",因此,"90后的女性写作者很难被归入一个限定的文学理论框架,她们的人生跨度是狭窄的,由此来谈,在现实主义立场下能够探讨的叙事范畴也是狭窄的"。我相信,90后女性文学写作,由于冯祉艾的批评阐扬,会引起文学界的关注,进而重绘新世纪中国文学版图。

法国批评家蒂博代把文学批评分为"自发的批评"和"职业的批评",他认为比起"职业的批评",前者"需要的不是学者日积月累的卡片,而是机智、敏感、生动迅速的反应。比诸学者缜密然而笨重的思考,它更倾向于有血有肉、有声有色的体味。……他必有直接的、还来不及冷下来的感受",从业于编辑职业的冯祉艾自然属于前者。文学批评具有原发性、即时性的特点,它需要对文学前沿做最及时的捕捉、追踪和表述,没有现成可借鉴的成果。批评家每天面对新出炉的各类作品做出及物分析和独立判断,面对的作家精力旺盛,四处开花。热闹之后,一地鸡毛,待批评尘埃落定,再由文学史家出面了断,盖棺论定。在此意义上,批评家的付出、贡献和价值,应该收获历史老人的敬意。

精神世界丰富的冯祉艾,自带一种仿佛与生俱来的批评家气质与才情。她感叹,"生活中几乎所有重要的事情都不是我们自己选择的结果。出生的时空、父母、母语,这些都是凭借机遇而非选择",但造物主固然神通广大,有些事情也未必都是被动的结果。我想,她与文学批评的结缘便是主动的选择,并从中收获了挑战的快乐。她的远行注定是艰难的,却值得寄予期待。

辑 一

90后女作家写作的生命延展空间

——以庞羽、崔君小说为例

摘要：随着时代的发展，文学维度不断出现了新的立场和标签，与此同时，女性写作也加深了对社会现状的介入，提出了对现实女性群体的生存处境观照。在今天的女性视角凝视下，诸多社会图景乃至于更细微处的切近情感描述都成为被深入关切的本真寻找。而无论是庞羽在《我不是尹丽川》[①]中所表达的生命的轮回，还是崔君在《羽人》[②]中所书写的丰沛的生活本质，都展现了现代女性视角下的儿女情长，事实上，今天的女性生活讨论本身仍然会归结到对待生命的弹性空间和主体意识。本文将以这两篇小说为例，试图谈论90后的女性写作者在当下的凝视与观望，表达对于情感共同体的深入追溯与秩序挣扎。

关键词：生命轮回　生命孕育　情感延展　生活弹性

自女性主义书写进入中国以来，女性写作的探寻就往往是以一种凝视的姿态对社会以及文化关系进行独属于女性本位的重建，在第二性的复杂解读中，女性的身份认同被不断强调，具有女性意识的写作也被称为"她者"意识的观望，但从某种程度上而言，这又何尝不是在男性话术中心之下的性别降格。因而，今

---

① 庞羽：《我不是尹丽川》，《创作与评论》2017年第7期。
② 崔君：《羽人》，《湘江文艺》2020年第4期。

天对于女性作家书写的窥探或许应该从更加多维和本质的思考入手，唤醒真实且立体的女性写作。

就今天的女性书写而言，大部分的女性作家都已然超越了旧有的第二性感召，从更为宽广独特的角度入手，试图谈论生命体之中的共鸣与平等，这种对于人与人、人与自然，乃至多重生命轮回之间的探寻，所显现的正是今天女性意识的觉醒与逃逸。

以这一层面来谈，所谓的女性凝视，也完全可以看作是在男性视角下的反凝视。父权和男权所主导的凝视机制之下，女性往往在成为被观望的对象，她们所经受的来自生活和内心的双重枷锁成为女性主体意识的逃逸本能。因而，这一批90后女性作家的凝视也完全可以看作是对男性视角的回应，当原本被禁锢的灵魂呈现出游离而翩跹的逃逸姿态，大胆笔触中所颠覆的生命体验也展示了全新的主体空间，阐释了崇高生命轮回下的苏醒与反思。

一、生命孕育的崇高与悬浮

自人类迈入文明阶段开始，孕育生命这件事就从生理事件逐渐被阐释为血脉流传的家族文明，人们习惯于赋予孕育以家族内涵，在伦理道德和宗族概念中赋予新生儿以奥义。然而，这种对血脉的强调在某种程度上仍然异化了生命孕育的神圣性。当血脉流传与庞大的社会文化体系相勾连，关于生命孕育的想象也就成为遥远的追问。

而在当前的女性创作中，这一批新的女性作家们却逐渐赋予了女性孕育以全新的话语内涵。生命的孕育不再是血脉辨析过后的凝视，而是被呈现为个体脱胎的唤醒，讲述生命本身的延展与温暖。以庞羽的小说《我不是尹丽川》为例，小说所讲述的正是在个体这样涓涓细流一般的生生不息中所体味的丰盈情感。当然，需要注意的是，小说也不仅仅考察了母性在孕育生命时的温情脉脉，同时，也将原本被视为稀松平常的生育阐释为了与传统人性相悖的创造性缺失。

小说是以尹丽川的一首诗为开头讲述故事的，在第一人称的书写之下，小说以一个女儿的身份，对母亲，乃至于外婆在成为一个"母亲"之前的过往进行了浮光掠影般的追溯。在"我"的视角下，母亲永远美丽，有着深邃且明亮的眼眸和颀长纤细的身姿，而那个从未见过面的外婆，也同样是漂亮到会被外国人询问的"洋娃娃"。在这一来自女儿和外孙女的仰望中，母亲林中燕乃至外婆寅芽的母性形象都被模糊了，作者转而阐释的是女性个体仅仅作为女性时的理想地位。

在这一理想的地位中，女性本体绝不是依托于男性的美丽，而是作为少女，在社会秩序间形成了某种张扬且自由的美。显然，这种对于女性本体地位的直接强调与文化想象空间中的大部分理想女性意识是有天然壁垒的，然而，小说也并不企图制造某种女性与母性的天然对立，而是试图将她者的身份进行更深刻的阐释，借此来书写女性真实且具体的身份认同。

值得注意的是，小说中第一人称视角下的叙事，在诸多情节中都展示了母亲林中燕在家庭关系中所经受的折磨。父亲罗勇在一套小洋房的加持下"骗来了"美人林中燕，然而，在"我"所见到的他们二人的婚姻生活中，罗勇没有任何所谓娶到梦中情人的自觉，同时，林中燕也显得过于漠然和愁苦。小说中不止一次地展现林中燕在生活中的缥缈与自由：红楼梦、上海、碎花裙，诸多意象被"少女"这一鲜亮的名词所包含，共同指向某种浮动的诗意和困惑。

"花死了，黛玉也死了，谁都会死。林中燕擦着额头的汗，我感觉她要融化了，像冰一样融化，滴下来、滴下来，顺着瓷砖蔓延，蹿升到我的血液里。一个女人怎么会是另一个女人的妈妈呢?"正是在黛玉葬花的破碎意识下，小说第一次直接地阐释了年轻女子在家庭生活乃至于生育状况中的迷惘。在绝大多数时候，母亲的身份都来得顺理成章，如同被反复强调的所谓"为母则刚"，从某种程度来说，也是女性被强行赋予的义务。男性可以追求绝对的自由，但女性却因为身体的天然差异，被赋予了延续生命的天职，而今天女性的觉醒，也自然而然地带来了对这一"天职"的控诉。

事实上，今天的女性理想想象包含了自由思想和传统美德，因此，庞羽在小说中利用某种三代人的互相回望展示了一个镜像般的理想统一体，女性危机的身份认同之下，由女性身体中所孕育的孩子仍然如同一个奇迹，我们甚至可以认为，这种生命延续的力量本身也具备极其神圣的联系。从身体里的哺育显然是当前现实世界中唯一能被称为永久的联系，自我与她者通过身体的建构成就了融合与跨越。不得不承认的是，永恒且固定的关系在现实世界的境况中是不存在的，母亲与孩子的联系也会随着孩子向世界的靠拢而逐渐淡化，这种经济时代下的精神贬值被召唤为本身之际是对她者虚幻身份认同危机的贴切阐释。

而除却这种对生命延续的崇高书写，小说还一路追溯到漫长的家族源头，提出了对外婆那一代的想象性解读:

"他们死了好久了，就像上世纪的老八音盒，唱不动了，就锁起来吧。想到林中燕和他们待的时间，比和我在一起都长，我感觉怪怪的。林中燕捂住嘴。她是要哭吗?还是仅仅一个喷嚏?不一会儿，她撒开了手，表情依然淡淡的，睫毛长而卷，眼睛深而亮。那一刻我难过地想，她生的人不该是我。"

血缘所牵连的"局内人"状况之下，小说表达了一种对女性命运,乃至于对时代人类命运的思考和关怀,这是一种对生命意识的旺盛礼赞。个体的存在相对于庞大世界是渺小的,然而这些个体,每一个也都可以被称为生命中万分之一的奇迹,小说通过漫长三代人的变迁,似乎也想阐释这样一种延续本身的美学光晕。同时,小说也不仅仅在讨论生殖崇拜,而是试图借助一种充盈的困境讨论,来书写生命的价值,并有效地将庞杂的叙述下沉到女性之中。小说中的林中燕呈现出了一种苦难而美丽的命运悲剧美学,在最后,她为了"我"而同罗勇争吵,被家暴,在这种近乎殊死搏斗的痛苦中展示了决然且蓬勃的生命力量,女性在庞羽的书写中,成为生命的庇护者和启蒙者,撑起了一片绚烂而高尚的自然形态之美。

二、死亡深渊展演过后的双向反思

从某种程度上来说,90 后的这一批作家对于死亡的书写是具备延展性的,就年龄和时代背景来说,90 后的作家们大多还未真正地接近死亡,他们所试图拯救的生命奥义甚至不来自父母,而来自更年长一辈的祖父母。这种阻隔了一辈的死亡恐惧被抱持为对遗忘的抵抗,在死亡的阴影之下,记录是必要的,代际关系之下,家庭关系往往被赋予了爱恨交织的戏剧性,真实生活在情感的回溯之下也具备了严肃的冲击性,而死亡的到来,却有效地为情感纠葛予以解套。似乎在死亡之下,寻常的生活被掌控为混淆的深邃情绪,这种对死亡坍塌的描绘悲痛欲绝,但仍然具备谋篇布局的叙事逻辑,并展示了一种深渊背后的反思与和解。

事实上,灵魂与肉体的探讨自古以来就是我们在生命书写乃至死亡命题中所不断辩证讨论的问题,肉身的消亡是否全然代表着灵魂意识的泯灭,而记忆的全然错失又是否也可以看作是更深层次意义上的死亡，这些相似的对于死亡以及死亡背后的终极栖息找寻在诸多文艺作品中都有所展现。

从大热的迪士尼电影《寻梦环游记》来说，电影正是从绚烂的亡灵世界中向观众展现了遗忘的惊心动魄，在墨西哥的传说中，人一辈子有三次死亡，第一次是心脏停止跳动，在生物学上彻底死亡，第二次是在葬礼上，社会性人格的死亡，第三次的死亡便是最后的死亡，也就是世界上的最后一个人将你遗忘。《寻梦环游记》固然探讨了死亡并非终结，是另一个世界的开始，但同时，也表达了爱和回忆的重要性。

回归到小说《羽人》中，崔君刻意地赋予了外公以阿尔茨海默病的病情，试图在他零碎且混沌的记忆里跟随他不断回溯往昔，来书写那些寻常生活中不被发现的美好与沉重。当亲人离世，有的人或许无法即刻感知到这种深重的痛苦，但那些细密而琐碎的疼痛，却会在生活角落里的每一处痕迹中被回忆和把握。崔君采用的就是这样一种碎片化的叙事形式，小说几乎没有任何高潮场面，而是平铺直叙地将诸多场景娓娓道来，正如她在小说中所叙述到的：

> 在我影影绰绰的记忆里，事件是一块一块的，一直滑向模糊的镜像，情绪则不一样，它们反复回来找我，一遍一遍不厌其烦地印证彼此的相似性。就是这些犹如胶水一样的情绪，把干裂出藕丝的事件牵连起来。小舅带我坐过那个气球，但我全然想不起是怎么上去的，只残存了一些气球上的观感，以及对高度的敬畏。那时气球并没有升得很高，我向东看到了邻居家的苹果园。

人类的记忆大多是模糊的，生活向前则代表着遗忘，事件容易在时间的流逝下混淆且支离破碎，然而，事件中所含有的情绪却是永恒存在，甚至不会因为时间流逝而淡化，反倒由于岁月下的反复感知，而不断深入，以至历久弥新。

而小说也是如同崔君自己所阐释的那样，以诸多一块一块的事件重建了情绪，校长姥爷的可爱、好玩、老小孩似的天真都活灵活现，所以在小说最后的崩塌才显得格外悲戚。同时，小说也不仅仅提出了与姥爷的告别，也在诸多情节上暗示了与父母的和解。

尽管没有直接的描述，但小说里关于雷雷妈妈的讲述仍然能够勾连出一幕属于中年人情爱的大戏，在这种环境中所长大的"我"实际上对生活的混沌早有感知，而很显然，校长姥爷是这种生活中唯一的天真。事实上，小说也乐于呈现出校长姥爷在灵魂上的生机勃勃，与题目"羽人"所相照应，从某种程度上而言，这可以看作生者对于死亡悲伤的心念与惘然。

在小说的最后，校长姥爷搭乘上印有玫瑰花的氢气球，飘上了天空，无比浪漫又无比值得恐慌，而他的归来或许可以被阐释为意识与皮囊的彻底分割。在他分裂且零碎的记忆中，像在飞，像在奔跑，像羽人坐在房顶间，等等，他的意识已然跃入奔涌的潮汐。

因此，小说此时直观的死亡书写显得顺理成章又深邃压抑："校长的肉身终于死去，与被犁铧先埋入土里的记忆汇合。我有时候又不住地思考，人的死亡竟然可以被如此分割，校长忘记一切的时候是死的，间歇回来的意识让他断断续续地活着，经历一遍又一遍不连贯的死亡。他和妈妈不一样，妈妈是流畅地奔向那个节点。那天羽人熬的粥格外明亮，我妈郑重地告诉我，她胸部的那个'栗子壳'没有取出来，医生打开它的时候已经太迟了，他们没敢惊扰它。我攥了一枚鸡蛋，手指温凉，好似被狗舔过。"

母亲的死亡看似被轻飘飘地描述，但这种书写的差异绝不代表着悲伤的对比，而是思虑与和解的区别。对待姥爷，"我"所能做的是永远记挂，将他的羽人当作心中的信仰，在悲悯的创伤中不断追溯记忆，而对自己的母亲，"我"则有太多和解与沉思的必要，在堡垒坍塌之前记录下隐藏的纠葛，而这些纠葛，才是爱的可能。

三、女性凝视下的情感苏醒

在前文中我们谈到了当前的女性主义在世俗认定的天然女性角色中所展示的叛逆和深思，诚然，妻子或是母亲这类所谓的天职都可以被拒绝，但作为女儿的身份却是与生俱来，不可被泯灭的。因此，以女儿的身份对母亲以及家族人物的回望在今天能够重建出一个全然不同的情感版图。

就情感版图的建立而言，必须强调的是，以女儿身份对家族的回望必然会带上强烈的时间表达，以及对死亡这一终极命题的展演和探索。在时间的流逝之下，亲情带上了隐秘且悲怆的死亡阴影，很显然，这种对于死亡的谈论并不是对所谓死亡美学的纯粹观照，而是站在还原与探寻的角度上，试图抵抗死亡的胆怯，聆听最波澜壮阔的个人光辉。

事实上，女性性别处境与文学想象之间的悖论自古有之，在父权制度的理想幻境之下，人们对于女性的性别观念实际上也可以看作是对于"女儿"或是"妈妈"的身份标榜。在男性权威的社会性别之下，女性力量实际上是缄默的、孤寂的。不仅如此，女性身上的标签都被强行烙印为母性的状态，也正是在这种悬浮般高高在上的处境之下，不少的女性写作者自发地剥离下这一天然的性别筹码，希冀于借此展现女性本身的自由主义。然而，在固有的身体差异下，绝对的平等显然是不存在的，一味地要求独立意识，只会带来对某种性别意识的忽略。

因而，庞羽在《我不是尹丽川》中所展现的性别意识显得尤为珍贵，她并不企图去强求某种平等和独立，或者说全然割裂的女性空间，而是试图在延续生命这一母性天职的束缚下挖掘独属于女性的权力和智慧。这种对女性身体中天然的母职强调实际上完全可以看成是现代女性对自我的全然接纳，同时也书写了女性真实的解放和重生。

而从崔君的《羽人》来谈，前面我们提到，真实生活在死亡背后的展演所探寻的是被时间所掩埋的细节，陈述那些被第三视角所藏匿的情绪，同时，也抵抗遗忘，来寻求生活的支撑。小说《羽人》所展示的就是这样一种情绪。第一人称视角下的普世性叙事，将外公这一亲人以社会身份——校长来推动情节讲述故事，并在最初就给他加以阿尔茨海默病的症状，令小说在死亡阴影之外又多了一层对于遗忘的反思。生活一路向前，本身就意味着无度的遗忘，但书写是为了对抗遗忘，小说在这些片段式的人生描述中不断碰撞时间的界限，企图捕捉那些被忘却的瞬间和微小的记忆。

处于凝视地位下的女性在情感的书写中往往比男性更多一重对于误解和伤害的阐释，这种情感苏醒我们也可以看作是被凝视状况下的自我追寻。今天我们所谈论的女性凝视在很大程度上都不仅仅代表着女性主义的成熟，更多的可以看作是生命书写下的存在与回归。无论是在《我不是尹丽川》中对于存在本身虚无的讨论，还是在《羽人》中所阐释的死亡，本质上都是对生活的对抗。死亡从不自然，我们所燃烧的悲痛与惊恐永恒存在，那些被凝视的瞬间也无法逃逸，只能在挣脱中不断反思。唯有对抗，唯有挣扎，人才能经历存在，这种观看与沉思所延展出的是一个女性对于生活强有力的抵抗与铭记,作家们也在书写的过程中完成了与自我的和解,死亡命题下的世界如此宽广,终于具备了沉思的震撼。

不可否认的是,今天的女性写作仍然带有强烈的性别意识,仍然具备了对待生命书写的延展与建构。文学作为女性主义书写的第一重阵地,释放了女性自我的生活体验和对当前女性情感状况的深刻展露。而除却这种对待情感的困惑和混沌,90后女性作家们对待女性欲望以及生活的弹性也具备更加颠覆性的建构。无论是女性孕育权利本质的悬浮,还是死亡深渊下的反思与批判,都是女性群体凝视下对自我真正所在的探寻力量。

发表于《百家评论》2021年第2期

父权书写、亲缘隐患与生活虚置

　　独断父权下的代际关系书写成为今天青年作家们重点写作的对象之一，在如今的社会历史语境之下，以父权为代表的家庭代际冲突所指征的是东方意味的角色认同所产生的社会文化观念影响。我们能看到一些青年作家对于代际关系的问题在小说中提出了诸多全然不同的见地，而大部分的作品中，两性关系的变化也将对家庭内的代际关系产生极为直接的影响。事实上，我今天所探讨的几部小说也将聚焦到代际关系问题中，窥探不同类型的家庭结构之下代际关系的多重解读，并试图建构个体成长中社会文化乃至家庭结构关系的多样影响。

　　从贾若萱的小说《好运气》来看，所展示的家庭实际上是父权制状态的最典型性体现，父亲是一个野蛮、粗俗、固执，同时有着难以想象的迷信的男人，即便经济水平优越，但是文化教育观念落后，在他自身成长的传统经验教导之下，"我"所倾向的实际上是父亲的反面，在他眼中的"我"，优柔寡断、游手好闲，就是在男女关系上也缺少父亲的独断性。而小说中出现的人物，都或多或少地被父亲所控制。情人受制于父亲的金钱，早已离开的母亲仍然被精神折磨，而身处其中的"我"，反而因为过于程式化的父亲权威而被打压成为一个沉默的羔羊，也就是在公共空间中虚置成为不可见的阴影。

但不得不承认的是，对于这类典型家庭中的孩子来说，他们对于父权的思考就是极为矛盾的，他们内心忐忑，他们很难对自己有着较为清醒的认识，同时也很难对自己达到肯定，也正是在这种状态下，小说中的"我"才会在想到父亲的情人时可耻地勃起。因此，本质上来说，这是一种自卑和恐惧的表现。

但是另一方面，他们又野心勃勃，坚信自己能够在父亲所走过的路上更高更快更强，摸索出另外一条生路。从贾若萱将小说取名为《好运气》开始，小说就在以一种近乎现代魔幻的形式推入，尽管每一次生意上的好运气都是由父亲本人进行调侃的，但我们必须承认的是，父亲在做生意上有着自己的一套天赋，也就是在这个时候，与其说是父亲讲的好运气，倒不如说，是"我"在不断地给父亲的成功找理由、找借口，希冀在这种传达之中去提升自己的事业上的比重。对于他而言，能够得到父亲承认，但又不依附于父亲原本的工作模式，这才是这类典型性父权家庭中所生长的小孩的样子。

值得注意的是，小说还对李尧这一角色一笔带过，并且给了一个近乎魔幻的结果和场面。在小说的最后，桃桃和李尧见面，俩人在阁楼上偷情接吻，甚至到最后，这样的场景出现在了"我"、父亲以及亲生母亲的面前。而父亲最后带着桃桃离开，并不回答"你会离开我吗？"这样的问题，我们或许可以回溯到李尧的身上，思考他的出现模式是否也同样是父权文化独断专行。

而在梁豪的小说《麋鹿》中，这样的典型却是缺失的，我们可以更多地将老齐的家庭看作是一个以社会契约为本质的家庭的核心，因此小说始终都以老齐的人生落笔，对于他曾经的婚姻生活乃至家庭生活都只是浮光掠影地谈到，老齐和女人卢莹的感情从某种程度上来说很像是一种父权制状态下的妥协与召唤。从女儿的言论不难看出，老齐曾经与儿子有着漫长的挫折与剥夺的父子关系。也正是因此，小说能够借助卢莹的身份深入到这样的情感契约远远大于情感羁绊的家庭之中。老齐是一个代际关系之中的失败者，但与此同时，小说也探讨了这样一个问题，那就是，父权衰退所带来的隐患。

实际上，父权衰退并不一定会带来解放，它还会伴随着个体身上的巨大焦虑而存在，但同时，这种痛苦并不是进步的代价，也就不能归类到任何救赎哲学之中，也是因此，老齐最后面对卢莹的念想实际上也是处于父权衰退状况下的符号性剥削机制之中。这很容易令人想到拉康的性别思考。拉康在象征的层面里区分了男人和女人。男人崇拜着父权和秩序，争相做个父亲的好儿子以得到他的目光，隐藏自己的空无，而女人却敢于袒露自己的空无，在权力的边界之外享乐，这在男人眼中是无比神秘的，所以女人身上会带有神性色彩。极权主义不允许女人的存在，因为女人的存在就是对现存制度的威胁。

到小说的最后，实际上也窥探到了现代养老行为与传统父权规范在私人亲近关系上的一种试探和挑战，女儿从始至终不被认可，也正是因此，她所坚持渴求的既是父亲的理解，同时也是母亲的怨怼。传统父权在此彻底失效，规范也不得不进行重新的协商。

从徐畅的小说《鱼处于陆》和庞羽的《我不是尹丽川》来看，则以一种母性介入的姿态探讨了代际关系的尖锐冲突，他们在小说中通过女性的身份认同来强调对于男性话术中心的反抗和逃逸。《我不是尹丽川》中，小说以一个女儿的身份，对母亲，乃至于外婆在成为一个"母亲"之前的过往进行了浮光掠影般的追溯。在她的笔下，小说指向了某种热烈的生命力，在女性的家庭生活中不断展示这种决然而磅礴的生命力量，并且书写了女性更为自由的身份认同。小说中对于父亲的反抗是神圣的，在

"我"即将被罗勇带走时，她与罗勇一次又一次地争吵，以及被家暴，在这种苦难的个体之下，小说呈现出来对于代际关系的碰撞阐释，更多的都可以看作是对于生命主体本身的关注与凝思。而父权在此所代表的近乎是一个绝对混沌困惑的恶魔形象，它甚至不需要有太过强烈鲜明的角色属性，只需要在家庭生活中藏匿黑暗情绪即可。

而小说《鱼处于陆》所讲述的则不同，《我不是尹丽川》中的罗勇是全然模糊的，小说所强调的是他的束缚和伤害，并没有在生活的挣脱中展露其绝对父权的一面，但在小说《鱼处于陆》中，作者所叙述的显然是一种作为知识分子的父亲观念。

事实上，这种父权制度相对于前文里所提到的粗蛮的、无理的等父权形象有着本质上的区别。但是，值得注意的是，这些知识分子的形象同样能够让我们的代际冲突落入到最为原始的封建交流制度之中，这样的封建传统指引着这些父亲始终固执、冷淡，同时自以为才华横溢，也就不愿意沉入到生活的裂缝之中。

对于叫李红的这个学生来说，老师身上的书卷气、清高而固执的气质都很代表着文人的思想，可以成为择偶标准上的梦中情人。但是，当这样的人物落入到生活之中时，他的生活就只剩下了一片废墟和一地鸡毛。

幸福的家庭维系着所有人的体面和自尊，好像一个安全体制里的圈套。为了和平与幸福，慢慢地，所有人都失去了自己。不该说的话不要说，一步步的奖励机制规训人戴上面具。失去自己，也失去了对方。看起来十分幸福美满，但实际上，每个人都困于其中，想脱离这些束缚，想大声吼叫说出自己想说的话，被压抑的情绪常常要逼疯每个稍加思索的人。

在小说的阐述中，"我"的母亲在外面始终想要叱咤风云、不断地渴求着一次又一次的机会，但对于父亲来说，他所选择的却一直是被动地被离开，而在这种父权观念所影响下的孩子，也就不断地被妥协和被取代。也是在这两部小说中，母亲不再是传统的小说中那样的宅院中的形象，恰巧相反，她们具有绝对的生命力和想象力，也能够在生活的真谛之中寻找到无限的可能性。

对稳定的父性特权的反抗常常是青年人的动力。但反抗者在日后也很难逃出类似的宿命：最初反抗的正是自己最终要固守的。于是，反抗的夸张最后堕落成了固守的夸张。这个历史怪圈并没有人能够幸免，因为从始至终，他们所需要反抗的都不是父权本身，而是站在父权头顶上的人，人们吹嘘父权、讲述代际冲突，就是对于权力的反抗，而绝非社会制度。不可否认的是，在很长一段时间里，代际冲突的书写仍然带有强烈的父权反叛意志，它能够释放大部分人来试探自我的生活体验和对当前年轻一代的情感状况的深刻展露。但对于这一代的青年作家而言，显然，他们并不全然地站在反叛的姿态与父权决斗，而是带有反思性的判断和找寻，对代际关系进行更为深入的探讨和分析。

发表于《文艺报》2021年2月22日

随流现实下的艰难隐痛

——论 90 后女作家的自我探照与生活抵达

摘要：与前辈们相比，这一代女性作家经历的现实熔炼更少，但却有更多层的包裹与缠斗。她们更多地开始思考人与所处时代的关系，并不断地企图在变革的时代下回望"故乡"这一永恒的文学符号，她们所仰仗的并非是个人生活经验的缓慢累积，而是真实生活质地与完整思想体系下的自我探照。然而，不可否认的是，在文学场域中，她们对自我探照得愈幽微深邃，实际就愈活在安全范围内，无法真实地与现实生活发生碰撞。本文将从宋阿曼、王苏辛以及渡澜的几部短篇小说入手，试图寻找 90 后女作家们关于生活复杂性的真实浓缩与抵达，揭示这一代女性写作的省思及锻造。

关键词： 90 后　女性写作　故乡版图　反常经验

相较于 70 年代与 80 年代的作家，90 后女性作家对于故乡的书写似乎来得更早。"故乡"这一被绝大部分写作者视为第一文学版图的意象在今天是否还有书写的必要，或者说，对于这一代年轻作家而言，他们的故乡是否还真实存在，这是每一个写作者到今天都必须思考的命题。文学版图的重塑对于写作者而言是现今变革之下的必经之路，而信息爆炸时代下的自我回望，从某种程度上来说，何尝不是自我在当代社会秩序下的逃逸与遮蔽。

　　　　　　　　　　　　寄寓的诗性与想象的超越　┃

90 年代所生的这一代人，他们经历了从未有过的剧变，当集体时代的烙印淡化，长大的独生子女们被迫在故乡与远方之间做出选择，这对于他们而言，也可以说是一种过早割裂的无可选择。当生活的真相被不断覆盖更新，人们的经历被认知所提炼，又在故土的不稳定下淡化，原始的属于人们的情感自然也就越来越稀薄。

这种属于整个时代的汇聚与表达之下，90 年代的文学书写形成了一种整体且辉煌的生活叙事，他们往往能够在单调却不重复的自我认知中挖掘更为丰富的他人世界，他们所希冀于拔除的成长标签却构建了更为广阔的臆想世界。我思即我写，这种日常生活下的提纯更能呈现出生存本身的饱满与生活随流过后的滥觞，作家们所触摸的实际上是自身的生命体验，以及试图借此理解的生存无奈与现实徘徊。

一、价值观变异后的徘徊与自洽

对于写作者而言，日常生活在再创造的叙事中往往会占据绝大版图，他们习惯于利用创作在生活中突围，而这种境况下所选择的具有生活质地的讨论也直接决定了他们所选择融合的价值观念积累。不得不承认的是，随着时代的发展，我们经历了越来越多的对价值观念本身的叛逃，社会越来越包容和开放，而多重的娱乐形式之下，文学本身也必须与日常生活产生界限，才可以在叙事艺术中吸引年轻读者，然而，不得不承认的是，新时代下，文学的传统谱系被隔离了。一方面，文学与生活之间所建立的联系陷入通俗趣味的窠臼，这种对话经验无法形成更加清醒的对生活的认知，人们所演绎的是想象空间下的生活迷信。在另一方面，这种日常生活的突围从某种程度上来说反而更具备价值体系的输出逻辑，作家们不断在日常生活与超现实的逃逸中徘徊，从而完成自我价值观的自洽。

与过去相比，90后的作家们所面临的时代精神是多元的，各种价值观被搬演上时代舞台，诸多个体的生命体验既普遍又独特，事件普遍的状况下也依然面临着个体生存痛苦的区别。因此，90后的文学创作在这种多元的价值体系下必须实现更加深刻的现实生活认知，重新思考现实生活的叛逃出路，当然，这种文学对于生活的仰仗并非是对生活的镜像堕落，而是在文学的锻造下挖掘更为凌厉的生活细节，并试图在文本形式中呈现个体在混沌生活下的徘徊，以此思考更为多元的立世准则。

这种思考所成就的恰恰是生活具象下的本能写作冲动，虚构的写作世界固然饱满，但立身于自我生存经验的写作往往更具备精神救赎的价值，当写作者将写作冲动付于真实生活时，他所寻找的声音能够与内心重合，同时也可以修饰自我的疯狂。

从王苏辛的短篇小说《东国境线》①来看，她在小说中所展现的寻觅与旁观都是极为具象且锋利的。小说所讲述的故事并不复杂，从一个中学老师的失踪起笔，逐渐回望其整个人生的秘密与内心世界，同事柳方蒙视角下对于这个中学老师郑东阳的探访犹如希区柯克电影中的麦格芬手法，看似故事核心在于追寻郑东阳的下落，但实际上只是为了引导读者沉浸于故事的体验。

而从小说中来谈，郑东阳这一失踪者的身份所重叠的正是自我意识的逃离，这个失踪者从头到尾都不曾真实出现过，他始终存活在别人的口中，但王苏辛仍然利用超现实的笔法，不断地在时间线上来回跳跃，利用诸多对话来铺陈人物的形象。

郑东阳在传统眼光中来看，无疑是优秀的，他有着文艺且冷

---

① 王苏辛：《东国境线》，《钟山》2019年第5期。

峻的一面，同时对待学生也十分亲和，能够把一个倒数的班级教到年级第一，然而，他所选择的逃逸也更像是自我厌弃，他开始拒绝和别人交流，一直到离家出走，失踪在所有人的视野中。

正如希区柯克的电影中不会揭示主角所谓追寻的目的究竟在哪儿，小说《东国境线》一直到故事的最后，也没能找到郑东阳的踪迹，只在浮光掠影般的记忆中推算出郑东阳对于远方的执念，与此同时，也展示出他在现实世界中的困惑与脱离。小说利用了大段的对话来铺陈展示人物的个性，在柳方蒙的回忆中，郑东阳仿佛不属于这个世界，但同时又为自己的无法逃脱而痛苦不已。

事实上，小说也不仅仅将视角落在这个眺望远方的中年人身上，同时也对柳方蒙的人生进行了回望与探究。甫一开始，小说就显示了柳方蒙与郑东阳的相似性，而后更是利用大段的对白来呈现二者的殊途同归：在浩瀚却平淡的现实生活里，人究竟应该如何同原生的羁绊相处，如何去寻找自我最本真的归属和追问。

小说在回望的状态下，不断地将柳方蒙与郑东阳的情绪发酵，在柳方蒙的回忆里，他所显现的正是某种时代价值观的徘徊："那时候他想成为一个足够好的记者，把一切他觉得值得记录下来的言辞都清晰地写下来。他觉得记者和史学家的工作是一样的，所以他不只关心自己生活的城市和国家发生了什么，他更想关心一切边缘的地区和民族发生着什么。但那时候，纸媒已经衰落，众多新兴媒体为了流量只能不断制造无关紧要的社会话题。柳方蒙一本正经的写作口吻被认为应该回到学校做研究，父母则要求他报考电视台。"

在新的时代下，世界原有的运行法则被炮制成为简单而机械的力量，这种现实的真实恰恰证明了时代的荒谬，污浊的世界中，人们不断地在寻找个人的主体性，然而，他们在现实世界下的牵绊也令其在无效的真实下痛苦不堪。

小说所叙述的实际上是两个人的两段人生，于柳方蒙而言，他的人生从 X 中起劈成了两段，一段是曾经的目标和幻想，对人类存在本质问题的追索与汇聚，另一段则是在 X 中与郑东阳的相识，构成了他对于生活的全新理解。而对于郑东阳来说，两段人生则是以东国境线为界，或者说，东国境线也只是远方的一个意象而已，第一段人生是他在原生的人生中无数片段的总和，他在魔幻的现实之下不断追索自我存在的意义，而当他出走之后，他似乎才在远方寻找到他的故乡。

当然，小说对于现实社会的冷峻书写也远不止于此，在柳方蒙与郑东阳的对话中，王苏辛试图书写出一种更普世、更具魔幻的集体性冷漠：

"柳老师，您以为友谊存续的方式是什么？"

柳方蒙想说自己受宠若惊，被他当成朋友，但最终说出的是一声略显诧异的"啊"。

郑东阳在突然停电的办公室点上蜡，摇曳的火苗似有若无地要舔舐他的手指："距离感。以及永不追问心情，永不分享秘密。不管那是自己的，还是任何其他人的。"

必须承认的是，这正是属于这个时代的奥义，人们看似包容万象，看似毫不设防，但距离感使得独立人格在当下成为最忠实自我的选择，人们不约而同又心照不宣地建立起生活的围墙，一边享受着这种永恒的孤独一边又困窘于无靠的割裂。

在当下的书写中，这是一个无可更改的命题，无论是柳方蒙还是郑东阳，他们所追寻的故乡都是永恒的远方。这种开疆拓土般的符号变革不断地被新一代的写作者们孕育成为生活的版图本身，寻找和谐自洽的同时，也在不断追寻现实世界以外的诗意，以期照耀到文本背后的孤独宿命。

　　　　　　　　　　　寄寓的诗性与想象的超越 |

二、纯粹女性审美下的抒情冲动

90后的写作者限于生活经验，在写作上往往容易陷入抒情的冲动，从传统视角来看，这种个人化的抒情冲动实际是细微而焦虑的，生活阅历使得小说在细节和思想上都陷入缺失，因而，写作者对于生活真相的触摸感受就显得更加珍贵和重要。如何使故事在想象空间之外挖掘现实的沉痛，是这一代写作者需要思考与磨砺的命题。

与此同时，我们前文所提到过的价值观在当前社会的异变在多数90后写作者中也都有所显现，而90后的女性写作者，更加显性地带入了女性对于当前社会状况乃至纯粹的生活化的思考。女性在传统的规训与理想开阔间的矛盾、琐碎的现实所带来的生活痛感，乃至于情感的克制和跳脱，都成为这一代女性写作者在小说中不断书写的命题。

对于多数写作者而言，写作本身是一种救赎与解脱，袒露自我的诱惑是强大的，写作者习惯从外部对经历的生活进行转化，借此去阐释某种徒劳的寻找和绝望。这种徒劳在女性主义的写作上更为明确。或者不将其归于女性写作，只看作是对女性的关注和凝视来谈，不得不承认的是，这些不可言说的冒险与自身冲动的寻求表达在女性身上会显露得更加具有魅力。

随着时代的更进和庞杂生活的裹挟，对日常生活的触摸也需要展示繁杂世界的切片，借此来展露时间对抗形态下的个体矛盾，作者所书写的内容展示的是某种记忆的备忘，而这种对于记录的紧迫在很大程度上就来自女性在纯粹立场下的抒情冲动。值得肯定的是，在90后女性写作者的纯文学写作中，我们能够感受到的是，生活的潮涌越发丰厚，所谓复杂而跌宕的情节则被逐渐删除，人们似乎开始按捺住关于激烈世界的想象，转而从更具公共记忆的日常事务中挖掘顿悟的自我。

从宋阿曼的小说《西皮流水》①来看，正如小说女主角的名字——石青一样，小说所呈现的氛围是极其空灵而清澈的，小说就叙事来说，是悠长而细碎的，主角石青是六岁起学戏的青衣，在同学们和老师的眼中，她是规矩的、端庄的、正派的。然而，当她的好友张春子带着她认识了新派的音乐人老肖之后，一切都改变了，她经历了自我观念上的汹涌叛逃，在同老肖见面之前，她就已然在苏三的戏中体味到现实人生与虚拟艺术之间的困惑。都说戏如人生，但对于演绎者而言，这种不分明的界限感却使得生活在平行的困境下日渐走向混沌。艺术中所创造的人物固然会因舞台的演绎在光影中复活，但对于演出者而言，这种全然的自我献祭又何尝不是他们在那些时刻中本我的谢幕。小说不断强调和深化着这种无法疏解的迷茫，而当石青遇见老肖，终于在狭窄的通道里瞥见了属于她自己的光亮。

必须承认的是，老肖所给予石青的也绝非是一道排洪的闸门，在石青庞杂而困惑的情绪下，太过汹涌的纾解实际上是割裂的，老肖更像是给予了一个狭窄的暗口，帮助石青逐渐从规整的生活中自我解绑。当石青倾听到老肖关于音乐的理解时，她在一成不变的井然生活中感受到了某种猛烈的撞击。当她答应老肖的邀约，在酒吧里以青衣的身份混搭演出时，她的生活仿佛一下跃入了崭新的境界之中，这种丰沛的生命力在叛逃的状况下突破了陈规。

然而，必须要清楚的是，尽管小说描写了石青在叛逃过后的生命力凸显，但实际上，老肖对于音乐的天真和热切也许并不是石青所真实想要的，她与老肖在音乐的理解上也许不同，但通过

① 宋阿曼：《西皮流水》，《十月》2019 年第 5 期。

老肖，她看见的是对世界的重新认识和第二重选择，老肖对于音乐艺术的跨界恰恰打中了石青关于叛逃的想象。因此，在剧院的正式演出中，她的不知所措和慌乱缥缈都一展无遗，也正是在这种困顿中，她一点一点地分崩离析。

> 老肖拉动胡琴唱着《描容上路》，从来都是她为别人唱戏，终于有人为自己唱戏了。一桩桩一件件，都在此时朝她涌来。"唱戏的女人千万别自我感动，唱不了的别硬唱……"于师傅的临别赠言和她那双眼睛在石青脑海中控诉般停留了下来。许多不相干的画面在她眼前交织闪现。有几个刹那，她挥着手里的折扇，突然不知道自己接下来要做什么。她强撑着唱完了最后一句。她没有向观众谢幕告别，径直走下了舞台。这一次她没有走台步，而是一步一步努力让自己能稳稳地走下台。

于师傅当年的一语成谶仿佛在昭示着石青今天的命运，小说在此呈现了一种电影慢镜头般的朦胧的沉迷，她究竟是否真正从井然的生活中奔逃似乎已经不再重要了，她在困惑生活境遇下的平行追逐才是真实的人生目的。

事实上，以宋阿曼为代表的这些聚焦于女性个体思索的书写在90后女性写作中是极为常见的，这或许是因为今天的女性不断提出话语权的要求，而无论是琐碎的情感困境，抑或是深层次的关乎生命悲喜的感受，都成为小说氛围所建构的要义。在这些作品中，90后的女性作家们建立了更为丰沛和成熟的生命底色，这种编织感传达出了极具生活质感的小说氛围，生活境遇被穿插在故事的推进中，广阔的叙事视角所显示的是女性的坚贞与决绝，这种如同慢镜头般的困顿突围时刻环绕在小说之中，在轻飘的混沌下训练眩晕般的悠长光影。

在小说的最后，张春子的礼物犹如阴暗困境下的一点光亮蓬勃绽开，展现在石青的面前，挣脱了鱼枷的苏三在大厅中央栩栩如生，仿佛见证了石青的捆绑与自由。小说本身所讨论的隔阂在最后被轻飘飘地弱化了，转而显现的是一种生活记录的模糊与慰藉。当女性的疑问被阐释为对世界的打量和凝视时，生活的厚重被巧妙地纾解为了纯粹女性审美下的温情回环，从头至尾，《西皮流水》都没有展示多么深刻的矛盾，而是以一种氤氲的流淌质感在推动故事，小说中的人物呈现出了开阔而平整的推移，但也正是在这种平整的松弛表象下，女性所经受的虚幻矛盾和个体纠结才显露得更为锋利。

三、反常经验下的锐利异质呈现

生活的出路永远在于生活兴趣本身，前面我们不断谈到的，对于生活的体认也就是试图向读者传达这样一种真实的积累。具备生活质地的叙述才是更为真实而严密的理性逻辑，而日常生活的感性想象也需要在缓慢的价值体系累计中得以凸显。无论是宋阿曼的《西皮流水》，还是王苏辛的《东国境线》，实际上所书写的都是生活明确的浓缩和镜像，这种领略与敬畏本身是值得锻造的，而针对细节的触摸和自然感受都是在生活体验徘徊过后的清晰容纳。

当然，文学绝不仅仅只存在于日常的写作中，或者说，我们今天所谈论的 90 后女性作家，她们的创作生命不仅仅限于同生活具象问题的缠斗。正相反，在这一代的女性写作者身上，我们看到了更为强烈的超现实感，她们擅长在隐忍的生活表象下表露抒情的冲动，这些与己密切相关的时代烙印和成长轨迹构成了她

寄寓的诗性与想象的超越 |

们写作的来源，却不是全部，而是孵化孕育成为超现实叙述下的永恒自由。

王苏辛的《东国境线》中，小说从一个中学老师的失踪起始，不停地放大他在日常凝固困境下的抵抗，以至最后的逃逸；宋阿曼的《西皮流水》则以一个规矩者的叛逆为书写命题，叙述被规训的焦虑和惶恐。这两篇小说都不同程度地呈现了这一代女性写作者在艺术范式上的审美趋向，不得不承认，生活逻辑上的超现实在今天是被不断延展的，这种锐利的反常经验呈现往往能够聚焦更为幽暗的人性，在饱满的细节中呈现命运的存身。

而要谈超现实的写作，不能忽略的还有内蒙古青年女作家渡澜，这个出生于 90 年代末的少女在她的短篇小说创作中展露出了一种喷涌的、磅礴的魔幻想象，相比起前人所书写的日常生活下的小心试探，渡澜显然更大胆、更严肃，她以一种惶惑的姿态闯入了文学的世界，试图书写在反常经验下被囚禁的生命嵌合。

从小说《傻子乌尼戈消失了》①来看，小说的开头就兼具了东方草原的清澈与西方魔幻变形的超现实表象："我的房客乌尼戈，在一个鼬鼠满世界跑的春季消失了。虽说他消失了，但我几乎每日都可从他身边路过。只要我愿意让自己的思绪驰骋在一条回忆的轨道上，他便无处不在。"

小说在此展现了极为精准而缥缈的话语呈现，被凝视的个体消失在了时间的维度之中，但却存在于自然的每一个角落，模糊又沉寂地覆盖了广大的天地。

《傻子乌尼戈消失了》的故事并不复杂，傻子乌尼戈有着无限接近自然的美，他如同一株柔软的植物，身上兼具着孩子和少女的气息，然而正是这样一个纯真质朴的孩子却被认为是一切罪

---

① 渡澜：《傻子乌尼戈消失了》，《收获》2019 年第 4 期。

恶的源头，而小说对于这种憎恶也给予了解答。当然，小说并没有如同通俗所认为的那样将某些奇异的自然变异归结于他，而是转而以一种令人瞠目结舌的理由表达了真实的可怖。

生活在小镇上的人们恐惧一切变化，害怕已知事物被新生事物所取代，因而他们害怕生命力、恐惧风的吹拂和水的流动，这种与时间的对抗是荒唐的，而后，具有绝对生命力之美的傻子乌尼戈被当作灾难被人嘲笑虐待，甚至被割断了喉咙，一直到最后被塞进了火化炉。当他成为灰烬的时候，乌尼戈反而无所不在，但剩下的人们都"毫发无损地死掉"了。

小说在这种可怖的图景中塑造了一个奇诡但平静的叙事氛围，以第一人称所讲述的故事是阴森的，从某种程度而言，"我"这个叙事者所操控的是变幻莫测的观察角度。"我"看似是以乌尼戈的朋友的视角在书写整个故事，但很显然，"我"的参与感是微弱的，正相反，"我"始终以一种旁观的全知视角去进行稳固的判断和对凝固状态的想象。这种静态的变形和被抑制的生命力一起，共同构建出了对生命原始欲望的渴求，形成了极为强烈的叙事回环。

小说似乎有意地隔离了某种静止的生命状态，在故事的最后，"生命仍然一如既往地缓缓前行。这就是他一生都在听从其召唤的命运。我的朋友乌尼戈永生不息——他只是用自己的方式消失了。我并未停下脚步，心中一片平静，就像看到跃出水面的鱼儿又坠回了水中"。这样一个直观的对待生命的神秘态度编织了某种奇妙的循环法则，成就了对生命初始状态的想象。

同样的诡谲叙事也出现在渡澜的《昧火》[①]中，小说从一只羊的生命开始叙述：主动缠着刀子不放的公羊肚子里怀了个孩

---

① 渡澜：《昧火》，《人民文学》2019 年第 11 期。

子，而一向善良的姥姥却朝着男工的脑袋开了一枪，还是孩子的女儿甘狄克却执意要抚养这个不知从哪儿来的生命，原因也仅仅是"额吉，嘎乐就不咬我"。

相较于小说《傻子乌尼戈消失了》，《昧火》显然更为奇诡，同时也更加反叛，她在叙事逻辑上的锋芒犹如天外来客一般，极端地定位成为与现实的割裂。这种令人难以置信的哲理将小说从痛苦的异质生命中拯救出来，通向了更为纯净的自我本真创作中。

或许是草原所独有的生命奥义，渡澜的小说大都呈现出某种与汉族文化全然不同的生命观念，在她的作品中，生命是流动的，肉体无法将生命的明亮全然掩盖，真正的命运是顺其自然的，这是一种对自由之境的抵达和探索。

《昧火》的高潮场面同样出现在死亡之下："不知过了多久，世界安静了。甘狄克没有声音了。我冲进森林里，大雪和飓风令一切变得模糊。一群雪白的人朝我恶狠狠地掉眼泪——白色常常被滥用，以至于人们忘记了它也可以成为一种令人恐惧的存在。他们的皮肤上厚厚一层冰霜，明亮到耀眼，四肢也因此坚硬如雄鹿的角。他们亮闪闪的脚下血红一片。他们就是一大串数字，要求人们想出一个新的数学概念。"

这些被拼接而成的元素相似又迥然不同，生命变幻莫测，更令人恐怖不安，但小说却在此呈现出一种多维的生命建构，数字、数学概念，这一符号有效地消解了原有的生命囚禁，演绎出了五光十色的个体生命图景。尽管意识与经历是同构的，但这种自我修改甚至是歪曲或许才是生命悬而未决的自我焊接。

四、游移模糊的叙事窄化与窠臼

在当前的小说写作图谱之下，女性的写作正在以一种前所未有的速度呈现其真实且锋利的力量，对于女性问题的探讨被不断搬演到时代舞台，而女性对于与己切身相干的两性问题书写不断地提出了新的诠释和可能。在普遍的性别观念下，女性在书写过程中的性别特质往往展现得更为深厚。这种如影随形的性别差异在当今的文学版图中呈现为了某种与个体自我存在相悖的黑暗困境。我们这个时代的女性生存状况究竟被阐释为了何种惯式，也被反映在了女性写作的文本之中。

而值得关注的是，随着 90 后这一批作家的成长，他们也开始建立属于自我的精神直接，并试图在文学之中思索生活的正确性。夹缝中成长起来的 90 后文学创作面临着从未有过的崭新的评价体系，如何在日常性和文学性中平衡融合，是应当被代入文学的生活联系的。

女性在文学创作上所突围的现实位移是今天的青年话语所需要的话语更迭，但或许是受到今天的文学旨趣影响，作家们在多元化叙述的进步开放之下，也面临了更为焦虑的叙事窄化和规训。当代文化场域给予了 90 后写作者更大的想象空间，在现实生活的裂隙下，这一批女性写作者呈现出来更为游移的叙事体系。

极其稳定的社会时代下，如何在单向度思维阐释中书写更为深厚的生命体验是当前 90 后写作者应当重视的问题，而很显然，尽管我们能够窥探到这一批写作者不同程度的对于生活复杂性的重视，但由于平顺的生活作为了个人生存的表象，他们仍然难以从更深邃的转折中呈现新鲜的对于人、世界、生活的态度。这种框架感的缺失在文学创作中往往令他们更乐意选择去模仿客观经

　　　　　　　　　　　　　寄寓的诗性与想象的超越　|

验，而非提炼自我的写作空间。

物质生活的多样化令传统文学在今天间接地改变了根本的文学反应，他们更擅长书写公共空间的自洽而非属于本我的文学谱系，这种状况很难简单地以好坏来判定。事实上，这种文化文本已然进入了90后写作者的写作经验之中，并不断发酵成为这一代文学的典型。

这种对公共空间的书写首先就展示为了作家们在叙事上的客观和冷峻，前面我们说过，于生存经验而言，90后的作家的体验感是微弱的，他们大多无法在纯粹现实主义的表象下叙述真实的生活立场，因而他们选择了以一种看似先锋的现代性叙事对现有的文学观念提出反叛。

但需要了解的是，这种空洞的先锋性在很多时候不能显现出敏锐和内涵，而无论是勾连的历史还是被捕捉的经验情感实际上都是没能破除代际的虚无生存模式，这种观念体系乃至理论的先行和对生活本身隐痛探索的滞后在90后写作者身上表现得极为明确。如何学习正确的虚构，如何在公共空间下书写重叠边缘，是当代文化文本的母题。

从王苏辛的小说《东国境线》来谈，很显然，她所试图探讨的绝不仅仅是一个中学老师的孤独与流亡，而是试图在公共世界中展示时代背景下的躁动迷茫，小说中不止一次谈论到了关于世界多重的困惑：

> "那些别人都知道的世界，外面的世界，就一定丰富吗？"老人挑眉，"我们这里正在成为遗迹。"
>
> "郑东阳会一直在这里吗？像你说的，每年半年？"
>
> "他当然会去其他地方嘛。"老人道，"但现在是这里。他的愿望很大，很大……"

"是什么?"

"他想培养真正的好学生,真正的'好人'。"

"'好人'如何定义?"

"'好人'不是被定义。是好人定义时代。"

"这是郑东阳的话吧。"柳方蒙也点了支烟,"是'好人'培养的'好人'在定义时代。"

很显然,这种与世界、时代直接对话的喧嚣在 90 后的女性写作中都显得太过直接,然而,这种碎片化的、轻巧的对话体系并不能支撑起她们所希望表达的厚重前景。在题材的处理和选择上,90 后的女性写作无论是对于个体还是世界,都没有选择将个体经验作为共识化的文化觉醒,先锋性的表达需求令她们大多选择在真实与荒诞间自我纠缠,从这个角度来说,她们的叙事视角仍然停聚在纯粹的女性目光审视。

但就文本本身而言,90 后的女性写作者很难被归入一个限定的文学理论框架,她们的人生跨度是狭窄的,由此来谈,在现实主义立场下能够探讨的叙事范畴也是狭窄的,因而她们更习惯在某种模糊的叙事表征中书写反叛和创新,但这种游移的姿态却容易产生成为空洞的先锋与妄念,并不能够跨越新的话语场域。

事实上,女性写作理论的范畴直到今天仍然是混杂的,所谓的新时代女性写作在人们标签化的想象中陷入定式,女性被放置在社会关系中的审视是一贯有之的幽微认知。当女性选择以这种身份进行书写,并不断在作品中加入与之同构的社会角色领域时,这种性别意识的内化就很难得到更改。

这种对性别认知状况基点的探讨在渡澜的小说中也有一定的观念轨迹,在大部分评论家看来,渡澜的小说是跨越了性别意识的,她的小说所呈现的似乎就是一种双向性别概念下的凝视。然而，从当前的女性处境来谈，这种对女性写作主体的剥离与隔阂似乎也逃脱了女性主义书写的能量。

相较于渡澜在其小说中晦暗不明的概念化、哲学化陈述，宋阿曼的小说更加朴素地呈现了伦理秩序的变化以及她对于普遍女性社会关系的维度观察，《西皮流水》中的女性觉醒是对于社会性别危机的广泛阐释，石青在懵懂中的尖锐反抗逾越了男性的凝视，但与此同时，宋阿曼对于反叛本身的描述也显得有些苍白和老套，并没有对女性自身处境有深入的认知和反省。日常生活的逃逸无法一概而论，女性的反叛自然也不应该被单一书写，无论是冲突还是沉默，都应当以更加锋利的和深邃的形式架起情感样态。

回归到 90 后的女性写作本身，必须要承认的是，这一代人比他们的前辈经历了更少的风雨熔炼，因此，在这一批作家书写，尤其是女性写作中，她们对于具象的现实问题往往是迟钝的，并不习惯书写庞杂而琐碎的日常本身，但或许也是因此，她们反而能够在某种超现实的想象空间中挖掘生存本身的苦痛与抗争。当同代人的价值观不断异变甚至扭曲的状况下，作家的创作所抵达的正是他们所期冀的生活自洽，而为了在生活镜像下实现抒情冲动，他们也就不自觉地需要呈现诸多反常经验，来审慎地浓缩生活、领略生活。

发表于《东吴学术》2021 年第 5 期

在个体与世界之间着笔

——读鬼鱼小说集《仙人》

中篇小说《仙人》是鬼鱼在《湘江文艺》2019 年第 4 期发表的小说，同名小说集入选了 21 世纪文学之星丛书。全书包含九篇小说，每一篇小说都是独立的故事，并不连缀，只是偶有几篇有着同样的人物名字。比如"棠宁"这个女性人物名字，同时在《仙人》《捕梦网》《高壁寺》中出现，但情节上并不连缀。"棠宁"在《高壁寺》中是主要的人物，在《仙人》中只是作为"我"的女朋友的身份，在《捕梦网》中却作为出轨情人出现在情节之中，使得全书笼罩在统一的氛围之中——无常、虚无、悲喜、琐屑。鬼鱼对人性的凝视，是夹杂在戏谑和风凉话之中的，鬼鱼的小说中往往写到一些触目惊心的现实，暴力问题（《立夏》）、年轻群体买房问题（《蛞蝓》）、婚姻爱情问题（《捕梦网》）、女性问题（《龋齿》）等等。但是这些描写，却不是以完全现实主义的笔法摹写的，而是以半戏谑半认真的态度，给读者展示，"看，我们的生活本来就是这样的"。他没有像赫尔岑那样，以直笔去写"沉默的大多数"："暴力、谎言、凶猛、自私自利的奴颜婢膝、目光短浅、才智有限，以及丧失任何人类尊严感，已经成为大多数人的一种普遍规则。过去所有勇敢的故事都已经消失不见了，腐烂的世界本身也不相信自己，因而它也在绝望地保护着自己……"而是像拿手术刀割腐肉一样给读者展开看"你

寄寓的诗性与想象的超越 |

瞧，这个地方内里是腐烂的，就算有着好的皮肉覆盖在上面也无济于事"。《仙人》全书九篇无一不涉及现实问题，却又无一是直写现实主义的直笔，在笔法之上，鬼鱼更多的是借小说表达了自己的一种态度，现实既是这样的，我们就要看得到，它是这样的。而小说的调子读来也并不悲观，反而总能让人在背后获得一种超脱物外的宁静，比如《高壁寺》的结尾是"额日神听和平"。

鬼鱼谈及创作时曾说，自己"正是这么一个对个体与世界之间的抵牾关系试图进行处理的人"。矛盾冲突是虚构小说中非常重要的一部分，而作家创作的笔力往往体现在如何引导和处理矛盾书写的过程中，小说《仙人》就很好地体现了这一点。《仙人》这一篇是围绕叙述者的舅妈"月玲珑"为中心人物叙述的，从月玲珑练气功、月玲珑成为玲珑姨、捉奸月玲珑、月玲珑卖小吃、月玲珑作仙人（女道士）、月玲珑去世几个维度展开，其中又夹杂了铝厂灭火、铝厂倒闭、父亲受辱、爷爷去世、舅舅坐牢又出狱、"我"求爱、铝厂爆破等几个相关的情节。《仙人》的主人公月玲珑是一个颇为矛盾的人物，叙述角度是以月玲珑的外甥"我"来展开的，我们家人对月玲珑一生都是排斥的，但是月玲珑的每个所作所为似乎都是有益于我们家的，或者说，跟我们家起码是同舟共济的。这篇小说有着鲜明的男女之分，"我"、舅舅、爸爸、爷爷，身为男性，都是得益者，也曾经遭到厄运，厄运结束后，往往能得月玲珑解困，而妈妈、三个姨、月玲珑，不仅是思想的受害者、道德的捍卫者，还始终彼此攻讦——只是程度有所不同，月玲珑几乎纯是受害者，我妈是态度转变者，而三个姨始终是施暴者。小说中如是说道："我感觉像被我妈和姨们一件一件扒光了衣服，曝晒在众人的目光中。这么多年过去，我原以为我们家的女性，至少是我妈，早就和月玲珑达成了某种和解，可看眼前情况，我分明是低估了女人们那心底暗渊的深度。"

人们对月玲珑的嫌恶从哪一刻开始呢？是从月玲珑与师父交媾的那一刻开始的吗？还是从大家第一次见月玲珑的时候开始的？还是说月玲珑生下来即被判为有罪的，她的个性张扬又加重了她的罪孽呢？如果说小说《仙人》是作家虚构艺术的重大尝试，那月玲珑这个人物就是如作家鬼鱼所言，个体与世界之间的抵牾关系中的连接点。这也是为什么作者赋予月玲珑略带迷信色彩的仙人形象，因为她好像既超脱了现在，又还未走到超凡脱俗的仙界中去，而只是一个上不去、下不来的"仙人"。练气功、铝厂灭火、孔雀肉解毒、还魂救人，这些行为都给月玲珑的人物形象蒙上一层迷信色彩，而出轨的丑事，又把月玲珑打为凡人。月玲珑不仅仅是个体与世界的连接点，也是作者虚构故事，个体与世界的交汇点，作者提着人物月玲珑的关节，如傀儡般把她牵引到摇摇欲坠的边界。月玲珑的命运，是无解的，因为她是加载个人和世界中的节点，她虽能两边都通，却也承受着来自两个维度的痛楚。其中，由人带给她的痛楚更甚。舅舅不能生育，而月玲珑却不知晓，平白地担下了所有罪责，众人知道以后，也不告诉她，因为她是"有罪的"。这让我想到麦家的小说《暗算》，小说中的盲人阿炳也不具有生育能力，他迫切地想要一个孩子，却在凭借神一般的听力辨别出妻子所生的儿子并非自己亲生之后，走向了死亡。阿炳和月玲珑一样，都是处在神和人中间的人，他们有大智，却也有普通人不能理解的大愚，他们始终被误解、被中伤，命途坎坷，都曾承蒙世人垂青，归途却难免破落。

世间沉沦之人何其多，就连作家，也仅仅是站在创作者的视角中才能在尘世中收获片刻的宁静。鬼鱼的小说入笔很小，笔法很淡，往往以象征来写。像《蛞蝓》一篇，只是围绕着庄苘一、温不遇、姚子路、李窈窕几个年轻人展开的，没有曲折的情节，也没有令人留下独特印象的人物，他们几个，就像粘在一张蛛网上的几个小虫一样，命运相连，挣扎不断，却也动弹不得。像姚子路和李窈窕的对话，都是再普通不过的情侣之间的对话，三个男生之间的对话，也是普通男生朋友之间会发生的。甚至庄茆一和温不遇的名字，也昭示着他们各自的梦想——庄茆一希望有自己的房子，温不遇盼伯乐识才。可在现实世界中，温不遇也不得不欺骗自己，将与杨更盏的交易理解成"帮忙"。李窈窕也矛盾，欣赏三人的才华，却也嫌恶他们不能带来实际的物质回报，这一点，如同我们现实世界中的每一个人。正如前所述，鬼鱼小说的笔法"淡"，却淡得有力，写的都是些稀松平常的事情，单从题目就看得出，小说的切口很小，像《龋齿》不过是写一颗坏了的牙齿，但整个故事呈现出来的确实是"人生事故"。小说创作艺术的高低不论选材，但是小的切口淡入往往更考验作家因此而展开的功力，尤其因为这类小说是非线性叙事，并无情节连缀，所以小说表现的重点在象征和环境。其环境也带着象征意味。如《蛞蝓》这一篇，蛞蝓象征"我们"，因为我们没有房子，如同蛞蝓没有蜗牛的壳。而在结尾的最后，他们给蛞蝓撒了一把盐，使得它化成了一摊水。姚子路用一根手指头压平了死去蛞蝓形成的小盐堆，正是想要表达，房子之于人，如同蛞蝓没带蜗牛的壳，本不是生命所必需的，其有其无，到最后，不过是平地而已。这样的象征，贴切又大胆，更是借蛞蝓这一物事道出了人对于这个世界的意义，同房子对这个世界的意义一样，都是虚无的。这几个蛰居在出租房里的"艺术家"，虽有才气，可在不如意的现实生活中，也只是如粘在蛛网上的昆虫，挣扎却挣不脱。而这张"蛛网"，就是小说基于现实所营造的外部环境，比如小说中塑造的房东、师姐和其男朋友、姚子路的工作，都是这个现实环境中的一部分。《捕梦网》中，梦境中的主人公也曾试图逃脱这种环境，可是"没挣扎几下，就有更多的触手一圈一圈缠绕了我，直至将我包裹起来。这是令人极度恐惧的束缚，散发着阴森而绵长的气息，像是生命将要终结"。这篇小说中，女生巫小敏一直拼命努力，想要打破命运所带给她的不幸，可她无论走到何种道路上，总也不能逃脱，偶尔前行几步，最终却又退回原地，巫小敏和"我"都不是生活在环境中的人，而是被海中漩涡一样的环境拉进去的尘芥与蝼蚁。这样的环境塑写，又焉能说不是另一种精神上的真实呢？

鬼鱼笔下的人物，站在个体与世界交际的边上，展示给读者人生的无常、虚无、悲喜、琐屑。那些蛛网上挣扎的人物背后，是一个站在个体与世界之边捉笔思索人生的作家，也是站在个体与世界之边的你我。

90后女作家的文化症候与人文观照

——以贾若萱、杜梨中篇小说为例

　　借助网络新媒体的发展以及自媒体场域的布局，90后的青年作家群体凸显出一种积极且独立的写作姿态。在网络的推动之下，很大一部分作家不必要借助文学期刊来获取关注，完全可以在网络的生产中依靠点击率、打赏乃至网站本身的奖励机制来换取稿酬，从"红袖添香""晋江文学"等网络文学网站的兴起就可以很明显发现，纯文学写作和关注在逐渐下降。或者由于80后"青春文学"的兴起，让一些90后作家在写作上受到猛烈冲击，也开始效仿这一写作风格。这一新型的反馈制度使得大部分的写作者在写作初始都倾向于将自己引入资本市场的共边。

　　然而，随着这一代人对于个体和自我的关注愈发清晰，他们对于主流文学场的追逐也开始体现。因而，90后作家时常会在未知且推移的生活中广泛联结其文艺状况的新体验，从而获得更加深邃的文学版图创作。

　　从贾若萱和杜梨的小说来看，值得庆幸的是，90后女作家们对于文学和生活既具备了更加静观的认知和阐释，同时也能够在都市日常乃至城市部落之中窥探到异乡的挣扎、爱情的未知、现实的隽永乃至多重现实困境的观照。诸多社会议题的话语秩序之下，她们的小说显露出了某种奇诡的社会景观。不仅如此，由于这一代年轻作家在生活经历中对于个体经验的空前强调，也促使

90 后女作家们展示出极为生猛的经验与活力。

一、多重外衣下的荒诞个体叙事

随着文学维度向新时代的步入，显而易见的是新时代作家们对于叙事策略的别样转折，文学中的现实主题在深邃的视域之外也重新构建为了多种未知的文学形态，作家们习惯为都市情感抑或是个体挣扎都披上一层外衣，在社会文化生活的新样态下重新构建新兴的写作症候。值得明确的是，对于 90 后作家的整体观察在很长一段时间里都陷入某种对于社会背景乃至环境状况的热点研究，90 后不断地被贴上负面标签，同时，现代社会的特征之下，90 后所抱持的价值观念也与以往的代际不同。值得注意的是，90 后是没有经历过大的社会动荡的一代，因而，集体记忆的安稳和素质教育的普及给 90 后的成长轨迹带来的是工业化的加快以及诸多外来流行文化的侵入。

也正是在这种状况下，这一代作家所经历的网络媒介熏陶前所未有地丰富，在传播媒介的更新路径之后，自我意识的觉醒直接地带来了文化环境乃至想象力的开放。因而，90 后作家们也习惯于利用更多重的视野对其文本主题叙述赋予书写渠道，试图在这些社会性议题中展示荒诞个体的生命状况，同时也抒发更为自足的理想主义。

杜梨在她的小说中就展现了这样一种极其明确的魔幻现实逻辑。事实上，杜梨擅长在她的小说中展示理想主义在庸常琐碎生活中的被吞没与被筛选，也正是在这些挟制的空洞之下，小说所朝向的是个体精神世界的迷惘与空虚。首先以小说《大马士革幻肢厂》[①] 为例，小说以人工智能为外衣，展露出了一种沉静的哲

---

① 杜梨：《大马士革幻肢厂》，《山花》2020 年第 8 期。

思与缠绕式的审视。正如多数评论者所担忧的那样，作为没有集体隐忧的一代，如何脱离自我的生活经验，或者说，如何在相近的生活状况中书写出鲜明且独特的个人风格，是值得90后作家们思索与感知的问题。

很显然，《大马士革幻肢厂》在这一原点的把控上做得很好，绝大部分的90后创作者在写作模式下，都习惯于将自我的生活经验模糊化。前面说过，这或许是来自其对于现实生活的隐隐的混沌旁观，在城市题材的作品中，小说原有的神秘感很多都不复存在，叙事上的天赋被替换成了小说的形式美感，文学与生活建立的联系大多被弱化为所谓的现实对话，而非真正简洁明快的时代表达。而杜梨则试图在这样一种需求的建立中完善通俗趣味本身的代入感，向另一重艺术上的叙事发起经验的汲取与累积。

小说《大马士革幻肢厂》实际上就是在科幻的外衣之下包裹住斑驳陆离的生活本身，试图谈论醇厚的生活质地之中那些严密的艺术张力。从某种程度上来说，所谓的科幻小说的珍贵之处并不在于其炫目的技术，更多的是在想象空间之外的文学诉求。现实的人类困局在另一重时空或者说另一种条件下的考量，所包裹的正是对现实规律的束缚解脱。而在《大马士革幻肢厂》的科幻外壳之下，包裹的也正是对于人性乃至伦理道德的深刻观照。

薛川原本怀抱着对中东难民的救赎心态回到国内，希冀于为残障人士生产治疗幻肢疼痛的电子抗激产品，然而，他在所谓的拯救中，仍然自我卷入了动物实验的窠臼之中。小说中运用了大量的篇幅来叙述何榛与薛川在动物实验上的矛盾，薛川在一开始怀抱着对残障人士的大爱，相比较而言，似乎表妹何榛在一开始才是一个商人的状况。但随着小说的进程，无论是何榛还是薛川，都逐渐流露出了混沌现实过后的个体荒诞。

曾经的博士薛川，在小说的最后才展露出他被生活打磨消耗的一面，他的思考中，与乌总的做爱甚至是其在现实生活中的妥协都带有强烈的动物因素，正如他自己所说的那样："或许在那些佛教徒眼里，这就是因果现世报。我毕竟是个爷们儿，力所能及。天才博士也得为五斗米折腰。"表妹何榛看似纯粹善良，但诸多小心思也如同灵魂中的浮沫，在挣扎的良知间自我周旋。而失去了手臂的男人赵魏，在不知情的情况下陷入了兄妹二人的龃龉中，到最后，他的混沌也只有那只叫六一的猴子能够缓解。

小说不断地利用这些外壳堆叠人物的情绪和故事，诚然，人类与动物的生存和健康都离不开动物实验，但必须承认的是，无论人们如何评说动物的贡献，或者说如何为自己的实验精神开脱，动物本身并不会因为这种贡献而体会到所谓的生存意义。对于动物而言，绝大部分的生存目标就仅仅是活下去而已。现有的技术局限之下，人类不得不在动物身上做实验，但无论如何，都无法忽略动物本身的重要性。

生物的生命是平等的。很显然，这是杜梨希望在小说中所阐明的主旨，撇开这种生命态度的正确与否不谈，小说所采取的叙事秩序和舆论话语反抗都展示了90后写作者在经验崛起时刻的不可干扰。杜梨擅长利用现代都市中的人物情绪在文本实验的基础上不断呈现内部的裂痕，在赵魏和何榛的情感锁链中，小说极为微妙地展露了一种渗透的情绪和被聚焦的欲望。

"这电击看似在他身上，但更多痛苦的是我，世界上有太多不可碰的诱惑了，诱惑就像猴子的糖，只能抵挡一时的痛苦。……她不敢想，如果和赵魏产生私情，那之后的事儿得多麻烦。她不愿意为了一块糖，去承受日后无休止的电击和心理攻防。这方面，何榛和薛川一样冷静，喜欢是喜欢，但也仅限于喜欢，不越雷池，按兵不动。薛川不会飞到大马士革去找那个姑娘，他有自己的方式。"

这或许也能够代表 90 后文学的丰富内蕴之一，作为当代的书写者，他们在不断感知生活的同时，也容易在同质化的生活中失去既有的逻辑框架。这一基础上的创作很难转化为消费文化的参考符号，因而，杜梨在她的小说中纳入了市场经济主导下的伦理秩序，当爱情、亲情本身都被消费欲望引导，乃至于全然脱离崩塌，天然批判的现实生活处境也就自然而然地成为社会伦理秩序的版图撤离。在对待现实政治话语中语焉不详的对抗时，自然生成的舆论场域只关乎到荒诞的个体自身。

二、精神审视过后的本能觉醒

90 后作家们对文学态势呈现出的混沌意味不仅仅存在于文学作品所显现的自我意识，更在于对于边缘群体的观照，诸多或精神空虚或物质迷茫的时代大环境构成了 90 后作家独特的细致叙事。90 后作家们习惯于在阐释自我的同时，更强调群体本身的脱离。诚然，个体性的特征容易被驳杂的群体状况所抹杀，然而在共同的困境之下，书写时代的客观要求也能够被看作是对待人性困惑的面貌寻找。

事实上，对文学本身的探索也完全可以看作是对精神状况的重新审视，而对待现实热点问题的观照阐释大多是在大众文化场域内的本色书写。从小说《今日痛饮庆功酒》①来看，小说呈现了对多元社会热点思潮的观照与阐述，就热点本身而言，现代都市文明的话语狂欢在小说的叙事秩序中得到了极为强烈的书写与证明。

小说在精神个体的催动下，有效串联了失独老人、精神隐

---

① 杜梨：《今日痛饮庆功酒》，《人民文学》2020 年第 1 期。

疾、恐怖主义,乃至动物买卖等现代化都市下的文明隐痛。在前文中提到过,这一代人,是在城市文明中成长推举起来的人,90后的新生作家群体所希望找寻的是更加精确而简明的现代社会话语逻辑;同时,他们也具备更加国际化的视野和开阔的标尺研究,在这一复杂的审视之下,90后女性作家对于多数社会理念的文化输出无疑更为新鲜而清醒。

值得明确的是,90后作家无疑是对个体关注最为深远的一代,这或许来自他们自我的生活处境,使得绝大部分人都倾向于在群体中寻找个体的生存空间,而非在群体的框架下抽离自我。因此,杜梨在小说《今日痛饮庆功酒》中也就展露了较为成熟的叙事质地与生活弹性。

首先从人物上来谈,小说所选取的几个人物可以说都分别代表了社会议题下的少数人群困局:恐怖主义攻击后意外去世的大使、患有精神隐疾的少女周妙羽、中年失独的王三鲜夫妇、在格子间里挣扎迷惘的霍一。这些人物因一只猫的走失被勾连成为现代都市极为具象的浮世绘,并被共同阐释为了空间背景下的生命诉求。在社会公共空间之外,这些被沉默所掩盖的大多数,才是更为精确的社会群像。

小说有很大的篇幅都是以少女周妙羽的第一人称来书写,作为受到刺激后患上精神隐疾的女孩,她所铭刻的是真实而悲剧化的人生图景。小说还通过她的视角,暗示了诸多女性在生活场景中会遇到的琐屑的侵害,这些被男权社会所觊觎的目光包含了过多对女性野蛮的描摹。

疯女人的意象自从被吉尔伯特在《阁楼上的疯女人》[①] 打捞书写之后,就不断地被不同人群阐释。在猎奇状态下被不断观照

---

① [美]桑德拉·吉尔伯特、苏珊·古芭:《阁楼上的疯女人》,杨莉馨译,上海人民出版社 2015 年。

书写的疯癫隐喻，很多时候都代表着现实生活中的少数困境。很显然，尽管我们的社会今天不断地关心现实生活中那些所谓的自由民主，但却对这些隐秘的障碍人群无从书写，这一庞大的隐痛之下，小说细致地展示了精神隐疾的钝痛。

作为精神疾病，疯癫在很长一段时间里并不被认为是一种单纯的生理疾病，而是被看成主流群体之下的第二症候，而与之对应的是，女性也往往被看作是第二性，是男权社会下的异乡人。或许正是在这种若有似无的隔阂之中，周妙羽所显露的迟钝才得以被描绘为温情脉脉的情感自疑。

这是一个疯狂的世界，人性是最不可预测的，而在这种疯狂的病兆下，似乎周妙羽才是那个正常人的形象。小说里的"我"不止一次地流露出了某种迟缓的钝痛。

"霍一瞪了她一眼，银枝打了他一下儿，我若无其事地吃着冰激凌，什么感觉也没有，爸妈走了以后，我什么都感受不到了，奶奶天天让我吃药，让我的神经变得迟缓，世界和我之间隔着一层永无可抵的薄纱，我就像安史之乱以后的王维，世间声色对我而言只有味觉，没有知觉。"

除了对孤儿精神生活的关注，小说同样也借助一只猫的走失勾连起了对失独人群的探讨。在小说《今日痛饮庆功酒》中，我们谈到，这一代的年轻人们必须经受更加庞大的压力和养老恐慌，同样地，只有一个孩子的老人们也必须提前为自己安放好晚年的生活状况。更不必提在独生子女因意外去世过后，这些送走黑发人的白发人应当如何寻找生活的新的寄托。

有社会调查显示，对大部分的空巢老人来说，宠物是很好的生活伴侣。生命坦荡向前，但对于失去唯一孩子的中年夫妻来说，他们不仅要面临无人养老的困境，更要向着生命中无依无靠的孤独对抗。小说将一只猫作为了王三鲜夫妇二人的精神寄托，它代表着银枝曾经存留的证据，更是琐碎现实中的唯一希望。

小说中的人物故事实际上大多是由少女周妙羽，也就是"我"的角色所串联起来的，尤其在"我"与银枝父母的相遇中，小说试图表达一种如同炉火般的温暖。而在银枝的身上，也同样显露了她的洒脱与超越："银枝对我很有耐心，经常带我去看各种展览，逛各种打口和 CD 店，从西单图书大厦、王府井新华书店、FAB 精彩无限文化广场到经典音像、福声唱片或是私人的唱片小铺，她总想从我身上开发出些绘画、艺术家的天赋。至少，她说，要破了我身上这层茧，她说我是极地的松毛虫，如果能挨过漫长的极夜寒冬，就一定能活下去。"

事实上，这句话几乎完全可以看作是对于机械时代的反抗，银枝看重艺术，这也可以代表杜梨小说中永恒存在的天真与畅快，她习惯在飘荡着的通透中出离时代的幻想，只讨论因缘纠缠下的自我修行与时间羁绊。

很显然，个体的生存意义在这一代作家身上得到了极为锋利的书写，这批和平年代物质丰饶时刻长起来的作家或许并不具备对邪恶力量书写的可能，但在对日常生活的琐碎现实观照中，反而能够最大化地还原对个体的尊重。无论是失独老人在暗处对伤口的舔舐，还是少女失去双亲过后对待生活的钝痛，甚至是社畜霍一，小说中都通过直观的叙述，对他们展开了心理上的细致刻画。

三、镜像状态下的灵魂缺损与补足

老龄化、独子养老、"六个钱包"变为"六个老人"等难题都压在了这一代人的身上。且不谈这类遥远的社会议题，作为独生一代而言，他们在成长过程中所感受的孤独与寂寞也是独一份的。这一代人的精神乌托邦不仅来自童年的童话世界，同时，也往往带有对兄弟姐妹的寻找与渴望。

或许是出于这一社会议题，90后的作家们在小说中也往往习惯带上这类若隐若现的情感解读，生活本身、情爱的镜像，以及心态境遇的纠缠与拉扯，贾若萱在她的小说《所有故事的结局》[①]中展现了友情、爱情乃至于自身镜像的三重向度，试图在这些震颤的驱动中摸索情感的奥义。

相较于杜梨在小说中所囊括的诸多关于社会议题的要素，贾若萱在她的小说中显然更希望将生活本身的腔调进行细致而精确的书写，她不试图对故事之外的任何情绪做出判断，只习惯在凝视的状况中生成灵魂本身的补足。

值得明确的是，同样是90后女作家，同样是中篇小说的写作，贾若萱在小说中所展示的飘荡叙事状态与杜梨完全不同。在杜梨的小说中，她习惯以人物本身的事实以及结构性话语的编排来阐释故事，并不断地将生活实际抬高到经验层面进行书写，小说的气质呈现出一种魔幻现实下的自我交织。但在贾若萱的小说中，常常展示的是一个平静笨拙的状况下个体的暗流汹涌，所谓叙事的秩序被推翻了，清新灵动的锐利之下，彰显的是一种宝贵而浩渺的生活感知。

小说《所有故事的结局》中，贾若萱试图以"我"的视角去窥探镜像情绪，或者说类似于双生的灵魂缺损。小说全程都以第一人称的叙述视角讲述，"我"不断地在关于文学乃至艺术的领域意识到"我"和惠子之间的差距，同时也不断地试图从各个方面加以弥补，就在"我"认为"我"在不断追赶她的时刻，一前一后进入两人生命中的男人分别令两人尝到了不同程度的

---

① 贾若萱：《所有故事的结局》，《人民文学》2019年第11期。

苦楚。

　　事实上，尽管小说从始至终都只有叙述者"我"的第一人称视野，但仍然在诸多语境中暗示了两人的镜像状态："后来，我也剪了刘海，效果却不太理想，她是尖脸，我是圆脸，难免显得臃肿。但老板说我们越来越像了，远远看去像一对双胞胎。"

　　很显然，两个热爱艺术的女孩在追求梦想的过程中在不断地经历攀比、嫉妒和残酷，诚然，两人之间的情感是美好的，这种矛盾的异质被书写成为某种独特且困顿的场景。小说中的人物面对着多重情感的洗礼，这种情感相互照应，共同构建起一个生活的牢笼，催生了故事的发生。

　　从两个男人来说，秦乐代表的完全可以看作是两个女孩彼此生活被入侵的第一步。当"我"终于窥探到秦乐与惠子的恋爱之后，"我"的感触并不仅仅是所谓爱情或是友情的钝痛，更多的是对于三个人之间平衡关系被打破的惊恐：

　　"当我看到惠子和秦乐吻别，才终于在脑中跳出'恋爱'一词，它发生得这么快，由模模糊糊的轮廓瞬间凝成具体的实物，像变异的细胞分裂过程，震得我喘不过气。惠子的脸颊绯红，眼睛又大又亮，双手不由自主地摆动，症状和其他深陷在爱中的女孩并无差别。我走在她身边，感觉自己正慢慢消失。"

　　在"我"的世界里，惠子的存在是极为矛盾的，一方面，她代表着"我"所希望成为的样子，正是由于惠子的出现，"我"才不断地迸发和努力；但另一方面，她的存在似乎永远是"我"的威胁，这些混沌的复杂使得"我"逐渐与她隔阂。而作家飞马的出现也加剧了这一状况，在故事的最后，"我"和飞马陷入畸形的恋爱关系，而直到最后一刻，"我"才了解到飞马与惠子之间语焉不详的拒绝。

　　"她看透了我的心事，让我非常不自在，我们似乎无法分享彼此的情感世界。此刻我充斥更多的情绪是屈辱，她、我、飞马，我们组成了另一个三角形。惠子拉住我的手往前走，我盯着她温柔的曼妙曲线，心中十分悲伤。"

除却爱情层面的彼此博弈，小说也在两人的艺术层面乃至价值观层面做出了全然不同的书写，这种截然不同的表达令人不由得想要思考，这些思维的嬗变在某种程度上是否可以代表作者本人情绪的纠结与拉扯。关于艺术领域，"我"所希望的是在写作上专而精，同时将写作看成是一种倾泻而非精致，写作状况本身是经验的传达；但在惠子看来，写作更应当注重文本的诗意性，同时，她也在和秦乐的相处中展现出了令人惊诧的艺术审美。事实上，我们完全可以将之看作是作者在文学立场下对于个体自身生活方式的思考与回应。在城市的部落之中，个体的人文精神往往是被忽略的，被催生的关系乃至于诸多艺术理念实际上都是文化症候式微的体现，而贾若萱试图在镜像化的语言中观照艺术以及生命的终极意义，关注未知的生活和精神的沉溺。

在小说的中间有一段话，我认为可以看作是贾若萱对于同代人价值谱系的隐晦书写："听到这话，惠子微微皱了眉头。这个眉头使我略感安慰，我突然窥探到那个瞬间：她并非什么都不在意，不认同别人的模仿，想让自己成为独一无二的个体，是虚荣的另一种表现形式。"

这样繁复的讲述下，小说逼近了社会边缘人群的存在体验，将个体的郁闷和90年代生人的代际痛苦直观地传达表述出来，小说试图展示个体形象的自我挑战，外向的精神结构之下，小说赋予了文字本身以形式的美感，虚虚实实的灵魂缺损之中，镜像的状态展露的是"世界上另一个我"的延宕表达。很显然，这种对于自我缺损的检审和对融洽关系的渴望，所暗示的也正是这一代对话者的精神谱系构建，无论生活本身多么复杂，属于自我人性的幽微探讨都给予了文学以俯视生活的可能，彰显出绝对的锻造与重塑。

值得关注的是，情感在很多时候成为 90 后女性作家们观察和理解都市文明的入口，她们热衷于阐释对于情感的困惑与挑战，也习惯于在日常琐屑的混沌中谈论关于爱的期许和想象。在疏离却真挚的情感表达之下，90 后作家们肯定了梦境与想象的价值，更期望在隐秘的叛逆中与现实对抗。在纯粹的语言结构之下，小说拆解了焦灼的生活，对于锐利的文学审美提出了新一代的追问。

很显然，90 后文学在备受瞩目的状态下，从上世纪 80 年代在我国逐渐兴起的女性主义写作也进入了被探讨谈论的空间。事实上，90 后女作家的写作具备了更加强烈的自我表现与自主意识，她们不仅自动地将自己引向了主流的文学场域布局，也没有忽视市场资本的成熟。尽管就文学本身而言，她们并没有形成整体化的文学风格和颠覆性的文学运动变革，但其中扎实且沉稳的文本写作也书写了一种全新且饱满的气象。

除此之外，由于消费社会的逻辑开始在 90 后作家的文学版图中被强调，部分 90 后作家的个体叙事书写会披上较为商业化的思维外衣，也是在这种写作焦点下，文学逻辑从原有的批判状态中撤离，转向了更加狂想且锋利的书写向度之中。彼岸的狂澜之下，小说呈现出一种去传奇化的模式，日常生活在一方面构成了文学内在肌理，另一方面也拼凑出个体精神世界的迷惘与空洞。这些经过审视的现实经验将生活引向了生机勃勃的原点，重现了文学对话的可能。

发表于《艺术广角》2022 年第 2 期

辑 二

救赎背后的迷失

——蒋韵小说论

在"超现实主义"的写作中，创作者们大多会强调梦境、幻觉、潜意识等等。它所代表的实际上是一种对于现实表象进行创造性反叛的写作方式。超现实主义强调要摆脱一切束缚，主张要超越现实进行"无意识"写作，并运用反传统的语言手段进行描述。然而在我国现当代的文学中，纯粹的超现实主义写作是不多见的。受拉丁美洲文学影响，大部分作家会有魔幻现实主义的影子在，而超现实常常只会作为元素出现在中国现当代文学中。虽然蒋韵是一个较为关注现当代女性生活的作家，但在她的作品中也会出现一些超现实主义的元素，强调摆脱理性和道德的控制，并为她笔下人物的行为轨迹做解释，借此来表达审美的解放和对真实生活可感性的挖掘。

事实上，人物自身精神层面上的困境往往是多重人文叙事中会运用极多笔墨描绘的主题之一。顺着精神困境的思路对蒋韵的小说进行阅读和引申，展现的实际是在文明日益发达的状况下，人类对于自我生存状态的思考和修正。作者大胆地运用了超现实元素来展现女性的欲望，注重对女性的潜意识分析，在梦境和幻觉的描写中彰显了独特的美学魅力。

救赎与迷失，看似是两个完全不同的概念，但放置于超现实元素中，都蕴含着诗性的意蕴和神秘的忧愁。本文就将以小说集

《晚祷》①中《水仙眼》和《晚祷》两篇小说为例，解读其中鬼魅与圣徒的形象，借此探讨蒋韵小说中的超现实元素在文学上的精神性中的不断延伸，发掘其叙述上的艺术性和超越性。

一、精神世界的异化与迷失

作为一个当代女作家，蒋韵更多地着眼于都市中人物的命运和心理。她笔下的人物大多是带有原罪的，敏感而孤独，悲哀而执拗。这样的悲剧属性在时代的碰撞之中会越发凸显，这也就昭示了他们精神世界的异化与迷失，从而凸显了他们的悲剧命运。对于精神世界的追寻向来是贯穿在蒋韵小说中的基本路径，她习惯于运用理性与非理性的二元对立去展现人物的原始欲求，与此同时，作者还试图在小说中打破思想与身体的界限，从而去表现女性在新时代下对于传统伦理观念的困惑。蒋韵试图将这种超然物外的精神生活放置于较为真实的历史情境之下，并利用这类真实可感的历史因素使得人物本身的荒诞性得到纾解。以这样一种视角重新审视人物情境之后，小说能够在更加多义的语境下展现出艺术主体中的审美意识及审美理念，诡谲而现实的荒诞场景也能够在多元素的拼贴中凸显出扭曲的真实感。

在《水仙眼》中，作者以散文式的笔触娓娓道来一个故事。故事的内容并不复杂，讲述的是一个女孩和男人相爱，而两人分居两地之后，男人却为了更好的生活"爱上了"一个能让他成功的女人。女孩最后选择了自杀，男人则娶了那个让他成功的女人。如果以正常语序叙述故事，即使给人物加上丰富的内心情感世界，也难以不落俗套，很容易就会陷入一种叙述都市三角恋粗

---

① 蒋韵：《晚祷》，作家出版社 2016 年。

俗的情节之中，因此作者利用了一个旁观者角色，将故事的情节进行碎片化处理，并加以粘贴和重塑，借此去展现一种亦真亦幻的效果。在陌生化叙述的情境下使读者淡化时空的概念，从而能够与陈昭一起，重新审视故事情节，探寻人物的内心，形成较为强大的内心冲击力，以展示当代社会中都市青年男女的情感状态和精神虚无，凸显出畸形价值观下的欲望形态。

故事中的陈昭是以一个旁观者形象出现的，她所见到的李生生已然是一个鬼魂，但令我们惊讶的是，在结尾处我们知道，她早在第一次就明白了李生生的来历，但她仍然安静平和地同李生生聊天，甚至接受李生生交付的嘱托。这显然是违背常理的，而李生生的鬼魂这一意象，也就是我们所说的超现实元素。正是在这种荒诞不经却又是对现实世界的逼真复刻之中，小说才摆脱了传统的爱情故事中的现实主义刻板印象，并展现了其无奈又哀伤的人物内心。

事实上，李生生和门庭芳代表的就是城市生活里年轻男女精神世界的异化和迷失。最开始，李生生能够认识门庭芳，其实就是在受到了物欲的洗礼过后，她第一次和老板一起参加商务应酬，穿上了她自以为最好的衣服和鞋子，甚至配上了新买的皮包，然而，在酒店门口的她却被同行女伴手里的一只 Lady Dior 比了下去。这其实是李生生第一次经历到物质所带来的冲击，也是第一次出现小说标题的水仙眼意象——"像神话中的水仙，魅惑而沉静"。

水仙这一意象最初是出自希腊神话中的那喀索斯。他是希腊神话里的美少年，父亲是河神，母亲是仙女。那喀索斯出生后，母亲得到神谕：那喀索斯长大后，会是天下第一美男子；然而，他会因为迷恋自己的容貌，郁郁而终。为了逃避神谕的应验，那喀索斯的母亲刻意安排儿子在山林间长大，远离溪流、湖泊、大海，为的是让那喀索斯永远无法看见自己的容貌。然而，他最终在水中发现了自己的影子，然而却不知那就是他本人，爱慕不已、难以自拔，终于有一天，他赴水求欢溺水死亡，死后化为水仙花。

因此，这一意象在西方的理念中，是带有强烈的自爱，或者说自恋取向的。正是出于对成功、荣誉、美丽等的幻想，李生生和门庭芳们才会在现实世界的残忍之中去寻找本我之美。Lady Dior 所代表的就是都市女性在现代生活中所做出的选择和价值取向，当咖啡厅里的李生生说出"谁送我一个 Lady Dior，我就做谁女朋友"这样的话时，代表她心里的天平已经有一点向着当前的物质生活倾斜了。而门庭芳的出现其实是在李生生拐向魅惑迷乱的生活时，将她重新带回来的阳光而生动的存在。门庭芳看到了那张纸条，玩笑似的画了 Lady Dior 的速写，送到了李生生的面前。这极具浪漫但和现实几乎格格不入的东西却打动了李生生的心，这也说明在李生生的内心深处，其实更关注的仍是精神上的享受。然而，在两人分隔的半年后，门庭芳却"爱上了"另一个能够带给他成功的女人。这实际是代表着两人精神世界的置换。原本李生生是因物质而失措的那一个，但最后妥协于都市物质生活的人却是门庭芳。由此，两人都在精神世界中彻底迷失。李生生的迷失在于爱情的背叛和物欲的倾轧，而门庭芳的迷失在于他亲手毁掉了这段感情，并且甘愿扎入物质的洪流之中。小说并未对二人的情愫运用太多笔墨，而是在李生生的视角下重新审视观照这段感情，最后的结尾揭晓，李生生选择了自杀，并且借陈昭之手将"青花的注视"归还。她从她的精神世界中走了出来，而门庭芳注定将继续迷失在都市光怪陆离的生活中。

在《晚祷》中，讲述的则是一个带有原罪的女孩的精神迷失。从某种程度上来说，她的原罪并不来自自身的罪孽，而更多的是外界对她造成的影响以及她自身崇高的价值观，她身上代表的是类似于基督教中耶稣那样的自我惩戒的力量。与《水仙眼》中直接利用超现实的元素介入故事不同，《晚祷》所表达的是用潜意识与梦境的糅合，以达到一种超脱现实的精神状况，通过这样的画面描述直观地深入到人物精神的深处，探讨人性中最为内在的灵魂与情感。袁有桃是孤独的，她从未享受过母亲的爱。当姥姥去世，她被送到母亲家中，那个地方却仿佛从来不属于她。当母亲掐住她脖子的那一刻，崇高的母爱被彻底解构了，母女之间的温情脉脉被残忍和暴力取代，这样的经历造成了有桃冷漠敏感的性格。她失去了对生活基本的归属感，也无法再与世界好好相处。以正常社会中的法则来看，袁有桃无疑是怪诞的，母亲对她是陌生的，甚至是带有一定未知的恐惧的。

作者以这样一种变形的方式去释放人物的天性，借此去表达强烈的内心感受。在这样怪诞的性格前提之下，当她目睹秦安康落入湖中时，本能的反应让她没有去救他，当然也没有呼救，这样的罪恶感跟随了她一生，让她一生都在精神世界中迷失和痛苦。童年早期的经历郁结于心，使得她终其一生都无法安心地享受幸福，只能不断地寻求赎罪的方法，在最后以死亡完成了最惨烈的自我救赎。

也因为精神世界的迷失，袁有桃的感情经历也带有悲剧的毁灭感，她和苏慈航的爱情是青涩而甜蜜的，苏慈航近乎以一种启蒙者的姿态出现在她的面前，给她带来城市的文明，以一种明亮的姿态降落在她身上。然而，当她回到母亲身边，见到秦安康的疯子母亲的一刹那，一切都化成了泡影。她开始了长期的尿床。这样极具羞耻性的病使得她瞬间从爱情中清醒，转而继续寻找赎罪的办法。

苏慈航的爱情一开始还带着甜蜜的气息，而和郑千帆的跨国之恋从一开始就是苦楚的，内心世界的迷茫错乱使得她无法尽快地打开心门将自己交付出去，然而，就在她终于能够敞开世界，努力地去够向新生活的时候，原本的罪孽又一次将她打回原形。有桃最后默默地离开了，选择一个人孤独地终老。这种对理性秩序的打破以及对噩梦光怪陆离的形象描绘，塑造了一种狂热而焦虑的精神氛围，袁有桃潜意识中的不安和恐慌，通过超现实主义的笔触直观地展现出来，在扭曲与变幻中实现了对立的解放。她的精神世界始终都处于一种混乱而迷失的状态中，错位的痛觉和强烈的自责剥夺了她幸福的可能性，她只能选择以沉默来解脱。蒋韵对于人物精神世界的把控无疑是敏锐的，她利用现实与梦境的相互照应，完成了感性与理性的形象化统一，使得小说的主题既具备了普遍化的哲理思考，又沉浸出了内在的人物苦痛与愁闷。

二、超现实元素下的行为轨迹

在《水仙眼》和《晚祷》中，都不同程度地出现了一定的超现实主义元素。《水仙眼》中的超现实元素自不必提，李生生从头到尾都是以鬼魂的形象出现，陈昭是一个完全的旁观者形象，只在最后参与了李生生和门庭芳的告别。这样超现实主义元素的运用，恰到好处地增加了文学作品的张力。一直到快结尾处，李生生的死亡和死因才被完全地揭露出来，然而，当我们作为读者读到这件事时，却并不会感受到过于悲伤，或许是因为在蒋韵的笔下，即使是死亡，也显得尤为珍贵，比起门庭芳的活着，更像是一种对生命的珍重和对自我精神世界的自持。

李生生从未后悔过自己的死亡，她选择以鬼魂的身份存在，等待着门庭芳的到来，好最后把"青花的注视"交还给他，其实代表的是一种精神世界的矜贵和澄明。正是由于李生生有着高贵而明朗的灵魂，才使得她的死亡更像是凤凰的涅槃——畅快而明朗，澄澈且自由。

鬼魂这一超现实元素是极富有东方色彩的，比起西方一味地强调神明的高贵，东方似乎更乐于把死后的世界美化并展现出来。李生生的鬼魂能够被人看见，能够使用钱（冥币），甚至能够在世间行走，这样的形象其实更像是灵魂的出走和翱翔，而不是可怖的鬼魂。灵魂终于脱离了肉体凡胎而存在，比起死亡，这似乎更像是李生生终于逃过了精神世界的迷失，真正实现了自我价值的归属，并在这样的形态下完成了更好的自我认知。

作者美化了死亡，人物死亡的瞬间，驱散了生命中的阴霾和布于死亡之上的恐怖阴影，死亡不仅仅是吞噬生命的恶魔，人们选择死亡，以成就生。作者通过对鬼魂这一超现实主义元素的描写，展现了一定的哲学思考，把死亡书写成了召唤。也就是在这样的前提之下，李生生的死才显得尤为珍贵，且并不会让人感受到痛苦绝望，反倒像是李生生自我的成全与救赎。鬼魂这一超现实主义元素之下，死亡不再是毁灭，而是回归。李生生的死亡成就了她澄澈通明的精神世界，而门庭芳的活着，却是带着污浊而丑陋的阴影。和《水仙眼》中的东方超现实元素不同的是，《晚祷》中的超现实元素更多的是西方的价值观。在西方文化的精神主流中，更多地强调原罪，强调人类的集体罪过，信奉需要自我洗涤和忏悔才能达到灵魂的净化，因此就要求人们以极高的标准来寻求救赎。

在超现实主义的文学作品中，大部分作家往往会致力于挖掘人类的潜意识，试图将理智与情感、生与死乃至于过去和未来等冲突的元素全部进行打碎和重塑。将自我的艺术追求从传统的限制之中解脱出来，使其超脱于本来的情节点，表现更多的自己对人和世界的思考。回溯到欧洲超现实主义的发展历程中，我们能够窥见的其实是作家们在创作过程中不断强调的审美意识，也就是我们通常所说的视觉上的效果。就个体的审美意识而言，这种对视觉效果的追求实际上是在共时性建构和继时性积累的互动过程中形成和发展的。因此，我认为蒋韵正是在对超现实主义进行了理解和挖掘之后，重新对自我的创作历程进行审视，从而自然而然地将这种幻境意识完美地融合到了小说的创作之中。

在《晚祷》之中，蒋韵甚至直接利用绘画来直观展现人物真实的精神领域，并不断地借用潜意识的梦境和幻觉来凸显现实的压抑以及女性自我的扭曲。袁有桃就是这样的存在。《晚祷》是一幅画——"画面上，是满天的晚霞和正在等待收获的大地，一堆男女，一对劳动者，低着头，虔诚地祈祷"。这幅画很大程度上就隐喻了有桃的命运。在《晚祷》中，超现实主义的元素有两个。第一个就是《晚祷》这幅画。在苏慈航给她看了这幅画之后，她感到震惊，并且非常想做画里的小圣徒。圣徒代表的是在西方文化信仰领域，不断追随先知、圣人和先知、圣人的思想，在本宗教信仰系统中的人。而且往往指代的是通过这些信仰达成了一定成就的人，这一形象就非常具有地域色彩和梦境色彩。第二个超现实主义的元素就是梦境。袁有桃是在遇见秦安康的疯子妈妈之后开始做梦的，梦里是水淋淋的孩子和冰冷黑暗的水。这可怕的梦境延伸到了梦外，当身下濡湿一片时，袁有桃的自我惩戒才刚刚开始。在《晚祷》这篇小说中，梦境不断地影响到了她的行为，这件事本身就带有强烈的超现实主义色彩。正是在这样梦境穿插于现实生活并不断对现实生活造成影响的环境下，有桃本能地将所有罪孽都揽在了自己身上。

在小说中，蒋韵在虚幻与真实之间不断地整合，描绘了诸多幻境一般的场景。读者甚至会产生一种分不清梦境与现实的错觉，在这种对未知效果的追求之中，梦境与现实的杂糅往往更能在现实语境之下氤氲出幽玄飘浮之感。纵观全文其实不难发现，秦安康的死本质上与她无关，秦安康自己意外地走向了死亡，而袁有桃一闪的恶念也可以归结于秦安康对她的霸凌。硬要说罪行也只是她没能及时地呼救，但这样的罪行是可以被轻飘飘地抵过的，归结于年纪小、敏感冷漠的性格等等。但袁有桃并没有，她在梦里不断地回忆起心中恶魔的声音："活该，去死吧。"正是这几秒钟的恶念让她背负了一生，而梦境的因素强调了这种罪过的沉重。事实上，蒋韵正是用了诸多笔墨去强调这种细节上的真实，才使得故事整体的荒诞不经得以组合杂糅形成真实可感的叙述效果。在这样的描绘之中，人物塑造与情节发展被虚幻的界限所抹除，一次次的自我惩戒和精神赎罪之后，袁有桃终于在肉体的毁灭中终止了这种疯狂的绝望。

在小说中，蒋韵描绘了大量的梦境，空旷的天空、结冰的湖水、飘荡着的神秘的女人，这些场景在梦境中让幼小的袁有桃感受到恐惧和崩溃，同时又如同现实的映照一般影响着袁有桃的现实生活，她接连不断的尿床和梦中交替出现的《晚祷》的画，都使得读者能够轻易地捕捉到人物的幻觉与情感，从而使得作品呈现出独有的艺术魅力。

人在睡眠中本应是最放松的，然而，有桃在梦里也没能放过自己。她渴望着成为一个圣徒，渴望着皈依基督，皈依神灵，将心中的痛苦通过自己的虔诚和自我放逐来洗涤干净，从而完成一个自我的救赎。袁有桃的命运实际上是由其心中强烈的道德感和敏感的性格决定的，作者利用了梦境这一超现实主义的因素，将袁有桃惨烈的自我救赎和伟大的不幸书写得更令人动容。

伴随着愧疚和罪孽感的侵蚀，袁有桃断绝爱欲，不断自省，甚至在得知将死之后，把死亡看作是自己得到救赎的最好方式，从而毫无畏惧地走向死亡。正是有了这样在超现实元素下的自我审视，才使得小说可以更好地展现袁有桃的行为轨迹，表达作者对于人类崇高道德感的向往。

三、救赎与寄托

在蒋韵的小说中，救赎几乎是一个长期存在的母题。由于女性角色在社会生活中的局限，事实上，蒋韵也没能找到拯救她们精神世界的现实途径，因此，在她笔下的人物，或自我救赎，或相互救赎，总归都是在自我生命中不断寻求着一种心灵上的安宁。在《水仙眼》和《晚祷》这两部作品中，也不同程度地展现了救赎与寄托的意味。她们或出于各自信仰的观念形式，将自我的残酷命运归结于自身，激起人的内心情感，自发地隔绝掉现实世界的温暖；或进行一定的死亡想象，在虚无状态下寻求生命的重建，展现出作者的生死观与哲学意义上的个人思考。

在《水仙眼》中，最具有罪孽感的角色其实是门庭芳，可以说，正是由于他的懦弱和虚荣，才造成了李生生的死亡。然而，如果李生生仇恨门庭芳，甚至于成了鬼魂时也依然不放过门庭芳，那么这部小说其实会成为一个有些狗血和烂俗的言情小说，显然蒋韵不止于此。

她将李生生塑造成了一个极为透明的灵魂形象，为我们提供了一个认识生命尊严的新鲜视角，从而使得读者在生命虚无的论调之下找到一个走出困境的新可能。在超现实元素的前提下，李生生所代表的已然不只是令人害怕的鬼魅，反倒更像是终于实现了自我精神价值构建的、脱离了肉体凡胎的灵魂。她身上代表的是一种极致的对美的追求和向往，她首先完成了自我的救赎，实现了自我精神上的改观和重塑，然后，在归还了"青花的注视"

　　　　　　　　　　寄寓的诗性与想象的超越　|

之后，完成了对门庭芳的救赎。李生生的交还是带有强烈的梦幻色彩的，信物回归给这个世界的故人，而她一尘不染地离去。在结尾处，门庭芳痛苦地流泪，满脸泪痕地说："活着真难。"可以想见，未来他一定还会背负着对李生生的愧疚，但在李生生的原谅之下，他的痛苦和罪孽减轻了不少。

在东方哲学理念之下，人们或许会将死亡理解为完全的虚无，也就是生命的绝对终结。蒋韵则通过对感性认知的重新塑造，去凸显精神上的永恒价值。事实上，只有在死亡意识的觉醒过后，人物的精神世界才得以重建，并寻找到更高的生命意义。以这个角度来看，李生生的死亡其实是另一种重生。她原谅了负心的门庭芳，并自我剖析了心灵的状态，从而转向了更深层次的对精神信仰的探索。相较于《水仙眼》中被淡化的罪孽感，《晚祷》中的罪孽则来得更加血淋淋和沉重，如果说《水仙眼》中的李生生，是以超现实元素的形式实现了自我的救赎，那么《晚祷》中的袁有桃，则是在超现实的元素中不断地进行自我毁灭，但又在最终皈依了神明。

在弗洛伊德的理论中，焦虑往往是源自某种非常态情绪的积累与叠加。而在《晚祷》中，这种非常态的情绪就是袁有桃贯穿了一生的罪孽感和紧张感，在作品中，蒋韵不断地叠加情绪，利用人与人、人与环境、人与自我之间紧张氛围的营造，去凸显人物的焦虑属性，从而在肉体的困顿和灵魂的挫败之中形成一种撕裂般的戏剧张力。她身上是带有原罪的，而这种原罪由于袁有桃自身的高道德标准，无法以个人的力量进行化解。作者巧妙地以梦境映照现实，以一种现实生活中的源源不断的自我折磨来打破心理上的困顿，也正是在这种惩戒中，人物才得以和自我完成精神上的交互和救赎。

袁有桃所代表的其实是拥有着最为崇高的道德价值观的形

象，她终其一生去寻求的解脱也许在旁人看来是完全可以进行自我开解的。但是袁有桃无法做到。这或许是出于她不被承认的童年，也可能是出于梦境的不断折磨，总之，她成为圣徒的过程其实就是她寻求救赎的过程，呈现出了一种对人性尊严的关注。

袁有桃所做的自我救赎非常像中世纪的教会精神，即不断压抑自己的天性和爱欲，坚守着尺度和情绪，最后以死亡作为完全的解脱，难能可贵的是，她的自我救赎并没有因为生命中其他人的出现而中断，她所做的只有一直坚守着自己的道德品质。袁有桃最后毁灭了，但她的毁灭是保全了道德理想之后的毁灭，是对世俗的反叛，也是对人性的尊崇和道德感。

随着时代的发展和新旧价值观的碰撞，人们当下的精神状态非常值得思考。当开始对以理性为核心的传统价值观念产生怀疑时，我们更需要一种新的价值体系对人性进行探索，毫无疑问，超现实主义元素就是我们在探索道路上的一个小小尝试。正是由于有了这样反叛的创新，才能够促使我们去寻求对现实的真正解读。蒋韵在超现实主义的笔触之下，为我们塑造了诸多精神个体的形象，希冀于为当今社会提供一种新的路径进行自我拯救。随着现代人精神秩序的被破坏，在陷入了这样一种困境之后，我们需要这样对感性意识的追求，去找寻到既定原则下的个人生命救赎体验。

发表于《文艺评论》2020 年第 1 期

复归古典下的现实提取

——论何立伟小说中的文学追溯和结构语态

摘要：何立伟代表的是现实主义写作在时代中的一个过渡，他的小说继承了中国传统意义上古典韵致的意境美学，同时也有效建构了写作的主体性，完成了小说对于现实生活的虚构性呈现。他的小说既带有强烈的地缘性色彩，包含了自我生活概念中的经验范畴，同时，也不可避免地具有文学的追溯和想象，能够从混沌现实中提取浪漫的文化因子，从而构建起全新的浪漫现实情怀。

关键词：何立伟　寻根文学　历史争鸣　文学语言

在社会发展的历程中，文化一直以来都被认为是改革的先行军，隐晦地昭示着思想的变革，同时也具备一定的政治职能及教化职能，在意识形态变迁方面发挥着巨大的效力。随着政治制度和社会秩序的重新确立，寻根文学的出现对于当代文学的发展有着必然的推动性。文学开始在社会干预意识的前提之下，将重心聚焦于时间维度上的传统寻觅，从而对文学主流格局起到了一定的推动作用。就作家们的"寻根"而言，他们往往能够在自己的作品中呈现出一种对于文学主体以及语言古典韵致的复归，这种全新的对于民族传统文化的提取在很大程度上完成了一种对于历史的矫正，将曾经割裂的传统文化与现代意识重新进行了有机的结合，并且在这一过程中实现了自然关系下个体与历史的客观解构。

在中国当代文学中，何立伟是被严重忽略的一位作家。何立伟的小说往往在自然语流上呈现出一种纯粹而错落的节律感，他擅长在诗化的文字中展现其含而不露的深刻意蕴，而其作品中强烈的抒情化叙事也使得其小说在磅礴的历史积淀中得以提取出真正的现实化视角。特殊时代的诸多隐喻和思考之外，历史真相与虚构故事之间的界限被模糊了，群体性的混乱之下，神鬼都应势而起。作为表达者而存在的作家们也在新的路径中不断开拓叙事边界，借此传达客观面目下的历史争鸣。

一、多重语态节律限定结构技巧

何立伟非常注重语言形态上的古典韵致，这种注重绝不仅仅体现在其对于意象、意境等诗词特有的语境观照，更体现在其对词句韵律上的细腻推敲。这是他在文学领域上的叙事复兴，作家们希冀于寻找到"白话文"中的根，借此去实现大众对民族文化的认同感和自豪感。

接下来，我就从语言、文字和口语性质三个角度来阐述一下何立伟小说中的语态节律及其限制后的结构技巧。

首先，无论是语言还是文字，从其出现的伊始，都是为了表情达意的需求，语言是面对面社群之下用声音来表达意义的象征体系，而文字是在社会发展之后，由于空间或时间的阻隔而出现的传递的工具，因而在传统的中国乡土社会，语言足以传递经验，文字的效用是较低的。因而我们能够看到，即便是科举考试自古有之，但在小农经济为主导的古代，文学文字的学习仍然是不够高的。在中国的语境中，文字是庙堂性的，当大部分人民只需要依据祖辈经验就可生存的时候，国人对于文字的效用是模糊的。因而，在这几千年的历史思潮影响之下，中国文论不可避免地需要强调语言上的白话感，才能够使得小说在自然语流体态下形成真正民族化、历史化的叙述。

阅读何立伟的小说时，我们不难发现，他的小说中常常具有大段大段的对话，这对于作者的节律感是有强大考验的。相比较其他的文体，小说往往更加强调具体的实际感受和我们所说的可读性，因而，何立伟所建构的就是这样一种极其靠近生活语言的模式，并在此过程中不动声色地完成了对语言之美的观照。

以小说《耳语》为例，作者就是运用了极为生活化的笔法来塑造气氛和人物，同时，在语言的密度之下展现出了抑扬顿挫的情节之感。

张细妹的人物性格是极为温软害羞的，她在某种程度上代表了中国文人传统的理想女性人格，小说除了对她的诸多心态进行了描绘之外，更不断地写了严老六和细妹的对话。关于严老六要娶细妹进门这一事件，虽然只是一件事，但作者多次直观地描写对话，来展现两人的人物形象：

老六催道：你倒是答白呵。事情都到这种地步了，黄道吉日也都测好了，况且生米都煮成熟饭了，你未必还不肯答应我？

细妹叹口气，说：我再三再四地讲，我没有那样的命，就不能享那样的福。一想起要进到你严家的豪门，我心里头都是怕。

老六说你怕什么哦！

细妹说我不晓得是怕什么，总而言之就是怕。

在这一段中，我们能够明确地感受到何立伟对于小说语气张

弛的把控。从"老六催道："再到"老六说你怕什么哦",一张
一弛的韵律节奏,使得人物的情绪得到了直观的展现。同样的语
言把控在小说《北方落雪 南方落雪》中也有类似的展现:

> 他跟她说话有一种支配者的语调。她仍是点头。
> 是猎者支配猎物吗?
> 点头是被俘获的柔顺吗?
> 一个穿红衣的服务员走过来,她把房卡或钥匙交到
> 每一个人手中。
> "四个人一间房,休息,待命。"她冷冰冰地交代道。
> 她朝他望了一眼,仿佛忽然无助似的,是暗示什么
> 呢?

排比式重复的贯穿结构、对语法惯用的冲突和推敲后的断
句,作者无须再对人物进行什么情绪或是神态上的描绘,读者自
然而然地能够感受到人物的心理活动。

除此之外值得探究的就是中国语言的声调问题,众所周知,
拉丁语系中是不存在声调问题的,只存在重音和非重音,只有中
文才存在阴阳平仄,在这种语言的锤炼之下,才形成了中国独特
的韵律感的表达。

因而,通过以上对于语言的分析,或许我们能够对何立伟的
小说笔法有更深层次的理解和感悟,事实上,我们一直在谈论的
何立伟小说中的诗性和白话感,归根结底是对于生活语言的雕琢
和再现。

例如小说《明月 明月》中:

> 他望到日头晒黑的她的一张脸,荡漾的是夹着倦怠

寄寓的诗性与想象的超越 |

的兴奋和夹着忧虑的爽朗。她说话甚至有了一种很惹人喜欢的坚决的响亮和坦真的明快。小马便想：好的，好的，好。小马又想起那个地名，心中响起一支歌：《在那遥远的地方》。小马想：好的，好的，好。

而下午，小马鼻子酸了一阵后，就离开腊子寨了，汽笛一声，从此没有再回来过。

在这一重对话之下，小说在语言中遵循了含蓄的表达和完全的语法规范，从想起女孩的脸，再到想起"遥远的地方"，同样是一句"好的，好的，好"却平添了某种酸涩和悲戚的意义，重复的语句在此冲击了人物的情绪，得以实现了类似于古文中"歌以咏志"的效用。

当然，要实现小说的自然语流的状态，小说还不断地强调了生活化的语句，从而挖掘到了中国民族文化中的潜在魅力，寻根文学中的"根"也自然而然地得以展现，依然是小说《耳语》：

她慢慢也就困着了。她做了一个梦，梦见她穿了水田衣走在灯笼巷里，一巷的人都围拢了来，说咦呀细妹穿新衣呵！说咦呀细妹你比辰河戏里的旦角还漂亮呵！说咦呀细妹你这是九天仙女下凡尘呵！她后来就醒来了。她听到胸口咚咚地跳。

"困着了""咦呀"等颇具生活形态的语言习惯，有效地为小说建构起故事背景，正如我们前面所谈到的，何立伟的小说往往是重氛围、重感觉的，因而，小说在描写张细妹的梦境时，也是将她投掷于一个饱满的情绪背景之下，借此对叙事进程来进行解构的。

小说是以刻画人物形象为中心，并叙述故事的体裁，因此，小说的内容主题理当是叙事。然而在何立伟的小说中，我们却能够发现其对表意和氛围的塑造，甚至于他对于文字的雕琢锤炼，都是为其情节阐述服务的。在他的表意策略中，语言的韵律和语气上的抑扬顿挫，都成为他描述情节的工具，读者能够在他的文字之中直观体会到人物的情绪。

二、抒情概念下的历史矫正

　　首先就中国的传统文学而言，如同宋词一般，可以分为"婉约派"和"豪放派"，当然，何立伟的小说显然可以被归入婉约一派。在这种叙事的散文思潮之下，我们实际能够读解到的是一种文体之间的杂糅和蔓延，小说与诗歌的边界被模糊化了，在文学的谱系建构之下，我们显然无法以传统的小说格局来对何立伟的小说进行分析。

　　除却文体形式上的观念与审美之外，他的小说更带有一定的政治意涵，甚至可以说是文学观念上的矫正性隐喻，这里我们就从小说的审美范畴以及抒情概念来体悟何立伟小说中的历史反省和矫正。

　　相较于我们这里所谈论的抒情文学，或者是大部分人所第一感觉到的所谓"诗性"文学，何立伟的小说在中国当代的文学史谱系中被称为是"诗化小说"，也就是说，在何立伟的小说中，不仅有传统的诗性抒情认知叙事恣态。其对于民族风土人情乃至乡土内涵文化的建构，在何立伟小说的抒情式叙述笔法之下，他的文学语言往往能够呈现出一种现实与虚幻的边界模糊感。很长一段时间里，即使他从未在小说中直观地书写出地点和时间，但我们仍然能够通过其大篇幅的风土刻画来对小说背景有一定的

　　　　　　　　　　　寄寓的诗性与想象的超越　｜

感知。

例如何立伟的经典短篇《白色鸟》中：

> 白皙的少年想：唉呀，要是把弹弓带过河来，几多好！然而立即又自行取消了这法西斯主义。因为那美丽和平自由生命，实在整个的征服了他。便连气也不敢大声喘了。
>
> 四野好静。唯河水与岸呢呢喃喃。软泥上有硬壳的甲虫在爬动，闪闪的亮。水草的绿与水鸟的白，叫人感动。

诚然，小说的诗性笔触固然值得抓取，但其抒情概念下对于历史主体、个人，乃至于环境外物的关系提炼显然更加值得关注。在上面一段中，我们就能够极其明显地感知到：人物个体（白皙的少年）、历史背景（法西斯主义），以及环境外物。小说巧妙地将视点落于历史之中似乎"不那么历史感"的一面，将所有关系压缩到片断式的场景之中，由此提出了历史矫正的可能。

同样的回环性笔触在小说《明月 明月》中也有同样的书写：

> 1975年4月一天，断黑时分，工作队员小马，一个日头怎么也晒他不黑的青年，夜饭后正蹲在腊子山脚下一条愉快的溪流旁从头到脚洗他白白净净的身子。水很清，当然也很冷。小马听得自己牙齿磕碰着牙齿仿佛害怕着甚么一样的声音。但是，小马他晓得，除却冷，他实在甚么都懒得怕。反而由于这冷的刺激，小马变得兴奋，变得快活，甚而至于就想唱歌。想唱于是便唱，这正是他这样年轻人一个特点。

"1975 年 4 月"，这样极其精确的时间在何立伟的小说中是不多显现的，这个时间线索显然暗藏着历史含混压抑的属性，再结合小说内容所阐述的，简单来说，就是一个男人在年纪增长之后，对于曾经的一次小小的心动的回顾。小说在此显然利用了强烈的抒情概念，来完成了一次更为自觉的历史反省和审美范畴上的有效回顾。

除却这种强烈的以表达民风民情为抒情核心的作品，何立伟当然也有完全叙事为本的小说。小说《耳语》的开头：

> 天宝商号的伙计朱三将最后一块门板嵌好的时候黔江古城片片黑瓦屋上皆升起斜斜炊烟，临沅水码头上，商号运桐油的木船于一团深蓝里泊在乱乱晃动的灯影中，老板严老六一手捉住黄铜水烟袋，一手捏一根一头点燃的细长纸煤，从里间走出来，咳一声跟朱三说，要朱三明日晚上来吃小年饭。

和前面提到的两篇小说不同，《明月 明月》和《白色鸟》都有强烈的抒情色彩和场景感，我们几乎可以将其看作是散文，但中篇小说《耳语》则具有一定的叙事意味，小说中的时代背景藏匿在跌宕起伏的叙事张力背后。如："那年镇反，黔江古城好热闹，河边上原先唱辰河戏的土戏台周围围满了人，看台上跪了十几个衣领上插了木签的人。身后皆站了穿黄衣背大枪的军人。"

而人物的悲剧所展现的就是宗法文化乃至封建婚姻下男女爱情的可怜可悲，严老六深深地爱着少女张细妹，张细妹也一度将严老六作为自己毕生的依靠，然而，无论是他们还是所谓的恶人"严毛氏"，都在这场悲剧中以不同的方式死去。小说并没有将主题落在如何解构封建的国民性，而是利用对个体的塑造和全篇情感经验的表露，来彰显民族生存之下变革的必要性。

当然，何立伟同样注重于都市背景小说中抒情概念的表露。小说《北方落雪　南方落雪》中，他以不同人物的视角，不断地对事件进行个体碎片化的读解。在小说中，除却感情上的悲凉，就连最为普遍的人伦秩序都无法得到稳定的建立。坐在家中写作的男人对读小学五年级的儿子有种莫名的抵触和疏离：

> 他为什么要看我？为什么默然不语？为什么有一种女人般的幽怨的眼神？这个小学五年级的少年，是什么给了他敏感、忧郁和沉闷的气质？
>
> 我推开窗子，夜半的雪渐渐小了。冷冷的风像只野猫从远远近近的白屋顶上蹑足走过。这时候有瓶酒多好呵。这时候楼下有小孩子在打雪仗多好呵。打雪仗的小孩子中有我儿子的跳来跳去的身影多好呵。

显然，这种叙述是抒情性的，与其说男人对孩子抱有爱，不如说他所热衷的是一个模糊缥缈的影子。小说还不断强调了他对女编辑的向往，我们甚至可以从这两种情感中发现奇妙的共同点，他喜欢"会打雪仗的""跳来跳去的"儿子，同时也暗暗爱慕着遥远的女编辑，这种强烈的以抒情为主导的叙事体系，脱离了相对的事件线索，转而成就了一种试验式的艺术表达。

事实上，他极其擅长以诸多意识流般的片段来构建故事，同时，这种意识流的片段又是在线性的时间结构中得以书写的。这种流动感是非常有趣的，就小说而言，我们往往展现的是一种与书中人物所重合的时间性质，而抒情形态下，时间格局往往是借由情感的主观意识来得以显现流动的。因而何立伟巧妙地将传统的抒情概念压缩到了事件的格局中，转而形成了一种阻隔的经验式累计，在这里，叙事上的时间线索被排列成为人物共同的经验累积，我们能够从小说中阅读到的"现状"其实是诸多过去的投影，历史被涵射到了现实的范畴之内，甚至回环成为生命形态化的象征。

三、文学语言走向古典复归

文学的寻根之旅和古典的复兴在各个时代和国家都并不鲜见，而大多数情况下，文艺的复兴只是借助古典形态的幌子，重新包装新的理论和文学语言，借以推广和改革。

以唐朝时期由韩愈所主导的古文运动为例，他所提出的概念就是将六朝以来讲求声律辞藻的骈文视为糟粕，而提倡复兴先秦及汉朝的散文。然而，在文学形式的变更之外，他也潜移默化地输出了自我的观点，那就是恢复古代的儒学道统，并在进一步强调文以明道。

同样地，汪曾祺、阿城、何立伟等人诗化的文学语言实际上是在古典复归的基础上，试图重新传递历史潜在的审美意识，转而对现代化的文明进程提出推动和解构。正如我们所能够感受到的，何立伟在其小说中所展现的极其诗化的语言风格，就其经典作品《白色鸟》而言，即使是作为一部风俗化的叙事诗似乎也能说得过去，而归根究底，这种在文学语言上近乎雕琢的精妙刻画，以及小说中强烈的画面撷取，都可以看作是对于古典诗歌的某种回归。因此，我们与其说他的小说语言是诗化的，倒不如说，他的小说文本上所承载的就是对于文化传统要义的回归。

在特殊年代的抹杀之下，何立伟这一代人对于传统文化教育其实是断层的，他们经历了社会秩序的全新变革，以及强烈的西方文化冲击，在这一背景下所成长起来的人们所提出的对民族文化的复兴，显然更值得被关注。相较于"伤痕文学"中无尽的反思和近乎血淋淋的历史再现，何立伟笔下所倡导的寻根文学更注重于对传统文化的狂热复归，这种文学语言上的现代化重铸在很大程度上表明了他对于历史文学潮流的解构。

有趣的是，同样是意识形态的彻底更迭，何立伟在小说中所展现的对古典文化的再观照与新文化运动时期所推动的白话文，实际上都代表了现实语态下文学对政治的映照。

事实上，从何立伟的小说中，我们能够判断的是，他试图在一个文学的框架中不断构建历史与当下、想象与现实乃至于个体和时代的庞大体系，他所希望覆盖的是一个抒情境况之下的反讽诗意。相较于真正具有古典想象的诗歌，何立伟的小说所呈现的更多的是一种克制的诗意，这种克制的观感在小说《耳语》之中尤为明显。严老板和漂亮的细妹有了私情，费尽心思将她娶进门，然而温软善良的细妹，先是由于没有陪在母亲身边照顾而失去了母亲，接着被狠辣的严毛氏害得流产，一直到最后，在和严毛氏的打斗中失去了性命。小说在线性的描绘之下渗透了多重视角去将生活场景借由叙事诗般的语言加以写照，而在这种抒情意识之下，小说融合了真实的古典气质。除此之外，小说中的人物也带有强烈的辨识度和生活气息。

严老板身上有着大部分男人所具备的劣根性，但与此同时又有着深情而温柔的体面；张细妹是温柔体贴且单纯善良的正面女性形象，而严老板的所谓"正妻"，反倒成了搅乱的刽子手。而小说中不太占据篇幅的朱三，在小说的最后，作者反而给了他一个纯粹的画面，甚至对他的心理状态进行了直观的描写：

他坐着，看着那捧黄土，那里头就永远地困了他一生所系的那个人。他跟她的日子尚未开始便已结束。他多年来的一个梦，一个生命所寄的梦，于此时此刻完全破碎。这让他的心里一下子虚空起来。那是无穷无尽的虚空，竟无一物居中。

他不晓得坐了好久，只觉得周边暗了下来。就起身，朝山下走去，脚步很沉。

山下，黔江古城已升起一片灯星，闪闪的，跳跳的，城里无数的人家，照例开始吃夜晚了。一切江山纷乱中亦有如常的人事物事。

他就这样走了，这地方从此以后再也没有看到过一个叫做朱三的人。

他到哪里去了呢？

夜里，一颗流星划落下来，仿佛掉入沅水中，但人们尚在梦中。

在前文中提到过，在何立伟小说的抒情式叙述笔法之下，他的文学语言往往呈现出一种现实与虚幻的边界模糊，无论是以民国时期为背景的小说还是对现代都市生活的描绘，何立伟都能够有效地置换情绪背景，以此实现想象上的文化结构。

以小说《北方落雪 南方落雪》为例，小说在多重视角之下形成了回环式的叙事框架，更借助了出轨这一事件，有效地建立了欲望与暴力的释放。

在王东和陌生女人发生关系之后，他眼中的女人的模样完全地改变了：

幻觉、想象和野心的完成，之后便是生活的真实。

这真实呈现的是丑陋，是平庸，是非常非常的乏味。他等待这乏味的结束，就像等待大雪终于停止，跑道清除干净，飞机冲上蓝天。

小说对于人物心理状况的描摹是极具古典文学浪漫色彩的，正如我们一贯谈到的其小说中的意蕴因素，在何立伟的作品中，我们能够感受到强烈而纯粹的文字雕琢，在完全都市背景的写作中，他也热衷于加入诸多美学符号来对小说场景提出注解：

一场艳遇意味着什么？是生命的奇迹吗？是上帝掷中了骰子吗？是人生旅途除了车祸之外的另一种意外吗？是迎接吗？是背叛吗？是两个狭路相逢的陌生人的节日吗？

这时，他的野心会收藏起来，就像猎人把枪筒收藏起来一样。而她隐藏的秘密渴望却是：倒要看看他的野心有多大。或者说，她有一种历险的亢奋，她想遭遇意外之事。

何立伟的小说中所呈现的几乎可以看作是某种历史观念下的绚丽文学理想，他尽己所能地不断探索着文学中的文化意识，希望在文化维度上揭示人物的心理状况。可以说，何立伟所开掘的是一个对于强大而独特的文化王朝广泛而深厚的认知，他所希冀的是通过文学语言的古典复归来展现中华民族所独有的浪漫。同样的浪漫在小说《明月　明月》中同样能够得以展现：

老马顺理成章记起了十五年前腊子寨那一个月夜，那一个在溪里头洗澡，又给山民们教京歌，还有守水碾子的姑娘对他说她要嫁人了的散发着馥郁油菜花香的月夜。

如果说前面提到的两部小说都或多或少有着对现实的批判和提取，那么《明月　明月》则和《白色鸟》相类似，都可以看作是一种对于历史反叛的意识流反思。无论是《白色鸟》中隐晦的政治批判，还是《明月　明月》中的社会乃至时代批判，都被隐藏在了高度审美体系的境界之下，强调着文学语言上的传统取向和自我意识的情绪表达。

四、磅礴历史积淀与混沌现实提取

首先，何立伟的小说是庞大时代背景下对历史的客观再现，他试图将想象空间与现实的政治语系进行一定的互相置换，借此共同再造同一时间框架之下完全不同的现实异端文化。我们甚至能够从这种割裂的景观中剥离出原有的线性叙述，来对中国的历史积淀提出真正具备中国特色的读解。

事实上，中国的文学创作在大部分时候都承载了过多的作者本人意志。自儒家思想出现以来，中国对于文人的要求就是"修身齐家治国平天下"，环境对文人往往会提出政治性的要求，这也造就了中国文人对于政治乃至社会体系更深刻而微观的读解。范仲淹就曾提出："居庙堂之高则忧其民，处江湖之远则忧其君。"而我们前文所谈到的古文运动，韩愈所强调的"文以明道"很大程度上就是对儒家思想也就是政治思想的复归。因此，在中国文学主流格局之下，文人们自觉自愿地肩负着现实的社会性使命，希冀于在现实主义的客观之下推进与社会的距离。

但也正是出于这种文学思想的遮蔽，我们的文学创作常常陷入一种过于形式至上或者是被迫在艺术标准之外牺牲的尴尬境地。的确，文学永远无法脱离历史社会现实而存在，但如果过于强调非虚构性写作，过于强调作者主体性的认知和矫正，那么文学也容易陷入主流意识形态的旋涡，而失去其本身的审美价值。

显然，何立伟所完成的就是一种纯粹审美思潮下的历史性解构。小说中的浪漫情愫和其残酷的历史背景相结合，再加上作者有意模糊了现实与梦幻边界之后的现实主义书写，小说反而更加强调了主体情绪，成为某种浪漫思潮的化身。

在中国的当代文学之中，被书写得最多，同时也最容易引起共鸣的就是现实主义的小说，无论是以莫言为代表的魔幻现实主义的小说，还是后世大批量涌现的批判现实主义的小说，实际上都是对于社会意识的主观个人主义书写。而何立伟的小说，则具有更加强烈的自我主义。

自我主义和个人主义是不同的，个人主义强调的是群体与个体的对立，强调个体的人人平等，这种思潮在文学领域往往表现成为大众化的审美观念，我们需要研究的是其审美的立场和从属群体性。而自我主义则有如湖面荡起的涟漪中心，作者以自我为观感，层层推出层层演变，具有更加强烈的主观性，同时，也在叙事进程上具备了更多颠覆与解构的可能。

以小说《明月　明月》和《白色鸟》来谈：

> 月光照进窗来，他想起若干闪闪烁烁的旧事，他于是将一颗年轻的心泊在旧事的温馨里。他听到一只夜鸟在甚么地方咕咕了一声，过后便是广大无边的静。只有不远地方一泓山泉淙淙流淌，无有穷尽。
>
> 又过了片刻，小马听得山腰水碾子房的柴扉吱呀一响，旋听得有轻轻跫音，犹疑里夹着坚决，渐渐拢近过

来。不久，小马的门便被一只小心的手敲响了。

　　那白皙少年，于默想中便望到外婆高兴的样子了。银发在眼前一闪一闪。怪不得，他是外婆带大的。童年浪漫如月船，泊在了外婆的臂湾里。臂弯宁静又温暖。

　　却忽然一天，外婆就打起包袱到乡下来了。竟不晓得为什么。

　　小说隐秘地建构了一个平淡而和谐的世界，在历史的观感之下，小说极其注重语言上的文体解析，重氛围而非形态，重梦幻而非情节，氛围背景成为小说构建的核心主体，人物往往是在写意的氛围中不断捕捉而形成主题上的意趣和情感。在这种形态的构建之下，小说能够在庞大的历史背景沉淀之下，完成对当下的注解。

　　除此之外，我们能够感受到的是，何立伟的小说往往在现实主义的本土化建构上形成了一种边缘语态的建设，由于其刻意的对政治色彩的避让，小说往往在历史的观感之下呈现出别样的现实主义复归。无论是人物还是情节，他总是在现实的构立之下渲染了一个作家的深层次审美理想。

　　这种审美理想表现在小说中，提取的就是栩栩如生同时又纯粹精致的传统美学，以小说《耳语》为例，作者运用了极大的篇幅来写就少女张细妹的明媚：

　　　她家里没有镜子，窗格子是纸糊的，连块玻璃都没有。她只有平日到井里去挑水，才会在井底看看自己。那井是百年老井，沿口长满凤尾草同满天星，凉沁沁的，她一探头，那磨盘大圆圆的蓝天空里就伸下来一张白白的鹅蛋脸，她笑，就看到自己细密的牙齿，像星子一样闪光，她也看到了齐眉刘海下自己的青春同美丽。她把长辫子从脑壳后头甩到前头来，她还看到了自己的妖娆同明媚。如果打水的只有她一个人，她就要在井台上照半天，照得满意了，再把水桶放下去，咚的一声，蓝天同自己的白脸就变成了一井的碎银子。

相较于情节的构建，何立伟显然更乐于通过对人物风貌的传神描绘来阐述其独有的情思与理想，事实上，我们也的确能够通过这种气氛即人物、人物即情节的审美外化来组建起磅礴历史之下的现实情调。显然，何立伟小说中的人物并不一定都是"伟光正"、真善美的圣洁角色，但他总能在瑕疵人格之外，熔铸其对精神自由的和天人合一的审美追求，来构建起其内心的古典人文精神。

在混沌的现实和意识形态模糊的境况之下，何立伟的小说呈现出了一种潜在的对于人与自然、人与时代的灵魂格局，这种深刻的历史要义是文学在现实提取中所必须具备的时代使命感，同时，也能够在文本的和谐中重铸民族传统文化的复兴。

在历史背景所建构的时代观望之下，作家们往往会做出截然不同的选择以试图对当前的思想意蕴和社会思潮提出有效反馈，尤其在意识形态变革、反思文学盛起的特殊历史时期，众多作家都在力图运用全新的观念来对社会现状进行较为深刻的考量和解析，也对磅礴的历史现状进行现实化提取与观照。

在这种思维渗透之下，当时的文学呈现出了各种不同的声音，而何立伟所代表的寻根文学从某种程度上而言，实现了历史的自我挽救和混沌现实下的想象性观望。无论是其在民族乡土人情式书写中所展现的对普通民众生活的现实表达，还是都市背景下具有实验性质的客观解构，何立伟都能够有效地将文学划归为与政治割裂的审美活动，从而真正完成了对历史现实主义的抒情式剥离。

发表于《南方文学评论》2020 年第 1 辑

她者的吟唱

——谈赵玫小说中的凝望视角与置换书写

从 20 世纪 80 年代开始，受到西方女性主义文学思潮的影响，我国女性主义文学得到了极速的发展。洪子诚先生说过，女性主义文学创作从数量和质量上已经成为中国当代文学的重要构成。赵玫是较早开始进行女性意识书写的作家，她擅长在男性故事中开启女性视角的凝望，并且开辟出新的可能。在鲜活而震颤的现实之中，情感不再是小说母题，或者换个方式说，命运的钟摆与人性立场的陷落取代了情感的歌颂。赵玫的小说往往能够形成磅礴的感官体验，在女性的权力置换书写中展开集体隐忧下的自我剥离。本文就将以赵玫的两部短篇小说《巫和某某先生》和《和英雄舞蹈》为例，试图阐释赵玫小说中的女性凝望视角与意识置换书写。

我们在谈论女性意识写作时往往会下意识将视角落在女性与世俗力量的和解之上，即便是被看作当代女性主义刀锋的伍尔夫，也仍然被迫在历史的长河中隐去了其不为世界所容的一面。事实上，在传统的思考中，我们认为由男权思想构建而成的男性气质与女性气质之间的差异实际上就是自由与从属之间的政治差异，在这种政治的本真差异之下，女性的经验实践乃至于权力情境下的自我考察就显得尤为珍贵。

赵玫就将这些世俗力量的和解重新定位阐释，将其转化为一种反叛状态下的自我剥离。公共空间的角色定位之外，女性人物试图争取到独立思考的空间和解放的隔绝可能，主体意识觉醒之后，不再将外部的无形禁锢作为女性意识书写的核心，而是转而从现实生活中的内心反映出发，进行内心世界的本真回归。

一、深层反叛中的自我剥离

回顾女性主义写作的历程，在女性意识的书写中，作家会将世俗力量放在女性思维的对立面，通过女性意识对现实的反叛思考来消解深层次的两性关系叙事。这种思维方式下的写作在反对羁绊之外，也容易陷入男性的观照视野，将诸多情绪盛放在男性视域之下，将女性置于单纯的反叛与觉醒境地，反而脱离了真正理想上的自我凝望。诚然，这种激烈的愤慨是女性意识书写中永不和解的自我摧毁，却也失去了现代语义下宽阔而普遍的性别意识。当两性关系的书写意象超越了女性主义本身而存在时，小说也就构成了一种较为偏激的鲜明立场。

因而，赵玫对于小说中女性角色的把控是精细而真实的，尽管她在《巫和某某先生》和《和英雄舞蹈》中都是以两性关系开题，却在一步步的框架铺排中构建起了对于男权的反向观照，从而实现了一个超脱意义上的女性和谐。这种在平等意义上的对立有效地实现了两性基础的互相认同，与其说在赵玫笔下这是深层次的反叛与觉醒，不如说是在压力情绪消解过后的自我剥离。

首先从小说《巫和某某先生》谈起。小说的故事全程以巫的情绪状态加以展现，对于桃色新闻的男主角甚至连名字都没有——某某先生。小说的故事并不复杂，讲述的是一个女性在陷入所谓丑闻之后的自我拯救，赵玫有意地给女主人公取了一个

"巫"的名字，去令其进入迷雾状况中，又借助了"巫"的力量得以脱离。

小说在一个崭新的立场下提出了对女性精神突围状况的理解，当社会的无形禁锢成为女性经验实践的桎梏，超脱了时代语境的本真回归反而成就了超脱的意义表达，所谓巫术、神性与社会现实做出对比之后，展现了一种极为蒙昧的解构与消亡。

"巫于是不再斤斤计较于公众的非议。巫知道她是纯洁的，除非她本身就是一种污秽。巫甚至也不再在乎她是不是要以清白之身被传上法庭，巫已经看清了上不上法庭是他人的事情，与她毫不相关。而她自己的事情只在纸牌中那些重叠罗列相加相减的数字与图案中。"

从这里我们似乎也能够窥探到，巫对于社会差异以及不公平对待的态度是漠然而冷淡的，她并不对抗，甚至也没有给一个或失望或逃避的眼神，而是娴熟地、沉默地驾驭着这一切。她拨开迷雾切中实质，她在自己始料未及的能力中窥探到了无限广博的世界，也在这种精神状态下预示了新的谜团与未知。

在小说的结尾，"巫断然扯断了电话线。她什么都不想再听到了。然后深夜到来。巫拿出纸牌。她立即被那些新的谜团吸引了"。

小说在此展现的并不是反抗与突围的浅层次意识需求，而是提升成为最高需求上的"自我实现"，这种深层的反叛所观照的实际上是女性在情感中的自我剥离，我们无须论证个人身份内涵的游移与困惑，只需对"巫"的思考提出追溯的串联。

同样的自我剥离还体现在小说《和英雄舞蹈》中，同《巫和某某先生》一样，小说同样是以女性作为视点来解读世俗对抗下的个人内心情绪的，"抗美"和"援朝"两个名字从一开始就带上了时代的色彩，革命的淋漓也成为小说构建的背景。在前文中提到过，当前的男女之间的权力差异可以看作是自由与从属之间的政治差异，因而，在政治背景下的语序颠倒以及视角置换也为女性主义的书写张本。

原本的英雄革命者，成为被锁在医院中的傻子，然而"她"却执着地认为，他只是沉浸在了自己的世界中："援朝并没有疯。援朝在他自己的世界中很完美。而她离援朝也并不远。她依然是援朝的崇拜者。然后她哭了。一股骤然爆发的力量使她有力气抱住了伟岸的英姿勃勃的援朝。"

而尽管她曾和援朝有过恋爱，援朝在革命时也对她抱有一腔热望，但没有人能够理解为什么她最终选择回到了援朝身边，即便是援朝的姐姐都不能理解，她近乎于不管不顾地奉献着自己的身体和爱情，又在这种抽离的热望中自我沉醉：

> 这时候她听到一个声音说，别把你的灵魂卖给魔鬼。但是她不管。她只觉得自己又回到了那个她曾十分熟悉的莺歌燕舞红旗飘飘的时代。
>
> 她很感动。醉酒的感觉。她开始扭动身体。像一个精灵。与英雄舞蹈。她无比兴奋。她的各种纽扣不断地迸向援朝空荡荡房间的各个角落，然后永远地躺在了那里。她开始用身体摩擦着援朝。她认为那是爱的抚慰，她想使援朝笨重的身体和他的沉重的大脑，全都苏醒。

小说显现了一种绝对的女性独特价值，她所掌控的自我主体不再是世俗空间下的选择，也不再是男权的居高临下，而是剥离过后的对生命本质的探求，小说中的"她"执着而坚定地做出了自己的选择，她对援朝澄澈而柔软的爱意足以令她完成对诗意栖居的向往。

"援朝他正在引领我，他已经把我带走了……"小说选择了一种绝对的羁绊与枷锁，解构了深层反叛需求之下的女性内在精神奥义。

二、象征缠绕的语言渲染范式

赵玫的语言风格极为梦幻和诗意，往往在比喻和象征上具备极具渲染力的范式，精巧铺排的结构以及对精神世界中象征笔法的运用，共同构建了一种缠绕的符号语言，从而在小说中实现了极具氛围感的表达。我们能够窥探到的是，无论是《和英雄舞蹈》还是《巫和某某先生》，小说都在一个主线情节极为简单的情况下，构建出了一个线性流淌的叙述空间，转而在这种空间内形成了一个较为奇异瑰丽的内心世界写照。

在我看来，短篇小说的写作应该减少读者对故事的期待，或是所谓"意料之外"的表现来获得关注，而赵玫的小说显然就是倾向于这种氛围感的描述。在单一叙事线条的主干情节之外，小说需要铺陈一个现实处境，并且不断渲染异化这种自我缠绕的隔离感以及崩塌感，借此来放逐女性视域下的生存境况与精神抉择。

《巫和某某先生》中，最大的象征自然就是纸牌意象——"巫就这样日复一日纠缠在纸牌中。她终于发现了自己真正迷恋的不是男人，不是鲜花，显然也不是爱情。五十四张纸牌就意味着五十四种图案，五十四个不同的数字与花型，以及不同的颜色、不同的字母，连同将这一切搭拼起来所显示的成百上千种意义。对巫来说，这是个超越了官司超越了名声甚至超越了生命的无限博大的世界。在这里，什么都将被预示，也什么都将被证明。巫通过这些纸牌，让自己进入了一个超凡脱俗的境界。她并且总是能拨开迷雾，切中实质。而当她在那个绝望的夜晚证实了她始料未及的能力后，连她自己都感到恐惧。"

作者不厌其烦地对这些纸牌进行极为细微乃至是缠绕着的描绘：团、数字、花型、颜色、字母等等。仿佛一副纸牌真的能够勾连起无数意义。佛法中说"一花一世界，一树一菩提"，同理，《巫和某某先生》中也不断地渲染着一副纸牌的广博，借此来书写迷雾中的人性预示。

这种沉浸的实质是通过现实与神性的二重对立来加以显现的，小说中的巫，在现实世界中被扣上"小三"的帽子、被周围人嘲讽地对待。在这里要提一句，作者在书写巫的艰难处境时也运用了诸多象征的笔法："巫觉得她在这段时间简直是任人宰割。那些流言四处飘散，像一时间坠落在所有人头顶的一场令人亢奋的雨。巫终于明白，谣言就是这样经由各种男女'长舌妇'的劳作和鼓噪而变为事实的。流传着的戏剧就像被谁导演过一般。大家翻弄出不同的语言讨论他们感兴趣的共同话题，只有巫在角落里苦苦地折磨着自己。"

而在虚拟世界中的她，可以冷眼旁观自己所受的一切苦难，甚至于渲染自己的生存状态，以求装点一个更令人亢奋的谜团。这也和我们前文中所提到的剥离感不谋而合。

而在小说《和英雄舞蹈》中，象征物从巫手中的纸牌变为了"她"手中的一束鲜花：她抱着那束鲜花走进大门，"她买了一大束鲜花。那花很艳丽，有玫瑰和康乃馨，还有淡淡的清幽的香"。又抱着那束鲜花同病着的援朝相见，甚至自作多情地为这个场景赋予了极为浪漫而梦幻的意义："她无奈地捧着那束鲜花坐在了援朝旁边。石阶很凉。很凉的凉意缓缓地浸上来。……她甚至觉得有点浪漫。这样的男人和女人。在美丽的花束中，背后是雕花的破损的廊柱。"

而小说的高潮在花的陨灭中得以展现，当"她"希望为援朝的房间增添生命的气息，也就是希望将自己奉献时：

> 她扭转头。她不知道援朝是什么时间走过来的。援
> 朝离她很近。援朝的呼吸像暖风一样正一阵一阵地吹到
> 她的脸上。她有点紧张。她看着援朝。她看援朝突然
> 间伸出手臂，抓起了玻璃瓶中的那束鲜花并奋力把它
> 们扔到了墙角。那花水淋淋的。她的眼睛里也顿时水淋
> 淋的。然后她听到了援朝身体中发出的那种令她恐惧的
> 奇妙的笑声。她想，援朝的思维是正常的。因为他痛恨
> 花，他痛恨一切温情和美丽。……她看见了那花束被遗
> 弃在角落里。

我们几乎可以完全地将其看作是"她"的未来和下场，她原
本应该是一朵生长在温室之中的花，但她渴望为援朝带去生命的
力量，带去光明和色彩，但最终，她的结局或许只会和玻璃瓶里
的鲜花一样，水淋淋地被遗弃。

然而，这正是"她"的选择，这似乎也和我一直在谈论的
女性生活质变不谋而合，她当然明白援朝已然不是那个英雄，但
是，她仍然希望用自己做援朝生命重启的养料："她看见了那花
束被遗弃在角落里。但是她也不想再去拾起它们，不想再去坚持
什么温情。"

或许从某种程度上来说，援朝在他的革命梦想里不疯魔不成
活，而"她"，则在"自以为是"的爱情里心甘情愿地走向生命
的反叛。

三、女性意识下的权力置换书写

赵玫对于女性意识书写的突出之处就在于脱离了普遍的男女两性情感书写框架，转而解脱了女性个人视域，颠倒了主体意识，从而实现了超脱的可能，反向观照男权文化，而消解了普遍的叙述景观。她所进行的是一种完全置换的书写模式，无论是当代的世俗写照，还是战争年代过后女性精神的觉醒，实际上都代表了某种女性自我构建的羁绊以及亲手打碎的重重压力。在这种书写之下，即便是小说并未将视角落于反抗的叛逆，也能令读者感知到女性精神力量在男权社会中的支撑。

值得关注的是，两部小说中，赵玫似乎都有意无意地将女主角设置成了一个拯救者的形象。在我国的传统社会中，有说法是受尽千刀而立地成佛，同样地，小说也描绘了两个女性近乎"菩萨"般的、异世却自我解构的生存状态。

小说《巫和某某先生》中，巫可以说是受尽了桃色绯闻的困扰，甚至在之后被告上法庭，然而，其生存空间被替换为了纸牌的丰富与鲜活。在纸牌所构建的世界中，没有偏见的设想和文化的考量，只有纸牌的真正魔力。巫很快地信任着这些神奇的魔力，不仅心甘情愿地供其驱使，更在纸牌的魅力中得到了驾驭的快感和权力欲望的置换："就这样，巫几乎每个深夜都要和纸牌纠缠在一起，直到天明。她也变得越来越娴熟，越来越深谙此道。她甚至创造了一整套用纸牌释义心灵与行为的通俗理论。是纸牌帮助巫看清了所有当事人和围观者的真面目。也是纸牌让她戳穿了那些伪君子的假慈悲。巫觉得在纸牌的诱导下她慢慢变得全知全能，她甚至觉得自己已经可以驾驭一些什么并能够控制局面了。"

与此同时，小说也对她悲天悯人的超脱情怀进行了一个较为直观的书写，面对那些不友好的目光、面对那些来向她求助的人，她虽然冷漠，却也在心里居高临下地抱有同情："于是巫变得坚强起来。她开始能够挺起肩背去上班，能够回视那些对她射来的不友好目光了。巫想，我看透了你们这些人。巫又想，这些假惺惺的微笑背后是什么，我比你们心里还清楚。巫还想，我为所有的幸灾乐祸者遗憾，因为迟早，谁都会有被损伤的那一刻。"在这种极端的权力情境下，小说完成了她对于建立男女认同的基础的理想构建。

如果说巫的拯救，是居高临下的施舍和解构，那么小说《和英雄舞蹈》中的"她"，则是在以一种近乎赎罪，甚至是供奉的热情在拯救着曾经的英雄、现在的傻子——援朝。面对曾经的爱人这难以启齿的病，面对其自我放逐的理想完美世界，"她"所做出的选择是用性来唤醒援朝沉重的身躯和笨拙的大脑："她竭尽全力。她用柔软的身体诉说。援朝目瞪口呆。他惊异地而又有点痴迷有点贪婪地看着她的身体。一个女人的赤裸的身体。援朝抬起手臂，却不敢触摸她。援朝很焦虑。突然间满头大汗。后来援朝哭了。他的眼泪和口水一道流了下来。她抓了援朝的手臂。她把援朝的大手按在了自己腰间的肌肤上。她有一次看到了援朝脸上骤然掠过的那痛苦的震颤。她很难过，她对援朝说，这不是罪恶。你懂吗？还记得马克思和燕妮的爱情故事吗？他们也上床，也生儿育女，可他们仍是伟人……"

小说将这种权力置换为了性的表达，众所周知，性在一定范围内可以代表权力和欲望，而在世俗观念之中认为，性行动中的掌控者都是男性，但作者将性作为了"她"拯救援朝的第一步，也作为了她打开心扉接受的第一步，甚至将其与伟人作比。当作为女性的"她"成为性行为全盘的掌控者时，她所做的绝不仅仅是摆渡人一般的拯救，更是一种苍茫的母性绽放。

从某种角度上来说，这些拯救的时刻是"她"女性尊严的盛放。她曾经站在了一个被选择的立场上，最终在平和的生活中逐渐麻木，而正是援朝，让她在绝望中看到光亮，在古井无波的晦涩生活中看到了生动鲜活的可能。与其说她怀着拯救的心情去对援朝付出，倒不如说她在援朝的身上，看到了陌生的澄澈和光明，也正是这种光明，决定了其命运的或暗淡，或蓬勃。

赵玫笔下的女性意识是宽广而明确的，她以一种缠绕的语言范式完成了错位的现实语境置换，构建起对于男权文化的凝望与观照，她更多地从内心感受出发，深入到了现代女性生活的意识活动和诸多复杂的心智情感中。这些带有意识流色彩的短篇小说写作模式往往在人物塑造之外，体现了更多关于意识以及精神的精髓，也呈现了更加真实和主导的人生。

被观照、被凝望、被审视——赵玫利用对她者的陷落与歌颂，完成了视角的转换和框架的重构。在女性意识书写之下，独特和本我成为书写的主题，或尖锐或梦幻或柔软的笔调之下，所展现的是丰盈且鲜活的纷杂意象，这种思维穿透了普遍认知下的叙述空间，在自由的精神领域下完成了对于女性意识觉醒的读解。

发表于《满族文学》2020 年第 4 期

内卷的魔镜

——论徐小斌小说中的神秘氛围与宿命哲学

摘要：女巫在东西方文化的描述中多是被污名化的，然而在现代的女性主义书写中，却彰显出了另一重复杂的含义。人们为女巫正名，并且加重了其神秘色彩，借此重塑女巫形象，来引发人们对于母权文化内涵的思考。本文就将以徐小斌的中篇小说《对一个精神病患者的调查》①和《迷幻花园》②为例，来对小说中的神秘氛围提出探讨，试图展现女性思想状况的多样性，也由此对宿命哲学之下的救赎之路进行思考。

关键词：徐小斌　神秘空间　女巫书写　宿命哲学

在 20 世纪 70 年代，由桑德拉·吉尔伯特和苏珊·古芭出版的专著《阁楼上的疯女人》③在当时掀起了女性主义文学批评的热潮，也由此被称为 20 世纪女性主义文学批评的《圣经》，"阁楼"和"疯女人"这两个意象都提取自小说《简·爱》④，而两位作者也从西方文学中打捞出了"疯女人"这一典型的意象母

---

① 徐小斌：《对一个精神病患者的调查》，《北京文学》1985 年第 11 期。

② 徐小斌：《迷幻花园》，《收获》1994 年第 4 期。

③ ［美］桑德拉·吉尔伯特、苏珊·古芭：《阁楼上的疯女人》，杨莉馨译，上海人民出版社 2015 年。

④ ［英］夏洛蒂·勃朗特：《简·爱》，祝庆英译，上海译文出版社 2010 年。

题。众所周知，女性主义的书写往往更偏向于感性化、意象化，而对于身体的运用乃至这一系列重要的意象隐喻实际也应当被纳入女性主义的解释装饰，来抨击父权文化的姿态。

而无论是西方文化还是东方文化，疯女都可以被看作是男性主义立场之下的伤痕书写。女性体验常常被网罗在男性话语之下，性别秩序的质疑以及凝固的意象成为镜像般的私人经验。作为被男性话语下意淫的疯女人，她们无一例外地超越了女性角色本身的桎梏，也往往就此走向了宿命般的毁灭。发展到今天，疯女形象已然逐渐异化并发展为了更颠覆男权文化的自由熔铸。阁楼上的疯女人们面容各异，而看客们却永远热烈而疯狂。事实上，不管是疯女形象还是女巫形象，反映的都是男权文化对于女性主义的历史放逐，也正是因此，女作家在作品中所流露出的女性立场才更显得弥足珍贵。女性群体如何在写作行为中发现并颠覆男权主义、如何确立真实的宿命反叛，都成为对男性话语权力的反抗和消解。

随着女性意识更为深层次的觉醒，最初的疯癫命运所展现的灵魂崩塌逐渐被消解了，转化为了对神秘女性形象的建构和书写。以"女巫"书写为典型风格的徐小斌就是其中一个较为明显的例子。在她的神秘氛围建构中，往往以女性宿命的哲学来作为对理性主义的反思，试图以欲望魔幻的姿态来生成全然反叛的叙事风格，并且以神秘灵动的风格，丰富了非理性主义写作的审美内涵。

一、疯狂状态的神秘空间体验

徐小斌在个人经验书写上是具有极其鲜明的个人色彩的，在很长一段时间里，人们都将其看作是一个有神秘主义意味的作家，因而她的前卫写作也被自然而然地蒙上了瑰丽的神秘色彩。事实上，她在女性形象上的独特建构暗含着极度的爱欲展现，诗意的想象与绝对神秘的面纱结合过后，小说彰显出一种疯狂姿态下的绝望之美。

小说叙事的表层是诸多神秘乃至疯狂形象的建构，在较为戏剧化的场景中书写玄妙的宿命哲学，然而，在这种错位的极端化书写之下，生命存在的方式与空间体验被混淆了，在开放的笔法中显露出了极端的本质性思考。事实上，作为一个习惯于书写反叛或是超越形象的女性作家，她所书写的一直以来都是这样一种关于个体在被社会摒弃之后如何生存的故事，很显然，她也对这样精神层面的反抗提出了个人的注解，那就是，建构一个独特的性别土壤。在社会中获得较少资源的女性在话语权力分配上自然无法得到正常对待，因而她们的精神被迫分裂出来，无可选择地进行一种逃离的、消极的反抗。神秘性的空间架构之下，徐小斌能够更加放飞，以一种虚实结合的笔触来表达人文关怀与现实批判。神秘的遐想之外，这些或邪恶或奇异的空间往往能够放大更多自由的灵魂，最虚幻华丽的空间与现实的空间相结合，在穿越时空的两极中开拓被吞噬的天空。

从小说《对一个精神病患者的调查》来谈，小说所叙述的故事是较为日常的，心理学实习生柳楷闯入了精神病患者景焕的世界。在常人的眼中，她有着不怎么正常的家庭，又在迥异于常人的思维模式中被人冠以"被迫害妄想症"的名头，然而，当"我"被女友支使去深入调查，又发现了越来越多的其疯狂状态下的天才智力之后，无论是"我"还是女友谢霓，都在惊奇之外感受到了一种深处的压抑。

而后，当景焕的个性和天才在插花上凸显之后，"我"与女友开始了更为深层次的思考，那也就是，时代特有的弊端之下，一个天才在理想主义上的人生价值实现是如何地珍贵和浓烈。而很显然，小说也在空间感的建造中提出了对理想主义氛围的表达：

在景焕的手工艺天赋上，谢霓提出了自己的理解："折纸房子，是因为她向往着房子，也就是说，向往一个自由生活的空间。她不接受你的水笔么……这更显而易见了——像她这样敏感、自尊的女孩子，对外界的恩赐、馈赠等等有一种绝对的排斥力，但同时，美对于她，又有一种天然的吸引力——听说她过去手可巧了，什么画画，编织，刺绣……无所不精，这样看来，这排斥力和吸引力的力量是同等的，所以她就干出了这种自相矛盾，令凡夫俗子们百思不解的事来——"

对于景焕而言，无论是折纸插花这种在三维空间内所开拓的真实空间，还是她在温顺外表下所藏匿的冷漠而建构成的深层精神空间，所展现的都是同样一种纯粹魔幻的秘密世界。如果说徐小斌在《对一个精神病患者的调查》中所写就的神秘空间是某种逃避的挣扎与反抗，那么在小说《迷幻花园》中，她则展现了"别处"的欲念浮动。

相较于《对一个精神病患者的调查》，小说《迷幻花园》所阐释的故事更为复杂以至于令人目眩神迷。小说中的芬和怡，不断地通过对方认识到了自己的特征，又不断地占有对方的位置，在趋向疯狂状态中形成了错位与迷失。前面我们提到过，徐小斌的小说创作是向内走的，在怪诞而沉默的童年氛围以及其后来在画画等艺术形式的熏陶之下，她的人物往往能够呈现出繁复华丽的脆弱美感，也就是某种触手可及的画面感。在这种复杂世俗语言的譬喻之下，小说《迷幻花园》也就自然而然地如同它的名字一般，显现出了迷幻的华丽锋芒。

"饭店给人的第一印象便是那无数的玻璃镜。玻璃的无数折光使她不知自己身在何处。镜子拓展了空间。六盏豪华的玻璃大吊灯通过折射变成无数的星星。芬径直走向站在高脚杯后面的酒吧小姐，近在咫尺的时候才发现那一片红红绿绿的酒杯不过是镜子的折射。她回过头，看见那个漂亮的吧女正在向她微笑。"

玻璃棱镜的折射、星星般耀眼的光芒、灯红酒绿的映照，这些画面共同构成了一个肉欲的想象，换言之，小说以诸多意象的堆叠摆脱了所谓无病呻吟的集中，转而形成了一种浓缩的、精确的唤醒提炼。徐小斌在个人主义的鲜明书写上尖锐而锋利，她习惯于以最虚无混乱的状态来阐释完整有序的理智世界，她是反理性的，但同时，她也重视创造的美感。或许，与其说徐小斌是一位女性作家，不如说她是一位艺术家，在流动的闪烁着的叙述中处理她笔下的女性人物，并建构一重迷惘的独特空间，再对此提出真实的人格升华。很显然，她并不需要对其女性人物的境遇做出过多的描述，也无须宣扬情感，只需要在灵魂的浪荡中展现极具个性的美学需求，凸显人物生命的脉动。事实上，小说对于芬所体验的神秘空间做出了纷繁的暗示，一系列孤独又喧嚣的场景描述巧妙地将叙述者本身疏离了，转而引向了对超越个人自我情感，也就是人类普遍情感的追寻，艺术家徐小斌在此创作出了全然不同的新兴艺术世界，在自我破碎的时代建构起了复杂却纯粹的放逐空间。

二、复杂变异的灵魂镜像置换

在女性主义的书写中，往往不会缺少的是对"她者"的差异显现，在克里斯蒂娃的母性观点中，主体被视作零度状态，而主体的诞生也就是对母亲不断弃却和逃离的过程，因而，她者始终是艺术经验下一个卑微的影子，也完全可以看作是压抑的回归与假象。

徐小斌笔下的女性也往往具有这种特点，相较于她对日常书写的稔熟，在其女性人物身上，常常具备更加鲜明的个体指征，甚至于可以说是变形的、异化的。她同样也不避讳在人物的身上展现单一且极端的性格假象，而为了讲述双重世界下的灵魂变异，她会采取镜像的表意策略，来叙述真实世界下的脱序状态。

小说《对一个精神病患者的调查》就不断地在女性的镜像置换间回转。"我"是两个女人之间的桥梁，谢霓想要借助"我"的身份来完成对精神病患者心理的调查，而景焕则默不作声地依附于"我"，一直到小说的最后，读者也无法判断景焕究竟是否对"我"有情愫，但可以确定的是，"我"情感的天平有过动摇。

"但后来我终于慢慢看出，她这种不可动摇的温顺后面，藏着一种深深的冷漠。她不与人争辩并不是真的认为别人是对的，而是她认为对、错都与她无关，她懒得争辩，也不屑于争辩。即使不争辩，她也已经感到活得很累了。她对整个世界都采取着一种小心翼翼的回避态度。"

"回避"，或许正是作者对于景焕最精准的解读，实际上，小说在描述三人关系的时候，不断地展示着三方的拉扯，"我"是被拉扯的中心，而"我"的朋友景焕是一个观看者，沉溺在观察和解读的欲望中，甚至这种三人拉扯的局面也是谢霓一手打造的："你知道，景焕的心是一团包着厚厚冰层的火，我们的任务，是想办法去融化那冰层。这办法就是爱，首先是异性的爱，据我所知，景焕没尝受过被爱的滋味儿。……后来，她心里那个形象垮了，她也就跟着垮了。我希望你做的，就是让她把感情转移过来，转移到你身上去，至于其他，我自有办法，用不着你担心！"

景焕作为"病者"，既分裂了"我"的焦虑，又令"我"陷入了拯救的彷徨之中，女性话语经验依靠着这种扭曲的病态语言得以外在化、叙述化，小说借用诸多对景焕生活状况的描绘来构写了痛苦而压抑的精神危机。

很显然，在三人的拉扯中，"我"是最为不安的，也正是因此，小说在结尾展现了一重极其玄妙的现实色彩："我吃惊地发现，这幅本来被认为是丑化了的形象竟如此像我，我还从没有见过一个画像能这样活生生地画出一个人的灵魂。或许，她真是个女巫吧？我默默地想，打开了窗子。"

当景焕给"我"的画像被"我"认为就是"我"的灵魂时，很显然，"我"内心隐蔽的不安和痛苦被挖掘了，无论是"我"还是谢霓，都在生活中进行无休止的追逐，唯有景焕，却是以肉身作为诠释的墨笔，书写着对内心纯粹的剖白。

同样的镜像描绘也展现在了小说《迷幻花园》中，相较于《对一个精神病患者的调查》中隐晦的镜像观照，小说《迷幻花园》所分析的精神维度更加直接也更加晦涩，精致的语言风格以及诸多意象的建构，将女性的神秘命运与女性世界的自我对立迷失糅杂在一起。在奇诡的并置状况中，芬和怡彼此依靠又彼此仇视，小说特意以单字作为主角名字，被争夺的男性金反而没有得到太多书写，大量笔墨用于指引芬和怡的相互探寻。事实上，小说并不算流畅，徐小斌似乎有意在叙事中营造一种迷宫般的叙事氛围，读者只能跌跌撞撞地穿越诡谲的混沌，最终才发现被线头缠绕，在阴郁的真实中徒留生命姿态的坍塌。

"怡到来之后很久芬才真正苏醒。其实俯视芬的是怡而不是金。怡顺理成章地来到自己的领地，发现里面亮着灯光。她走进去，借助灯光看见血红色的鸡冠花上渗透着一块不大清晰的血迹。……她从容不迫地打开壁橱，从里面拿出一座烛台。她在烛台上插了十二支小小的白蜡烛，她点燃了蜡烛，然后把灯关闭。烛光使四壁显得若有若无的空明。已经坐起来的金和睁大眼睛的芬茫然地看着她，茫然之中似乎藏了一丝感激。怡这时又走到床前，把那条血红色的鸡冠花的床单从他们的身体下面抽出来揉成一团扔到窗外，然后同样从容地把他们的内衣绞在一起摔在他们的脸上。"

这里也可以展现出徐小斌在叙事空间上的特殊方式，在她的非理性主义创作中，她不止一次地建构了两个女性形象，来书写女性之间的探寻、排斥乃至于敌对。在这一重讲述中，女性的意义是丰富而尖锐的，女性之间宿命般的针对和仇视成为颠覆父权文化的反叛性解读，无论是病者还是观察者，实际上都是处于母系社会结构性的困境与障碍之中，无法逃离，也不可知。

当然，在强调这种对立之前，我们仍然应该把握徐小斌的思想核心，那就是女性的灵魂逃遁。她所叙述的日常生活也正是展现了这一点，无论是对人物形象的构建还是诸多神秘氛围的象征性表达，沟通的都是女性直接经验中的认知体系。这种纷繁的美学不再依附于简单的华丽语言堆砌，而是转而形成了一种困境般的缠绕，令读者在现实世界的困乏中更体会到幻想世界的困境张力。

三、爱欲经验下寻觅宿命哲学

徐小斌的女性书写大部分都具有极其强烈的寓言性质，她所显露的女性意识形态常常是依附于其形而上的叙事空间而存在的，在玄妙的神秘氛围构建之下，两性之间的爱欲经验也得到了异化的书写。在语义逻辑不清的状况下，精神分析所建构的抽象主体概念帮助完成了对女性主义的本质性认知，多元的叙事法则之中，女性特殊的话语实践形成了一个尖刻的独白式解析。

有趣的是，徐小斌擅长于利用两性的关系与其流畅的叙事以及玄妙的宿命哲学相结合，来折射出极为丰饶的生命神秘体验，

　　　　　　寄寓的诗性与想象的超越　|

通过描写现实世界复杂而含混的社会结构以及对界限消解过后的女性边缘地位堵截，小说重新定义探讨了宿命的形象。关于女性的认知或主动或被动地与跃动的生命奥秘连接在一起，对爱欲的追随是纯粹的，而虚假的时代之下，关于世俗的价值观也被直观地抨击。

事实上，大部分的作家都习惯于把自己的经验视为标准，转而将她者的哲学忽略，然而徐小斌的小说却往往在叙事者为主体的情况下，仍然超越了个体经验，构成特殊的内在意蕴。这些压抑的经验承载着性别立场以及女性个人撕裂的特殊边缘体验，在这一重讲述之下所谈论的生活解析，往往也就带有对自身文化传统的回溯与建构。

徐小斌对于爱情的理解是矛盾的，她擅长描写真挚的爱情，也就是纯粹的、干净的爱欲，这样的女性就如同小说《对一个精神病患者的调查》中的景焕一样。徐小斌在一个类似白描的朴素手法中不断构建景焕的精神空间，诗性的语言中展露其干净纯洁的内心，而小说关于生命哲学的叙事也是从景焕和老人的对话中谈论的：

> "一切都是瞬息即逝的。"他继续说。他端坐在那张绿漆斑驳的长椅子上，眼睛平视着远方。他有着多么潇洒自如的风度！我完全能想象到当年的他，在科学会堂里面对着成千上万个同行、论敌、盟友和崇拜者们，侃侃谈着他自己关于宇宙的全部论点。"我们生活着的这个宇宙就是一个偶然性的宇宙。文明和人类终究是要毁灭的。这就像我们每个人生下来就注定了最终要死去一样。科学家从不相信那些类似'信念'之类的玩意儿，那不是力量的表现。那是懦弱的表现。宇宙是可以寂

灭的，但生命不会完结。当宇宙在整体上趋于毁灭的时候，却存在着一些同宇宙的一般发展方向相反的局部小岛。正是在这类小岛上，生命找到了栖息之所。"

诚然，爱情的力量是可贵的，是坚韧的，然而小说仍然颠覆了原有的价值建构，中国式的女性经验表达被瓦解了，但小说却叙述了一个更为高层面的生命哲学。徐小斌的小说神秘氛围构建在大部分时候犹如一块魔镜，抹去现实与虚幻交接的痕迹，又展开了全新的对立与融合。生活的宇宙是混沌的，艺术主体的生命本质之下，那些注定会死去的生命也在言说着崭新的艺术探索。爱欲的流动中，徐小斌以自己的方式呈现出了极为决绝的剥离感，在无底黑洞般的生命诉说之下，阴森又莽撞的狂乱显现出了绝对的悲凉。

而小说《迷幻花园》所展示的则是另一个光线奇妙的世界，在芬与怡的互相依靠又互相建构中，人物反复地被某种注定的宿命碾压，克制而又荒诞的相互纠缠之下，无论是芬和怡这对镜像构造的女性角色，还是金这一被拉扯的形象，都在失常中走向恒定的毁灭。小说不吝笔墨地书写了诸多神秘空间的狗仔，但在对金与芬的关系之上却着墨不多，真正的焦点在于此：

"但是金的自语实际上与芬的肉体毫无关系。他在少年时代便有了的那种灵魂游离的状态现在愈演愈烈。他背诵零和与非零和博弈的目的在于逃避对这具已使用过的肉体的厌恶。当然，也有一种怜悯。他认为他成功地掩饰了自己，为此，他同样感到又快乐又内疚。"很显然，大部分婚姻生活中的自我想象形成了这样一种具有性别意识的书写，复杂的语境之下，小说在风起云涌的震动中探寻成为某种旁观者的审视。无论是常数还是变数，

　　　　　　　　　寄寓的诗性与想象的超越　|

关乎女性想象的复杂探寻都能够被提取为中国女性文学的诗学
品质。

而在小说的最后，徐小斌也并未放弃其人性探索的主体，将
人的精神世界分析作为了自己书写中已在深化的命题，试图介入
人们对于情感和生命深度的双重探讨，呈现出了绝对的艺术探索
性与可读性。她将那些形而上的精神体验赋予更为日常化的内
涵，在宁静的日常中开拓了独立的思想解放。

> 因为芬想到过去自己曾为这个有着蓝田猿人式的头
> 盖骨的男人去泉中洗浴。为了赢得这个活化石的青睐，
> 用生命的代价来换取美丽和青春。
>
> 芬就那样笑着走到街上。阳光很强烈。太阳变成刺
> 眼的一团白光。街景成为反差对比强烈的黑白底片。芬
> 发现自己的影子正在慢慢变短。那影子如同被炙热的光
> 线烤化了似的正在慢慢消逝。于是芬抬起头来，看见怡
> 的脸正贴在窗玻璃上发出阴险的微笑。

在文学中所提出的人性以及人道主义往往会具备极为深广的
色彩，但徐小斌巧妙地将其置放于爱情与婚姻的冲突中来探索人
性视野观照，在两性空间的争夺与冲突之下，女性角色内心渴求
的两全与话语觉醒的两难得到了最为寓言化的双重展现。

徐小斌擅长讲述疯狂状态下的女性神秘空间体验，在权威
的经验话语之下向着河流彼岸摆渡。作为一个以童年经验为书写
模板的作家，不可否认的是，她的写作是向内卷的，因而，在她
的空间构建上，她显然更习惯于在三维实体空间之外另外建造一

个被解构的魔幻空间，这也就是我们在这种镜像置换之下所需要谈论的真实情绪。与其一味地将女性主义批评划归到对父权的批判，不如将其重置为另一重体系，借此展现更为完备的独特心理体验。

发表于《作家》2021 年第 5 期

荒诞面目下的精神场域

——范小青近年小说论

摘要： 范小青一直被认为是当代小说中创作经验与风格都难以估料的作家之一，无论是短篇或是中篇小说，她的作品一直都带有强烈的革新色彩，不断地在审美风格和社会性的追求上做着自我突破。而本文试图从她近年来的中短篇小说入手，从其共通的叙事策略和审美意识中，挖掘她对于当下人性的自我审查以及身份焦虑，借此探讨她对于时代背景下的荒诞追溯。

关键词： 范小青　荒诞性　社会现实　精神场域

"碎片化"阅读不断侵袭文学生活的年代，我们应当如何保持阅读，又应当如何面对创作和文学本身，是当代作家所需要思考的课题。如果一味地对现实生活环境进行重复观望，作品很容易流于新闻观察般的僵硬；但如果完全脱离社会资源进行虚拟创作，那么文学又会失去一定的社会性动力。在这种两难的文学观念之下，写作者们被迫陷入了一种世情的困惑中，不得不在自媒体繁盛而文字颓落的状况下，不断探索着更为超前而透辟的表达。

而一直在自我革新的作家范小青，也在创作中侧重于这种现实生态与人文思想的理性平衡。诚然，她向来被认为是风格难以确定的一个作家，但当我们深入解构其作品主体之后，我们不难发现，在她飘忽变换的叙事风格和叙事内容之外，其实一直有着一个深刻的本质，那就是对现实的荒诞性思考。

这种思潮主体在她的创作谈中也有提到：

"就这样，我的写作一直在变化。有一位批评家曾经说过，想不到一直被认为温文尔雅、姿态柔软的范小青内心里竟蕴藏着如此强烈的求变欲望。确实，就我几十年的创作而言，变化是一个持续不断的过程，正如这位批评家所说：不同材料，不同对象和不同的内容都会导致手法、视角的变化。重要的是创作的变化往往是生活所逼。

"万变不离其宗，这个宗，就是大地，就是我们鲜活真实的社会生活，就是我们取之不尽用之不竭的写作资源。就目前整体的文学创作来看，比起新鲜丰富、错综复杂的社会生活，我们的作品还远不到位，远不生动，这是值得我们去思考、去探索、去实践的问题。"[1]

从这个层面上而言，范小青似乎更像是一个现实世界的追随者，她不断挖掘着现实中非同寻常的空间，试图就城乡之中的平民生活铺陈开崭新的文学模式建构。社会与人生的变迁在荒诞性笔法的写作之下抽象化为了精神场域的碎裂与重构，而小说叙述主体也在这种对社会的密切观照中实现了经典的象征说明。

一、叙事策略所主导的内容构建

在范小青的创作中，语言风格与叙事策略的精密自洽始终是其较为明显的叙事风格，无论是在人物对话时对人物叙述状态及个人特点的精妙把控，还是在娓娓道来时对事件的细致描绘，都

---

[1] 范小青：《写作资源的黄金时代〈声音〉》，《名作欣赏》2015 年第 1 期。

展露出范小青在叙事策略上的精巧布局。正如我们前面所谈到的，过于现实化的书写往往会带来僵硬的叙事，因此，范小青选择在叙事策略上大下功夫，以此主导小说的内容构建，实现了一种更为灵动的情绪表达，并借此探讨了某种延续性的荒诞之感。

首先值得我们探究的就是范小青在描述对话时所营造的荒诞氛围，在短篇小说《旧事一大堆》[①] 中，被赋予了"沈家姐妹"名号的胡老太，是一个习惯于瞎说且不诚恳的老人形象，在和老王的对话中，我们分辨不出她是有意误导还是无意的自我欺骗。在这种日常情态的诡秘情境下，我们能感受到的是市井的小民在寻找自我的精神余地，而这种精神上的隐秘空间，却被尴尬地读解成为老宅的名流属性。

> 老警察到了 17 号，看到老太，老警察说，胡老太，你明明姓胡嘛。
>
> 老太说，你说姓胡就姓胡。
>
> 老警察立在门口看牌子上的内容，越看越糊涂，挠着头皮说，沈祖荃是谁？
>
> 老太说，你说是谁就是谁。
>
> ……
>
> 老警察笑得捂住了肚子，哎哟哎哟地说，哎哟，我知道了，哎哟，胡老太，笑死人了，这牌子上写的，你嫁给了你男人家的叔叔呗，哦哈哈哈哈——
>
> 老太说，你说叔叔就叔叔。
>
> 老警察继续笑说，不是我说的，是牌子上说的，哦，对了，我只记得你姓胡，叫个胡什么来着。

---

① 范小青:《旧事一大堆》,《清明》2019 年第 4 期。

老太说，你说叫什么就叫什么。

翻来倒去的"你说×××就×××"，这样的自我迷惘所脱离的实际上是对于现实人生的阻隔。一个老宅的归属，原本就是剪不断理还乱的磕绊琐事，如果再加上一个患有阿尔茨海默病的主人，就更显得曲折回环，而范小青巧妙地将这两者的琐屑结合在一起：老太太不断地在对话里绕着琐碎如麻的圈子，而读者在这种对话中，竟然也从最开始的完全不信任老太太，认为老太太是胡说，到以为老太太真是名流之后，再到最后的发现老太太是阿尔茨海默病患者，一切都是他们自己的臆想。这种对话上的曲折性超越了现实生活的流域，使得读者陷入了复杂的自我诡辩中，在这样铺陈的叙事形式之下，作者巧妙地完成了对生活世情的观照和极为具体的现世迷惘。

这样的回环曲折还体现在短篇小说《你在通话我未接》[①]之中：小说讲述的是一个全国纪检巡查的大背景下，一个普通官员的心路历程。如果说《旧事一大堆》是事件的烦琐，那么《你在通话我未接》最难把控的是一群人的心理状态和情绪波动。因此，作者借由手机新软件的植入，以张自行的视角为圆心，观望了单位里形形色色的众生相。在这种原点式的观测中，范小青以一个错位的眼光来重新审视事件，从而达到了一个双重未知的不确定影响。

正如小说最后结尾处，小王对张自行的解释："小王说，如果仅是互相抵消也就算了，它们居然联手了，所谓的负负得正，两个拦截功能手拉手自动生成一个新功能，凡是先前有来电的，它都会自动反复重新拨打。所以那几天钱局老来责问我，说怎么

---

① 范小青：《你在通话我未接》，《北京文学》2019 年第 10 期。

拦不掉骚扰电话，反而电话越来越多，我还没有琢磨出原因来，他就出事了，开始的时候，他反复往检查组去，说他们打他电话找谈话，其实检察组只给他打过一次电话，结果被那个功能重复拨打，钱局接一次就去一次，后来检察组发现了问题，赶紧告诉他让他暂时别来了，回去他就出现幻听了。"

　　害怕电话的人，却一次又一次接到电话，原本心如止水的人，却在从不响动的平静里犯了嘀咕。这样对照式的似是而非，使得小说呈现出一种别样的情绪张力，人物的困惑被解构成为荒诞离奇的情节效应，从而在庸常的事件中展露出了丰富的维度和更为深入的社会联系。

　　和《你在通话我未接》一样，短篇小说《无情物》[①]同样讲述了一个极为荒诞的故事。但与《你在通话我未接》中作者依托现代科技媒介完成情节烘托不同，《无情物》则是利用一个更为原始方式的流转来实现了一个触手可及又遥遥无期的"无情梦想"。电话软件的"负负得正"是诡异的荒诞离奇，《无情物》中，一份假合同的层层流转则显得更为戏剧性。一份假合同，却莫名其妙承载了无数人的希望，并且一而再，再而三地令人们陷入迷雾重重的陷阱，待所谓的真相大白之后，钱千里等人没有受到任何影响，而"此时此刻，小坝村征用的消息，已经在小坝村全面传开了，小坝村的村民，纷纷谋划着自家的未来，纷纷行动起来，他们强占不属于自己的地方，他们抢搭违章建筑，他们甚至连猪羊圈都扩大了几倍，他们真是无情的一群人。只是他们不知道，因为他们是农民，他们常常是消息到达的最尾端，其实在消息的开端之处，他们的梦想的翅膀，已经被无情地斩断了"。

---

① 范小青：《无情物》，《湘江文艺》2020 年第 1 期。

而作者叙事策略上的巧妙之处在于，她依托了一个关键词"无情"为载体，来对小说情节进行了细节化生动化的描绘，钱千里是在看到"无情"二字，才确定了这份合同的虚假，也确定了合同是出自自己之手，然而，这"无情"二字，也昭示着小坝村之后的命运。在层层叠叠的叙述中，小说由简单的拆迁引出了一场闹剧，在这样的荒诞之下，情节抵达了一个奇诡的终极反转。钱千里和小坝村的民众成为历史的可靠载体，是中国乡村主型的绝好意象。

　　至于中篇小说《遍地痕迹》[①]中，范小青对于叙事内容及节奏上的把控则更为成熟。这讲述的是一个破案的故事，然而，随着案情的推进，故事却逐渐走进了一个混乱难辨的真假谜题之中。张强那半个小时究竟都干了什么？那个抢劫案的凶手又是怎样杀死了娟子？而所谓的痕迹，又怎样地影响了张强的生活？这些统统都是值得被挖掘的谜题。

　　　　一个破案的小说，到最后整个过程都是无意义的？
　　意义可能被消解，生活也可能是无状的，但是案件怎么被消解，破案怎么能是无状的呢？
　　　　所以，其实我不是写的破案，我只是借了个破案的外壳，仍然在走我的老路。[②]

　　小说的情节并不复杂，就如同每一部侦探小说一样，以一个找不到凶手的案件为开头，在层层剥茧的手法中寻找着"真凶"。然而，故事的巧妙之处在于，范小青设置了一个失落的"半小

---

①　范小青：《遍地痕迹》，《清明》2019 年第 4 期。
②　范小青：《难道真的就没有真相吗：〈遍地痕迹〉创作谈》，《小说月报》微信公众号，2019 年 9 月 23 日。

时"，并且不断地引导着张强向着"真凶"的道路走去，即便在最后真凶找到，张强看似洗脱了嫌疑，但当我们长舒一口气之后，或许又会从内心倒吸一口凉气。

张强真的是无辜的吗？那么他的杀念又从何而来呢？或者说，在他的情感动因之下，如果没有出现那个抢劫犯，他是否真的会杀死娟子？这些我们都无从判断，但能够肯定的是，所谓真相大白的时刻，或许只是纷繁世界的一个平行宇宙而已。

正如《遍地痕迹》的结尾：

> 刘英破案后回到县局，相逢的时候，张强说，刘英，还是你厉害。
>
> 刘英说，技术手段不一样了，再说了，当时的现场，没有痕迹，是个老手，全抹去了。
>
> 张强却摇了摇头，说，不是没有痕迹，是痕迹太多，遍地痕迹。
>
> 刘英点头赞同，说，是，遍地痕迹。

所谓的遍地痕迹，是否是藏在张强心里的不可告人的犯罪因子？他所谓梦中想到的，幻觉中出现的那个人，是否是他真实所见？事实上，作者就是在遍地的痕迹和遍地的真相中，希冀于为读者提供一种更为深刻的思考和解读。

在这些精巧的叙事策略之下，我们或云里雾里，或拨云见日，都获得了极为震撼的阅读体验。范小青巧妙地将现实世界的庸常裹上了或奇妙或诡秘的外衣，试图以这种形态来完成对荒诞更为深刻具体的读解。

二、个体倾斜的真实焦虑

关于身份的焦虑与恐慌一直以来都是范小青在其各类作品中所表达的母题，在几部短篇小说中，她都不同程度地展现了自己对身份的追溯与调整，试图表达不同历史语境下人物身份的困惑与焦虑。她还试图探寻人物内心宇宙与外部世界的深层次联系，在现代社会的悖反中凸显出个人生活的荒诞。

纯粹时代下，漠然的群体与狂热的个体会形成绝妙的观照，而在这种倾斜下所展现的身份恐慌，往往更具被思考的必要。实际上，在中国语境中，对身份的重视一直以来都是被各方强调书写的命题。这种身份观念所映照的是其对于"人"的思考和理念，在普遍的社会认同之下，人除去外力因素应当如何认识自身，这是范小青对时代提出的质问。

在自媒体时代下，公众群体性的力量实际被消解了，转而是更具备现实存在感的个人情绪表达，看似是每个人都拥有了更多说话的权利，但在这种现实性的纠缠之下，个体却反而陷入了荒诞的焦虑之中。这种关乎个体倾斜的身份焦虑首先体现在中篇小说《遍地痕迹》中，前面讲过小说情节，这里不再赘述，只谈张强的真实焦虑。

首先就张强的社会身份而言，他是一个被人们喜爱的警察，可以说，他身上拥有一切值得被普罗大众所喜欢的素质。出身于普通家庭，有着天然的正义感："张强是村子走出去的为数不多的大学生，读的是警官学校，毕业后回到县公安局，在刑警大队工作，他是村里的骄傲，是父母的骄傲，更是娟子的骄傲和榜样。"在这样一层外衣之下，他救下刘英也是情理之中，然而，在这层关系的外衣之下，他也藏匿着自己的秘密——他偷偷暗恋着这个如同妹妹一般的少女。

而这场凶杀案过后，对凶手的找寻所反映的大部分是不同群体对自我的认知困惑，从张强的自我怀疑开始，小说陷入了一种向个体倾斜式的身份焦虑与人性找寻。在追寻凶手的过程中，张强不断地感觉到自己仿佛就在凶案现场，而他影影绰绰间看到了凶手，在自己口袋中找到的细藤"证实"了他的猜想，他在离奇的现实之间不断自我挤压和纠缠，到最后陷入了迷茫的旋涡。

在案件诡秘的循环往复之下，小说构建出一种魅性的奇观，那个藏在张强内心的、站在凶杀案背后的男人究竟是不是后来的抢劫犯呢？情节与画面共同冲击成为矛盾的阴影，使得人物在真与假的慌乱无措之间迷失了自身。

这种迷幻的质疑与思考并非是读者的臆断，事实上，对真相的寻找和对谜团本身的迷恋几乎可以看作是范小青在一段时间内的写作思想。范小青所陷入的是一种普世的焦虑，在信息爆炸的时代，过于具象和庞杂的信息反而导致了思考的局限，越是丰富的路径越会造成思维中的自我怀疑。如何在信息不对称以及干扰因子过多的时代依然保持理智和清醒，是范小青所提出的焦虑和困惑。

从这个层面上来说，何谓真相？又何谓意义？寻找的过程往往会揭开谜底，但也会带来更大的谜团，当时代的话语倒置成为真假难辨的判断风貌，作为主体的我们又应当如何自处？

此时此刻，真正的凶手是谁显然已经不再重要了，范小青借助一个凶杀案为外壳，在层层剥茧的手法中完成了对世情乱象的观照。张强在追寻凶手和自我证明的过程中丢失了一部分对自我的判断，但从某种程度上而言，这又何尝不是另一种对真实的找寻？

除了中篇小说《遍地痕迹》，范小青的短篇小说《旧事一大堆》同样展现了这种诡秘的社会缝隙。如果说《遍地痕迹》是以一种层层递进的方式渐高层次地展现不同群体的社会性身份焦虑，那么《旧事一大堆》则是将现实与历史相结合转移，共同构建了一个不可靠叙事下的荒诞语境。

《旧事一大堆》所阐述的故事并不复杂，一个老旧的住宅陡然被赋予了文化的内涵，由此引发了一系列令人啼笑皆非的故事。小说的荒诞属性和关乎真假的焦虑主要由老太太来进行展现，在老王和老太太来来回回的对话中被消解成方向上的失落。范小青大部分小说都来源于其自身经历，这部小说也不例外，对于这个苏州女作家来说，传统的老宅一直是她心中隐秘的幻想。因而，《旧事一大堆》事实上就寄托了她对于"旧事"的认知。但说是旧事，写的也是新事，在小说中，她全篇以对话建构，前面提到过，她正是试图以对话上的散漫和舒缓来营造一个松散而诚恳的叙事氛围。而除却这种叙事策略上的贴切诠释，小说也在个体新事与老宅旧事的冲突与融合之间展现了社会性的真实焦虑。

这种焦虑首先体现在人物的自证与他证上。如古典经济学家亚当·斯密所言："被人注意，被他人关怀，被他人同情、赞美和支持，这就是我们想要从一切行为中得到的价值。"[1] 可以说，大部分人就是过于沉溺于精神层面上的权威性，才陷入了不断证明的回环之中。

普通的老宅一旦被赋予了文化属性，就具备了更高的价值，而患阿尔茨海默病的老太太"神秘莫测"，还可能是沈家后人，就具备了更高的人文底色。小说在老太太与各种人物的对话中来回穿插写照，试图描绘现代语境下人们是如何寻找身份认同与社会群体权威的，而这种纯粹具体的证明与引导，反而使人在现实冲击之下更为恐慌和焦虑。

---

[1] ［英］阿兰·德波顿：《身份的焦虑》，陈广兴、南治国译，第5页，上海译文出版社2007年。

　　　　　　　　　　　　　　寄寓的诗性与想象的超越　|

其次，这种焦虑更体现在传统与现实的节奏冲突之下，作为苏州的女作家，范小青的笔法中一直不乏吴侬软语的娓娓道来，即便在后来叙事风格改变之后，她的作品中也依然有和缓的叙事节奏和叙事氛围的架构。在这种叙事底色之下，她所书写的真实焦虑就更为具体。

就短篇小说《旧事一大堆》而言，所阐述的除了个体的身份认同感焦虑之外，更多的还有其对于传统文化在现当代遭受冲击的焦虑。老宅只有在被赋予文化属性时才具有了更高价值，避免了被拆迁的命运，然而，在文化内涵的外衣之下，想要把它买下来的人也是寄希望于将它开发再建造。从这里开始，小说提出了一个社会性的思考，即：原始风貌的古代建筑在当下应该如何保存？

这是新事，但也是同旧事相关的社会焦虑：

> 我们说了一大堆的旧事，说了苏州一些老园林从前的故事，也说了从前老宅里的一些传说之类，无问西东，无谓真假。总之，历史就在大家的或真或假，或可靠或不可靠的叙述和回忆中展开。
>
> 不执着于真与假，不纠缠于虚或实，文学作品本身就是虚实结合的产物，它既是"真"的又是"假"的。
>
> 重要的是，在这个过程中，我们能够触摸到历史的毛茸茸的温度。①

随着社会的发展，我们能够不断地感受到精神场域的被入侵和旧有传统文化及生活方式的被损害。作为当代作家，范小青身

---

① 范小青：《创作谈〈旧事一大堆〉》，《小说选刊》微信公众号，2019 年 9 月 6 日。

上有着强烈的社会责任感以及具体的期待，她不断地在作品中构建出焦虑的个体倾斜，试图预示并提醒时代旋涡下的个体，希冀于找寻到勃发的生命力。

三、荒诞审视下的自我觉察

荒诞性，一直以来就是范小青小说中主要构建的叙事风格，有趣的是，她的小说其实一直都是现实主义的风格，但在叙事内容和叙事主体上，却往往呈现出一种别样的迷失感和荒诞性。她既不脱离社会现状的冷峻思考，也没有回避文学上的空间拓宽，而是利用一种裂缝般的真实与虚假之间的悖谬，来书写其现实的注脚。

范小青在书写世情方面的故事时，一直具有一种奇妙的现实张力。她的小说受到了一部分西方现代主义的影响，展现出一种荒诞的写实主义，当然，这种书写上的改变也和她的经历分不开。如果说以卡夫卡为代表的西方现代主义作家为其打开了荒诞性的大门，那么范小青的现实经历则为她在这种荒诞面貌下的自我觉察提供了更多的可能性。

"近几年我的作品变化确实比较大，有理性的，更多是直觉告诉我，这个素材就应该这么写。回头再总结，什么原因？一个是大环境，社会变化得太快，现实往往比小说更荒诞，小说还能不荒诞吗？另一个是小环境。这七八年我担任了行政职务，工作中遇到的很多人都很奇怪、很可笑，你会感到非常荒诞。当面我不能对他怎么样，但会转化进小说里。"①

因此，范小青常常借用一种伦理秩序上的真实可感，来触摸

---

① 唐骋华：《范小青：世界越残酷，小说越荒诞》，《生活周刊》2014 年 8 月 21 日。

荒诞面具下的现实闹剧，在这样的书写之下，她的小说往往呈现出一种极具中国特色的原始象征风貌。

这种中国特色首先体现在其小说所选取的典型人物形象之中。范小青的中短篇小说限于篇幅，往往习惯于将更具典型化的人物形象构建为小说主体，而因为她自始至终的现实主义书写，往往不外乎乡村与都市两种叙述内涵。就乡村小说而言，她往往会构建出标签化的人物和打破正常生活逻辑的时间来构成伦理秩序上的失效，这种荒诞的转圜代表的是当代中国乡村中的本土主义象征，短篇小说《无情物》中，钱千里正是构建出了这样一种荒诞的假象。面对可能到来的征用土地，钱千里想的不是如何给农民争取到利益最大化，而是费尽心思弄了一纸假合同，甚至精巧地铺排了不少后续的事宜，好成就自己的利益：

"找个假的接盘侠，签一份假的协议，做一个假的项目方案，捏在手心里，如果那个该死的征用小坝村的红头文件真的来了，书记就会找他要方案，他就交出去。他完全不担心假协议假方案会露馅，因为这样的方案，在他手里，不经过来来回回上上下下几十次的反复，是不会确定的，书记也决不会急急忙忙冲到第一线，在这个过程当中，'公示'它老人家应该来了。"

他的算盘打得无比精妙，事实上，这也反映出了中国的本土现状，怪诞的闹剧和现实性的刻度被模糊了，正如钱千里所想的，"满大街都是假的东西，找真的难，找假的易"，这似乎又回到了我们在前文所提到的真假焦虑的虚空中。在这样的叙事构建之下，一纸假合同联系出的是官场的自我瓦解和底层农村的全面崩塌，人民的精神场域被迫分裂转化成为深刻的反讽，在这样的矛盾感之下，小说越发凸显出其深刻的质疑性力量，充满着本源性叙述的机锋。

而在这种现实性的描摹之外，小说也借助了一些颇具奇幻色彩的元素完成了荒诞面目的象征。首先就是一纸假合同的流转，就小说内容的处理而言，假合同在从公文包到拾荒老太手中，再从小学生到村支书之手，看似环环相扣逻辑严密，但实际上却令人啼笑皆非。小说刻意淡化了事件之间的现实性因素，转而将故事提升到象征层面，构建出了一个现代化的荒诞个体。

而另一层元素则在于钱千里这一人物的塑造。在小说的前半段，展现的都是其缜密而算计的一面，作为副镇长，他想的不是如何为百姓谋福利，而是如何让自己的利益最大化。但在小说的最后，这个贪婪的中年人却流露出另外的一面："他曾经起草的那些，都是真合同，而这一份合同，则是真合同，感觉好像是特意让他在紧张焦虑地等待公示的日子里，轻松一下，起草的时候，甚至带了点调皮的心态，有一点忘乎所以、心血来潮，在规范的'解除合同'前面，敲上了不规范的'无情'两字。他甚至还自鸣得意了一下，作为一个曾经的文学青年，参加工作以后，就没有任何机会让他使用一两个自己喜欢的词汇。"作为曾经的文学青年，这样戏剧化分裂的主体是真实存在的，而在精神意识形态上的自我矛盾也就成为小说的另一重荒诞。范小青正是不断地挖掘着叙事主体精神场域上的悬置与沉浸，才促使小说在荒诞的面目之下尖锐地刺入到时代的血管之中。

正如我们所观照到的小说总体，除了荒诞意义上的自洽之外，范小青的文本在诸多领域都展现了社会责任感和真实的身份思考，从这个维度对小说空间进行考量的话，我们能够阅读到更多作者的自我觉察。

这种自我觉察首先表现在其对社会情境下人物身份的思索与困惑之中，当人物在现实的冲击之下被迫解构精神场域，不断地寻求逻辑联系以逃离命运流转时，个体是懵懂待宰的牺牲品，而所谓聪明的"破案者"也在倏忽之间失落了自身。

寄寓的诗性与想象的超越 |

中篇小说《遍地痕迹》中，故事在娟子死后走入了一个迷宫般回环曲折的悬疑破案情节中，从毛吉子到许忠，再到季八子和林显，层层叠叠纷乱出现的"凶手"似乎在照应着小说的标题——遍地痕迹。张强在几个凶手之间来回周旋，小说也借用这几个不同的角色依次书写了身份的焦虑和荒诞的自我陈述。毛吉子的被抓所展现的是一种时间混乱和家庭角色身份上的自我焦虑。

老爹气得大骂，你这个杀人坏子，你个杀人坏子，我早就知道你是个杀人坏子——

毛吉子捂着脸，嘟嘟哝哝地说，为了证明你的说法是对的，就算是我杀的吧。

……

这俩父子说话没个正经，做父母的也不为儿子作证，既然毛吉子不能证明自己，金队和张强当场就带走了毛吉子。

毛吉子被铐上手铐的时候，冲着父母亲大笑说，啊哈哈哈，爹，娘，你们终于有了一个杀人犯儿子。

毛吉子是个好吃懒做被父母嫌弃的二混子，在之后，他不断地和警察们玩着时间游戏，与其说他的混乱是因为作息紊乱而造成的迷茫，不如说是在现实语境下对自己的放逐。因为每天不干正事儿，所以记时间没用；因为在父母眼中是没有未来的人，那么即使成为杀人犯也没关系。

第二个"凶手"许忠，强行地把某些罪行揽到了自己身上："张强说，呸，你刚刚说的这些内容，明明是我们刑警队去年破的一个案子，连细节都一模一样，你竟然揽到自己头上，你想干吗，你是想转移目标，你是想把水搅浑吧。阿兵说，哦，我想起来了，我进单位后，这个案子是作为典型案例拿来给我们新人上课的，难怪我说怎么这么熟呢——那个案子的最后，赌棍逃跑到广东，被黑社会追杀，死了。"自我身份的焦虑从家庭角色的放逐上升到了迷乱的反思。许忠所表达的是一种对身份的困惑，他并不需要证明自己的身份，或者说，即使是他自己，也无法准确找到自己。

一直到后来出现的自首者林显，"不难解释林显的自首行为，他沉浸在虚幻和现实之间，不能分清，不能自拔，他的现实，来自娟子被杀这一事实，而他的虚幻，则来自那个网络小说"。他在虚幻的网络小说中完成了所谓的"自省"，关乎个体身份认知的自我困惑与荒诞达到了顶峰，时间和空间成为道具，叙述主体被无限弱化，小说中真实与虚拟的边界被模糊成鲜明的意象，在这些焦虑的堆砌之下，作者完成了一个关于自我精神场域的觉察与审视。

而另一层自我觉察则来自其对东方文化焦虑的想象。在她的小说中，从来不缺乏对城乡世情的构建，她擅长从普遍的世俗表象中提取现实意义上的荒诞叙述，并借此提出矛盾的本源性思考。短篇小说《你在通话我未接》中，她所展现的就是这样一种颇具东方意义的矛盾机锋。张自行自认没有做错过事，但曾经和女同学的偷情却在持续不断地暗暗折磨着他，一直到最后，原来妻子早就知道自己犯下的错，而他似乎也安然逃过一劫。

正如他最开始抱着的想法："犯错难免，但是别傻乎乎去犯那种被人抓得住的错。"而面对那个曾经的他认为"仅此而已"的错处，他也没有直接地面对，而是选择以一种迂回试探的方式，企图完成自洽的回环，与之穿插叙述的则是老钱局长的"幻听"，诸多琐碎纷杂的对话和软件的用途交织在一起，共同渗透了东方的所谓"看破不说破"思想。在这种自我觉察之下，小说生成了一种奇异的混乱感，人物的精神场域被层层包裹，成为一个荒凉无趣的"领导干部"，现实的质感与令人啼笑皆非的软件应用融合在一起，形成了吊诡的时代反思和自我追问，在这种自我身份的虚无与恍惚之中，范小青完成了对社会的哲学性拷问。

我们可以认为，范小青所不断探讨的实际一直都是她所垂直观望到的社会问题。这种垂直观望在其短篇小说中尤为多见，她以符号化的人物形象来直接探讨社会取向，在看似冷硬的叙事中表露着诗性的文学追求。更为难能可贵的是，范小青一直在其文学作品中展露了一种对于社会发展的直接观望，她绝不仅仅局限于为平民书写价值立场，更不断地观望到时代的精神场域，刺入了世情的表象，转而投入到了一种深刻的自我觉察与时代审视之中。

发表于《东吴学术》2020 年第 3 期

对岸的颤动

——谈苏童短篇小说中的地缘性隔膜与生命书写

摘要：在苏童的短篇小说中，对文化意义的倚赖超过了其精神立场上的追求。相较于其长篇小说中暴力的搏斗感，在其短篇小说中所构建的则是一种温和的锐利，他擅长运用文化意象以及创造性的表达来实现一种梦幻般唯美的隔膜感，琐碎的、日常化的书写往往在时代背景之下呈现了更为边缘化的精神乱象。本文就将从苏童的几部经典的短篇小说入手，试图在其独特的审美立场下辨析孤独的个体及时代的隐忧，并在地缘性的标签之外，探讨时代所主导的公共价值及生命书写。

关键词：审美立场　地缘性　象征　生命姿态

文学的时代性在长久以来都被看作是审美立场上的核心问题，而就中国当代文学而言，苏童显然是这一时代重心下绕不开的人物。长期的、职业的写作构建了他较为老派而艳丽的整体性风格，而在他的短篇小说中所书写的南方，也总是潮湿、阴郁又带有毁灭感的悲凉。事实上在谈论中国文学时，我们往往绕不开地缘性这一要素，文学发展到今天，往往需要站在个人的生命立场上对自然及世界进行描摹，作家主体被强调成为经验式写作的立场，而随之开辟的价值体系乃至文学宇宙则成为精神姿态的理想化显现。

　　　　　　　　　　　　　　寄寓的诗性与想象的超越　|

苏童擅长在他自己所熟悉的领域去描摹日常生活形态，或许是受到卡尔维诺的影响，寓言与魔幻，乃至从始至终的荒诞感和强烈的形式主义，都一并成为苏童小说中的元素。事实上我们在谈论苏童的小说时永远绕不开他的地缘性和时代性，长久以来，他将小说的书写范围归纳于一个阴郁、潮湿的南方小镇，同时又习惯性地以青年人的视角对他所经历的时代进行观照和表达。而和他长篇小说中较为锋利且成熟的书写不同的是，在其短篇小说中，所蒙的是一层温软的、迟钝的痛感。

中国的当代文学可以说是受时代性影响最为深远的一批，意识形态的变革乃至世界观的搏斗都展现了极为凌厉的岁月缩影，这些时代的沉痛心照不宣又难以言表，于是往往在若即若离的生活痕迹间形成了一种拧巴又聒噪的痛觉体验，展现的是一个虚无的、蠕动的真实。

一、半真空状态下的童年摹写

在苏童的短篇小说中有一个绕不开的地名，那就是香椿树街。他所不断搜寻的关乎于南方的文学意义几乎都来源于此，同时，他也在他的小说中呈现出了绝妙的想象奇观。多数人将这种想象上的波澜和画面归结于某种魔幻现实主义的表达，但在挖掘其人物的现实困境之后，我们往往能够觉察，在他的小说中所演绎出的某种氤氲的、颓唐的极具美感的画面，都可以看作是一种涌动的少年时代的微妙想象。这种独属于人物的精神立场和美学思考与魔幻现实主义是不同的，我们可以将其认为是一种不安定因素之下的扭曲的灵魂流露，而小说所展现的是一种时代性的情绪和不断闪烁的生存状态，诸多意象及象征性元素的运用记录都凸显了一种浮躁现实下虚构的情感恐慌与情绪迷茫。

首先从苏童的《桑园留念》中谈起，在很长一段时间里，苏童都将这部作品看作是他短篇小说的开端，而小说所呈现出的人物情绪以及叙述策略也都的确在之后对他的创作形成了深远的影响。

也是在这部作品中，尤为真实地显现了一种对少年状态的半真空的摹写，就《桑园留念》而言，小说的叙事性及故事性明显弱于对人物的描绘，但其中深厚的情绪和作家主体与人物记忆之间的微妙关系长远以来都影响着苏童之后的创作。

《桑园留念》的故事性并不强，我们甚至可以将其看作是一种单纯的建构与栖居，小说刻意地将语言流露为本能化、原始化的表达，借以演绎出了独特的情绪要素和诗意空间。显然，苏童在之后也不断深入着对少年时代情绪的探究，他习惯于将历史的大背景弱化，转而将其显露为若即若离的生活痕迹和历史状态，这种远山淡影般的描绘所渲染出的是一个半真空状态下的情绪觉醒。

小说《桑园留念》的结尾，"那年我从北方回去探家时，曾经特意跑到桑园去。经过石桥时我看见毛头和丹玉的名字不知让谁刻在石栏上了。那名字刻在那儿跟'某某某到此一游'不太一样。我正要下桥的时候，碰到一个腆着大肚子的女人。我一眼认出那是辛辛，我盯着辛辛隆起的肚子看，顿时觉得世界上发生的差错越来越多越来越大啦。我看着辛辛上桥、下桥。我想辛辛也会看我几眼或者对我笑笑的，但是没有。她目不斜视，我没弄明白这狗女人是怎么回事"。

这种第一人称为主的叙事在之后苏童的小说中占据了绝大部分，当对苏童的小说进行一定解构之后我们会发现，在他的短篇小说中，要么是以第一人称进行书写，要么会在最后引入一个"我"的身份，从而在孤立的情况之外加入了更具真实的表达和自我缠绕。例如小说《骑兵》中，前文都是完全地以第三人称视角对左林的生活进行写作，此时，读者与书中人物是隔绝的、陌生的，小说也运用了不少句子来表达冷静的目睹和书写上的警觉。

但一直到小说的最后，当少年左林目睹着傻子光春骑上了父亲的背，而父亲近乎癫狂地在承载着傻子一直往前，少年眼中的画面逐渐地和"我"的认知所交汇。苏童在此巧妙地混淆了现实生活与小说的界限："我表弟左林记得那天夜里空中飘着些小雨，昏暗的路灯光下有一些昆虫在飞舞，他坐在地上，看着傻子光春骄傲地骑在父亲背上，他像一个真正的骑兵，手执马鞭，身体直立，策马向前飞奔。他看见骑兵和马融为一体，渐渐消失在香椿树街的夜色中，就像他梦想过的骑兵和马消失在草原上。"

在这一段故事中，左林和父亲的人物性格是不重要的，而在他长期的、被挤压又不断挣扎的生存空间中，他在想些什么也是不重要的，我们能阅读到的只有一种短暂的怅然和弥漫的悲凉。这种情绪在左林关于梦幻的场景的构建中成就了一种极为象征性的表达，作者无须多言，读者就能够在这一画面中体味到人物的心理障碍和长久的压抑感。

这种场景的建构从左林母亲的去世就开始了：

"就隔了一夜，好端端的大姨像一只惊鸟似的飞走，飞走再也不回来了，也应了大姨讲的鬼故事里的全套，任何东西都会变成魔鬼，任何魔鬼都擅长变戏法，最后不知是尿桶魔鬼还是煤渣魔鬼变了这个恶毒的戏法，把大姨自己变没了。"

当生命的流失被形容成戏法式的终结，小说在此轻易地解开了幻想性质的面纱，也是从这里开始，人物所经历的实体世界和精神世界被切割开了，左林的幻想中，自己是一个勇猛的骑兵，然而在他的真实境况下，他只能看着傻子光春耀武扬威地骑着自己的父亲。

事实上这种虚构梦幻与真实历史的割裂在艺术表达中并不罕见，就电影《阳光灿烂的日子》来说，姜文导演对马小军的塑造就是在虚实结合之间隐晦地表达青春所独有的伤痛。诚然，这一段时光在记忆的滤镜美化过后能够带上阳光灿烂的朦胧色彩，但掀开这层鲜亮的外纱，内里仍然是血淋淋的阴郁和堕落。

同样的半真空化描绘也出现在小说《像天使一样美丽》中，小说所叙述的情节并不复杂，无非是两个少女在青春期的明争暗斗和迷惘病态。然而也是在这篇小说中，苏童在人性和心理活动上强大的把控能力得到了显现，他能够完全地感知到人物的情绪乃至精神轨道，转而用一种直观的描绘来书写其非理性的精神性缺失。

如小说中的小媛在意识到自己被孤立时，小说通过她和吕疯子之间的对话引导出了小说的主题，并且凸显了少年人物精神主体的矛盾空虚：

"午后的香椿街在暮春时分的慵懒和寂静之中，街上人迹寥寥，阳光直射在满地的瓜皮果壳和垃圾堆上，有成群苍蝇在街道上空盘旋。小媛拽着书包跌跌撞撞地跑着，经过药铺的时候，她再次看见了肮脏的形销骨立的吕疯子。吕疯子朝小媛晃动着手里的草药，他说，你像天使一样美丽，不过你要多吃一点药，不要怕吃药。小媛躲开了吕疯子，小媛边走边啜泣着，她说，我不要美丽，你们去美丽吧，你们为什么要造谣诽谤伤害我呢？"

小媛是孤独的，她远比另外一个女主人公珠珠要更为敏感和乖戾，这种敏感带给她的并不是早熟的规范，而是一种更为迷惘蒙昧的内心脆弱，也正是在这种脆弱之中，少年空间的匍匐感乃至于个人成长历程中的自我坍塌才得以真实呈现。

事实上苏童在其短篇小说中都强调着对少年记忆乃至生活

碎片的重构，而需要明确的是，如果一味地对作家主体的过往进行回归，实际上就是在目力所之处将其驯服为对生活的贬低。因此苏童在时间跨度之后脱离了主体本身，以第三视野来分离生活与文学，他自觉地将自我的回溯构建于他所创造的文学宇宙之中。在他的小说中，少年们在感情上往往是冷淡的、无知无觉的，或者说，这些少年们模糊地意识到社会的混乱和家庭的愚昧，于是不可避免地陷入精神的麻木之中，这种自下而上的混乱与衰败，暗示的便是粗糙而破碎的时代背景。

二、集体隐忧中的象征与重构

从 20 世纪 80 年代以来，世界范围内的文学都开始走向了多元化的浪潮，而在政治经济都发生剧变的中国，这种转变的浪潮更显得尤为庞大，在这种探索空间之下，大的叙事诉求被压缩了，取而代之的是一种身份叙事和差异化叙事的崛起。而就苏童这一代作家而言，他们所经历的时代和个人经历又让他们难以逃脱"主旋律"的桎梏，当然，我们这里所说的主旋律并非是主旋律化的写作，而是大的时代背景对这一代作家文风乃至素材选取上的巨大影响。

苏童擅长编织经验主体，并转而将其构成一种时代主导的回忆视野，当社会的理性化特性超过了生活主题，而简化的社会生活与童年摹写往往能够达到欲望与精神的重构。苏童向来习惯以人物的生存状况来引领叙事上的起承转合，因而他将少年左林书写为一个近乎虚空的、朦胧的人物个体，转而用"骑兵"这一形象来实现生命姿态的质变。在这类关乎于成长或是人性变革的主题之下，小说渗透出一种颤动的生命力，在有限的容量中延伸出了静穆却怅惘的表达。

首先从小说《骑兵》谈起，小说所讲述的故事并不复杂，一个罗圈腿的少年在饱受了欺凌、嘲笑乃至是侮辱之后，将这些情绪转化为对遥远的"骑兵"形象的追逐。小说从开始的，将左林比作一棵树，"如果左林是一棵树就好了，树永远不需要立正，随便怎么长得歪歪斜斜的，都无人在意"，到之后不断描绘着左林如何像一头困兽般地挣扎在生命的旋涡中，而他对"骑兵"的认知在普遍意义上看来也更像某种嘶哑的逃避：

"我以后当骑兵。左林站在小便池前左顾右盼，他开始嘟囔起来。某种处境逼迫他思考着什么。厕所的地面中午时被冲洗过，现在半干半湿的，秋天的阳光从排窗里投进来，左林突然发现那块不规则的光影和地上的水渍尿痕混在一起，形状酷似一匹奔马。我骑马。他说。我当骑兵。"

在这里我们必须要感慨苏童在人物心理状况上的精妙把控，他并没有将左林对"骑兵"的构想归于耀眼的意象启蒙，而是转而用一种孤独的，甚至是肮脏的景象来转化这种衰竭与哀叹。在这种个人回忆占据主导地位的表达上，小说将原本的虚构性现实思维转化了一种纸上谈兵般的荒诞与虚妄，而这种虚妄的确切之下，左林选择去欺凌更弱小的傻子光春，然而又在咄咄逼人的祖孙面前节节败退，最终让父亲承担了最底层的角色。

小说巧妙地利用象征上的"骑"与"被骑"完成了一种线性的驱动回环，正如左林关乎"骑兵"的想象是纸上谈兵的妄念，在残酷的背景下，所有人也只是时代枷锁下的一场隐匿游戏，没有人能够逃离这种缠绕的困境，不动声色的浓烈冲突之中，一切孤独与焦虑都有迹可循。

而小说《人民的鱼》中，象征的表达变为了鱼。从开始的张慧琴倚赖柳月芳沾光，吃到"鱼头、鸡头、鸭头"等等，到之后的柳月芳丈夫仕途失意，反而是张慧琴靠着一点时运和自己的好

　　　　　寄寓的诗性与想象的超越　|

手艺，开起了鱼头馆。两个女人之间的关系以鱼结媒又因鱼而陷入微妙，在这种若隐若现的嫉妒情绪之中，小说延续了更为张力的表达，当柳月芳终于盛情难却，走进了鱼头馆时，她也一步一步地踏进了某种阻遏之中，小说的张力在张慧琴劝说柳月芳吃鱼时到达了高潮：

"宴席的格局突然急转直下，鱼头变成了某种态度的象征，涉及对姑娘的关爱，对张慧琴的尊重，也隐隐涉及当事者对变革的态度。张慧琴把握了时机，眼睛发亮，盯着柳月芳说，怎么样，看清形势了吧？这鱼头不吃不行，我今天非破你这个戒不可。"

在这篇小说中，苏童阐释的是一种微妙的因果性叙事，两个女性之间暗流涌动的剑拔弩张形成了一个扩张又封闭的情绪表达，小说有意识地不断地叠加这种叙述效果，并且借此展示了一种群体性的情绪维度。在这种碾磨式的叙事之下，两个女人之间或许原本是真如她们所说的一般纯粹和诚心的，但当真实空间被挤压，人情物理等一众情境被摆上台面，人物就在推敲中走向了内心的干戈。

同样地，小说《哭泣的耳朵》中，苏童巧妙地用一只旧水壶跨越了生活边界，相较于前面我们提到的《人民的鱼》中更强的故事性，《哭泣的耳朵》承载更多的是人物的隐喻和某种近乎于"避重就轻"的传奇性。兄弟两人之间不像亲兄弟倒像是死敌般地互相仇视、拿水壶时同老特务的扭打和喘息，乃至这些情绪背后所深藏的时代隐喻，在这部小说中，故事原本的重心被扭转了，但正是这种强行的、生活化的虚构，反而令小说呈现出更为世相的图景。

在小说的最后，叙事的核心从第三视角的说故事变为了第一人称的自我沉思，当"我"的叙事核心取代并扭转了生活事件的时候，无论是旧水壶这一文学象征还是对老特务这一人物形象的处理都蕴含了更为孤寂的勇气和决断。

"回家后我就把那只黑乎乎的旧水壶沉到了护城河里，母亲追在后面骂我，我不管，我蹲在河边的石阶上，听见沉重的旧水壶坠入深水时泛出了无数的水泡，我感到自己沉浸在某种残酷的享受中。说起来奇怪，人们对某种特定事物的恐惧其实可以找到解决的途径，有时只是举手之劳，自此以后我再也不怕水壶烧开水的声音了。"

在宏大的时代背景和个人化叙事需求的割裂下，苏童的短篇小说不可避免地走向了一种普泛审美立场下的细节化象征与重构，他的小说在压制了人物内心心理活动描绘的同时，通过这些零碎的片段式的文学意象介入，牵引出了更为复杂的叙事探索。相较于纯文学写作中所传递的语言探索，在苏童的短篇小说中，我们更能看到的是一种丰盈生活积累状况下的经验解放，苏童的小说常常在诸多意象构建之下实现社群化的人性旨归，在这种象征之下，苏童的短篇小说成就了一种极为深长的意味和叙事构想。前面我们提到过，当作家专注于单一的经验写作时，小说将陷入艺术维度上的贫乏，创作者的构想能力也将被瓦解。因此苏童巧妙地将这种个人经验转化为历史标签之下的公共生活，借用了生活化的象征来表达时代性的集体隐忧。

三、叙事焦点下的自我剥离

和其他以地域特色为书写主体的作家不同，相较于路遥、陈忠实等作家在作品中所展现出的强大历史感，苏童的小说中展现的更多是一种个人的情感指向和叛逆传统，这一点在他所建立的文学意象香椿树街中就能够得到展现。陈忠实用一部长篇小说将白鹿原书写成一部厚重恢宏的历史，而苏童却选择通过诸多短篇小说的碎片来拼凑一条街的灵魂。

在对香椿树街的描绘上，苏童采用了一种绝对日常化的事实形态来探索情感与记忆的空间，在他的叙述过程中，"我"的形象一直是若即若离、若有若无的，大多数时候，"我"这一叙事核心在小说的结尾处才出现，借此去撬动读者情感的起伏；即便是真正出现了"我"为第一人称来叙述的故事，"我"也往往是旁观者形象，没有任何身份、背景上的交代，似乎只是简单地作为一个理性且冷静的连接者而存在。甚至有时候，"我"的形象出现得无知无觉，消失得也十分迅速，例如小说《像天使一样美丽》中："我说过小媛是个漂亮女孩，小媛投靠了以苗青为首的漂亮女孩的阵营。"

在这种若有若无的剥离与拆解之下，人物形成了一种微妙的现实猜想，从而在叙述上实现了更为意味深长的涂抹式表达。

除却这种直观的以人称来对小说结构进行干预的方式，以描写见长的苏童在他的短篇小说中，往往也会采用诸多心理轨迹的复盘，来展示人物的愚劣与麻木。无论是成长类型的小说还是世相人情的小说，我们不难发现，就物质世界而言，常常都是平淡而冷静的，真正产生狂热、振奋或是仇视嫉妒的情绪的只存在于人物的内心世界。因此，苏童的短篇小说是精致的、是细微的，他在生活的横切面之下追问历史，但这种追问又巧妙地隐匿在了幽微的意象群落之中，在这样的自我剥离与精神旋律之下，苏童的短篇小说呈现出了颓唐的坍塌之势。

当然，这种颓唐和坍塌并不是抒情传统本身的摧毁，而可以看作是地缘性隔膜下的困境隐喻。前面提到过，尽管苏童的小说是以时代背景为蓝本进行写作，但他这种历史往往是以若有似无的痕迹出现的，人物共同地营造出了香椿树街阴郁而怪诞的氤氲氛围，但人物与人物之间却常常是隔绝的，呈现出一种相互打量的、回避与猜想的生命姿态。这种姿态构建了极不安定的情感因素和近乎黑暗的美学特征，香椿树街上的人们，在混乱而无序的生活中无所事事又不断地做梦、幻想，在这样的情绪因子之下，我们能够辨析到的就是这样一个生命的颤动。

首先以小说《桑园留恋》来看，与苏童后来的小说不同，这部四千余字的短篇小说在一定程度上可以看作是香椿树街的前传，或者说是一个类似"楔子"般的母题。在创作这篇小说时，苏童自己大约也没能完全地叠合到曾经的沧桑岁月，而是表达了记忆深处一点幽微的情绪，事实上从其后来的创作中我们可以看出，正是这一点幽微的、可以称得上是骚动的情绪，完全地影响了苏童的写作。

"几个小伙子站在一起肯定要拿过路人开心，尤其是趾高气扬的小伙子和挺胸凸肚的大姑娘。开他们的玩笑需要非凡的想象力，这一点我们谁也不缺乏。现在我能编一些像模像样的小说，就得益于那时想象力的培养。"

在此他有意识地将"我"代入了故事背景之中，现实与小说的边界被模糊，生命的颓唐姿态同琐屑的现实旋涡相互弥合，而读者只能在这种混乱庞杂的普遍性失措中寻找心灵的自由。

在自己的文学宇宙中塑造某个地点来写作的方式并不罕见，抛开经常被拿来做比较的福克纳，我这里想谈一谈奈保尔的《米格尔街》。同样是成名作，同样是在灰败背景中以孩童的触觉回望时代，但不同的是，《米格尔街》希望阐释的是"生活如此绝望，人们却都兴高采烈地活着"，而苏童在他的香椿树街上，展现的却是：生活让人绝望，但生活总要继续。他所执着于书写的这个阴郁灰败的街头承载着他在少年世界中所有的狂热，同时也令他在绝望中想象着同生活对抗的方式，但当形式的狂热退去，"我"重新回归到叙事中心之中，原本的剥离反而成就了一种悲戚的病态，前仆后继的覆灭和惨烈的堕落都不稀奇，一次又一次的困塞中，少年和世界一起，被惶惑的时代击败。

这种惶惑在小说《骑兵》中展现得最为明确，当左林盯着街上来来往往的人，又骑着傻子在街上如同胜利的骑兵一般狂奔，到故事的最后，父亲左礼生又为他的任性买单，成为傻子光春在街上骑行的大马，小说不断地描绘着左林的孤寂和彷徨，以及他在街头所展现的蒙昧：

"香椿树街上行人无数，每一个行人其实都可以当他的马，他们好像一匹一匹马从左林面前奔驰而过，却没有一匹马愿意停下来让他跃上马背。火车隆隆地驶过了香椿树街，火车是世界上跑得最快的铁骏马，那么多人骑过它，离得这么近，左林却从来没有上过火车。左林向火车车厢里一些模糊的人脸挥手，那些人一闪而过，火车也像一匹骏马一样一闪而过。在秋天苍白的阳光里，左林感受到了某种深深的孤独。"这种个人成长所必须经历的迷惘和慌乱在那个时代之下显得更为确切，当无序成为生活的主旋律，当畸形的政治体系带来一整代人的文化缺失，那么在补足情感意识的迫切需求之外，俗世消解的欲望和宣泄本能也成为对抗的叙事主题之一。

而为了尽量地将这些彷徨的情绪书写得更为具体和真实，苏童采用了一种冒险的叙事探索，在他的短篇小说中，常常会出现一个以上的叙事中心。显然，这和短篇小说的体量是有一定矛盾的，但苏童巧妙地处理了这种矛盾，并且有效地拆解、剔除了人物，转而将这种少年之间互相对抗，或是与现实对抗的骚动不安进行了极为精确的猜想与描绘。

四、生命肌理的颤动与追踪

中国的当代文学通常都在作品中展现出了某种确切的、阴郁的真实，这种真实的触感实际上可以看作是在历史状况下的普遍性失语，因而大部分中国当代作家在选择了现实主义写作之后，都往往会采取一种保存的目的来对日常生活中的具体形态进行细节化的把握。时间的流动是线性的，但感知的解构与想象却是非线性的、不确定的，因而需要不断地对时代进行追踪和叩问，借此去感悟到更为不羁的想象空间。小说家所承载的就是这样一种追踪的功能，在线性时间的顺序下寻找结构性的空间概念，并且不断用自己的方式来重新书写时间的形态，其实也就是在艺术的现实中重新创造历史的生活细节，还原真实的生命颤动。

苏童所做的就是这样一种自我回归式的叙事化写作，在他的小说中，我们往往能够得到更确切的解构感，然而也正是在这种丰富的、不可把握的解构中，读者才可以获取到关于世界认知的改变。

在地缘性的叙事之外，苏童的小说往往弥漫着一种浓烈的情绪性，注意此时我们所说的是情绪而非情感，事实上在其短篇小说中，人物往往是剧烈的、莽撞的，这种激烈的情绪在很大程度上证明了与现实对抗的悲剧性，伤痛的触觉被无限强调，也正是出于情感逻辑的自洽，小说往往会在结尾处完成一种怅惘的表达。这种表达或许是人物情绪的消退，或许是人物脸孔面具的破碎，不管是出于何种方式，苏童总能够以这种方式将虚拟时空中的界限打破，转而完成了对现实空间的深入思考。

和我在前文中所谈到的情绪类同的，苏童的故事往往呈现出一种微妙的观感，这种"微妙"可以解读为平衡，也可以解读为写实框架与梦幻内里的统一，因而苏童小说中的人物大多是描述性的，他们不具备复杂的生命状态。小说以一种打量的形式体察人物内心，在这样一种单薄的呼喊中实现缥缈的想象。

在小说《像天使一样美丽》中，小媛和珠珠不断地在静水流深的互相仇视与嫉恨中消磨着自身，事实上，她们之间的冲突所阐释的也是现实社会的尖锐与沧桑。看起来只是简单的两个女孩在青春期的争吵，但实际上，珠珠对小媛的"狐臭"的侮辱，所暗示的就是真实岁月下某一段历史的暴力变异。在小说的最后，小媛回到了香椿树街，然而，这个时候的她已经与从前截然不同：

"小媛插队的农场在很遥远的北方。小媛再回香椿树街已经是五年以后的事了，她的以洁白如雪著称的脸在五年以后变得黝黑而粗糙，走起路来像男人一样摇晃着肩膀，当小媛肩扛行李走过香椿树街时，谁也没有认出来她就是化工厂隔壁的漂亮女孩。"

显然，这种变异不仅仅体现在她的外观上，碰到珠珠之后，珠珠张口结舌说不出话，她却是淡淡地笑着："我有狐臭，而你像天使一样美丽。"

这样的淡然之中究竟藏着怎样的非理性的冲动，我们难以追究，然而，在这种情绪的剧变之下，人物身上潜藏着的历史惯性和精神秩序，都是小说暗示了的生命颤动。这种颤动可以被引申为某种社会政治秩序的潜隐，同时，也暗示着一个时代的历史性精神缺失。

与这种怅惘的淡然同样展现的还有《哭泣的耳朵》中的老特务。正如我们并不知道在农场插队的五年中小媛究竟经历了什么，在《哭泣的耳朵》中，这个守着开水房的老特务究竟经历了什么我们也无从得知，我们只能通过他短暂的话语和偶然性的失措去探寻沉睡在黑暗中的历史真相。

"然后他们听见老特务开始说话，由于喘着粗气，声音也微弱，听不清楚。哥哥和弟弟都弯着腰凑上去听，总算听清了，老头其实没说什么，他说，我这把年纪是活在狗身上了。老特务仰着头，望着白铁铺低矮的顶棚说，我这把年纪是白活了，我怎么活的？我和小孩子打起架来了！"

当这个老人在暮年时刻提出了"我怎么活的"这种极其悲切的拷问之后，我们不禁要谈，这一代人究竟经历了怎样的情感错位和无序的生存。时代的昏暗和衰败不断挤压着生存的空间，而当老人与小孩子都不约而同地选择了以暴力来解决问题之时，老人率先从这种麻木的紊乱之中清醒过来，转而控诉现实世界的萧条与荒诞。

他所质问的"我这把年纪是白活了""我怎么活的"，实际上也是在对少年人的哀叹：这群孩子们是怎么活的，他们为什么毁损在了这样一个空虚而颓唐的社会中。很显然，小说所叩问的情绪远不止这些，但可以肯定的是，苏童是在历史的维度之下，暗藏了自我的情绪因子。无论是暴力还是仇视、冷漠还是狂躁，都是这些少年对于成年社会的模仿。

事实上，苏童有着绝对的叙事自觉和表达自信，他有意地模糊了现实与小说的边界，通过讲述个人的故事去表达对于群体的精神旋律的注解，然而这种完全的"真我表达"在叙事层面上却有着极为梦幻和朦胧的一面，再加之苏童小说中欲言又止、若即若离的历史痕迹，小说就在弹性空间内呈现出了一种残忍而决绝的剥离感。

这也是我们为什么将苏童的小说评价为"对岸的颤动"，就今天的苏童而言，再对童年状况进行摹写很难不陷入隔岸观火的窠臼，然而时代的忧虑直至今天也在深切地影响着他的审美立场，再加之普泛性审美立场之下，今天文化症候重构的历史性需

　　　　　　　　　寄寓的诗性与想象的超越　｜

求，苏童也在刻意地剥离自我的生存姿态，以期得到一个真实的生命书写。相较于其长篇小说中的沉重和痛苦，苏童的短篇小说所呈现的往往是一种微妙的毁灭感，这种触感更为温软和隐蔽，在书写中成就了一种颤动的、低迷的啃噬感。在他的笔下，叙事既是一种隐匿化的历史书写，更是一个在自我缠绕中不断坍塌的解构。

发表于《新文学评论》2020年第4期

都市荒漠下的诗意栖居

——论潘向黎小说中的两性关系书写

摘要： 在女作家潘向黎的笔下，今天的都市写作带有了强烈的性别经验色彩，她擅长从自我的性别立场出发，书写独属于女性的身体经验和性别话语权，并不断地展示女性在欲望以及都市之中的沉浮挣扎，展示了一个多元而立体的女性现状。这种揭露全然脱离了男权视角下的女性传统凝视，而是以真实的性别生态为书写格局，构建出了女性理想状态下的爱欲与自由，在生动而唯美的叙事中构筑出了独特的审美想象。本文就将以潘向黎的小说集《白水青菜》①为例，试图探寻现代女作家对于两性关系的建构和思考，在两性平等的基础上解构性别理想状态后的真实女性群像。

关键词： 女性　都市　两性关系　现实性

在现实主义不断被强调的今天，小说所承载的现实关怀也就不断地被拉扯到文本语境中，小说中的人物所经历的腾挪跌宕，实际上都不断显现着作家在现实挣扎下对于温暖的渴望。文学与现实的关系在很长一段时间里都是评论家们所关注的核心，而随着文学创作的演变，现实都市生活与小说情节的契合也成为对角

---

① 潘向黎：《白水青菜》，上海文艺出版社 2020 年。

　　　　　　　　　　　　　　　　寄寓的诗性与想象的超越 ｜

色现实境遇的探索。

而在女性主义写作中，城市的出现也使得女性书写具备了更多突围的可能，现实主义的小说写作中，作家们擅长利用温和客观的笔触去描绘女性所处的现实世界，并且试图在高度的自我认知中完成对两性关系的书写与拯救。在这种探索中，都市语境下的女性书写往往具备更加现代化和颠覆性的视角，成就了更为开放且多元的写作。

事实上，今天的城市书写也给女性写作提供了一个庞大的空间和舞台，相较于依靠体力的乡村，父系氏族之下的女性往往只能够成为隐秘的"她者"，作为母亲或是妻子这一角色而存在，但在五光十色的都市中，女性的生存状态乃至情感状态却能够得到更加深刻而纯粹的展露，在更有利的文化境遇下提供全新的性别解放。

一、日常经验交替构成真实情感

在潘向黎的小说创作中，她笔下的女性角色大多为高级知识分子，作为城市中的白领，这些女性往往具有更加细腻丰富的情感，这种对于爱情的书写容易在纯粹但单薄的情绪中陷入某种无病呻吟的自我放逐，但在潘向黎的笔下，她却以最平实和诗意的触角，挖掘到了日常生活表象之下的真切情绪。

作为一个以都市为背景的创作者，她的作品却难得地没有过多地描绘所谓都市红尘中的灯红酒绿，而是试图捕捉混沌城市中的感性，在不堪的生活荒漠中搜寻一点属于诗意的甜。而有趣的是，潘向黎对于诗意的找寻也并非是在奇迹中去放大情感的隔膜，而是在生活的真相之下，解构女性的审美生态，塑造全然新鲜的女性视角，并且借助她们的突围，来显现庸碌生活之下的温情脉脉。

事实上，潘向黎的小说带有某种散文化的倾向，她所书写的是现代真实的都市生活，同时，那些或温婉或开朗的女性形象也都是都市斑斓光影之下清澈而高洁的。因此，她不断地在生活的惨淡中挖掘着情感的温暖，被指向的日常生活也因此完成了平凡喧嚣之下的诗意回归。

以小说《白水青菜》为例，小说讲述的故事在今天的都市生活中非常常见，有了一定经济基础的男性在外寻找激情，在年轻的肉体中追求所谓的"爱与自由"，但同时，又依恋家庭生活中妻子所营造的温柔乡，因此，他们往往会在两个女性之间不断回环和纠缠。《白水青菜》中的妻子学历高，性情温婉，与普通的家庭主妇不同，她有着更高的生命境界，有着超凡脱俗的个性气质和精神追求。

小说将两个女性的生活通过"他"的存在加以联合展示，妻子是家庭中始终等待着丈夫的犹如灯塔般的角色，而"小三"嘟嘟，活力四射、热烈奔放。小说有意识地把两个女性的性格和她们的日常生活联系在一起，并且利用日常的吃食来对这种性格特点加以深化。

小说中出场的三个角色，只有嘟嘟是被命名的。嘟嘟这个名字听起来很像一个孩童的名字，小说似乎在此就暗含了角色的天真和纯粹。对于她的性格，小说同样也利用吃食来加以显现。她从不做饭，因此男人和她待在一起时只能点外卖，来来回回的油腻的东西点了一遍，男人痛不欲生。而她偶尔的下厨也是带有浪漫的理想色彩——村上春树餐，然而，在嘟嘟眼中带有热烈的浪漫和生命色彩的"番茄泥炖史特拉斯堡香肠"，在"他"的眼中只是个普通的"夹馅面包片"，也正是因为这份奇怪的"村上春树餐"，他们才不得不面对那个虽然隐形但却始终存在的女人。

　　　　　　　　　寄寓的诗性与想象的超越　|

与少女嘟嘟不同，等在家庭中的妻子会用很多的时间和心血来熬一锅"白水青菜"，小说极尽刻画之能事对这一锅食材进行了描绘："要准备很多东西。上好的排骨，金华火腿，苏北草鸡，太湖活虾，莫干山的笋，蛤蜊，蘑菇，有螃蟹的时候加上一只阳澄湖的螃蟹，一切二，这些东西统统放进瓦罐，用慢火熬三四个钟头。水一次加足，不要放盐，不要放任何调料。"

"好了以后，把那些东西都捞出去，一点碎屑都不要留。等到要吃了，再把豆腐和青菜放下去。这些东西顺便能把油吸掉。"

对于妻子"她"来说，这一锅汤所代表的不仅仅是物质上的极尽豪华，更是熬制时的耐心和信念。在婚姻出现危机时，她所能够做的，只有对待好那一锅汤。

一直到嘟嘟找上门，她的生命原则才发生了根本上的改变。在嘟嘟出现之前，她对日常生活仍然抱有基本的信念和认真，她的等待实际上是一种浪漫而孤独的自我保护，但嘟嘟的出现显然戳穿了她对于生活信念的浪漫幻想，因此，她最后走向了放弃和逃离。

但即便到这时，潘向黎也并未将她的逃离书写得狼狈不堪，而是始终理性温和，展示了自我在生活修炼之下的清晰与坚定。当丈夫回到家中，喝到那一碗思念已久的"白水青菜"时，白水与青菜终于还是回归了它最原本的样子。正如男人在一开始不懂得妻子需要多少细火慢炖和琐碎时间才能熬制成那一碗看起来"食材简单"的"白水青菜"，到小说的结尾，他也不能理解妻子是如何一步一步心如死灰。在物欲膨胀的当下，妻子始终保持着荒漠生活中的诗意栖居。

也是从这种栖居之中，我们所窥探到的是妻子自始至终的理性与温情，即便丈夫出轨、即便现实浮躁，她也仍然保持着清醒的姿态，正是因此，她之后从家庭生活中的逃离显得那样决绝而浓烈。

潘向黎热衷于利用这些日常的经验来书写生活表象下的情感救赎，在她的笔下，爱情或许浓烈或许淡泊，但始终是纯粹而彻底的，这种救赎般的内在力量使得小说在情感塑造上延续了一贯以来的温情和蓬勃，演绎出平庸生活之下的突围与力量。

二、两性关系中的女性诗学特征

潘向黎的小说擅长书写两性关系，她笔下的女性角色与她们所生活的地方，以及她们的爱情和邂逅共同构成了一种氤氲的繁华都市景象。因此，在这种喧闹奔腾的都市化生活背景之下，女性所承载的意象天然带有更加鲜明的性别立场，具备个人体验的独特性和本质性。

很显然，潘向黎的两性关系书写带有极为强烈的诗意色彩，在都市中，女性细腻敏感的情绪得到了更加深入的书写，都市女性的诗意栖居成为都市文学的一部分，使得女作家们得以在细腻独特的视角中去书写女性情感状态，表达更具独立意识的性别立场和女性解构。

在潘向黎的创作中，庸俗繁华的都市图景和诗意的爱情微澜是可以共同融合的，尽管两性关系之间有着这样那样的龃龉，但在爱情的邂逅之下，女性所散发出的诗意与孤寂，却能够有效地将都市荒漠提炼为斑斓中的感性融合。

与社会意识中普遍的都市写作不同，都市女性的书写带有强烈的先锋性色彩，脱离了传统文学理念之下的美学法则，转而以另一种拓展来脱离原有的写作状况。潘向黎的小说在女性视角的性别诗学建构上占据了广阔的视野，她所书写的邂逅或是爱情之下岁月变迁过后兜兜转转的寻觅，都是一种对于女性自我主体意

　　　　　　　　　　寄寓的诗性与想象的超越 |

识的探索和张扬。前面我们提到过,潘向黎的小说带有散文化的特征,事实上,在两性生活中对于情感的挖掘也就注定了她的表达始终是克制而理性的。

无论是我们前文中所提到的《白水青菜》,还是《如果在箱根做梦》,以及《缅桂花》,等等,这些小说中的男女主角在道德上都是触犯了禁忌的,他们带有情感上的原罪,因此,小说始终在一种浅淡的笔触下呼应情感,而非以干柴烈火的表达形式来呼唤爱。但不得不承认的是,正是在这种原罪的生活下,女性所展示出的诗性与浪漫才更加显露出爱情的隐喻。

以小说《缅桂花》来谈,一次出差的笔会上,纯真热烈的少女和失落沉重的中年男人,在这场笔会上彼此投契,对于二人而言,他们的邂逅是温存的、热烈的,但这种爱情注定只能存在于笔会之中,不能够有更进一步更开阔的发展空间。

事实上,这种爱情是一个矛盾性的漂泊,小说始终缠绕在许伊和纪蒙北的情感状态中,不断书写着他们对于彼此的试探和幽谧。对于许伊而言,这场笔会是一次像采风般的对于尘世喧嚣的逃脱,她在这里发现美,放飞自我躁动的心情;但对于纪蒙北而言,笔会原本只是一个不得不来的社交活动,带有空虚的色彩,而遇到了许伊,使得他能够从漫长的庸碌中逃离,真正摆脱原本的琐事,把麻木钝感的情绪重新擦洗审视,在感性的秩序中捕捉情感的经验。

但很显然,由笔会而开始的情缘也将因为笔会的结束而终止,小说中,作者并没有直接地揭露许伊和纪蒙北最后的故事走向,但却以纪蒙北回忆中的另一个故事来悄然地为这段感情做注解。另一个故事几乎是许伊和纪蒙北的翻版,只是男女角色的对换,在那个故事里的纪蒙北是更加热烈的一个,但到故事的最后,由于他在现实之后的戳穿和"冒犯",致使情感陷入了沉重的枯萎。

"他说:'你往楼下看,应该可以看到我。'她突然噤声,然后到窗口看了一眼,再出现在电话里的时候,她的声音完全变了,她只说了五个字,却是纪蒙北一辈子忘不掉的:'你要干什么',不等纪蒙北做出反应,电话就咔地挂断了。"

正如纪蒙北在回忆中所想的那样:"那时候,纪蒙北还年轻,和许伊差不多年纪吧,没有太多的感情经历,容易把发生在自己身上的感情看得稀有而神圣。"小说也是同样试图向读者传达这种情感,在两性关系上,这种诗意的栖居和对于爱情的渴望往往只能作为面对现实的逃避和抗争,他们的爱情只有在当前的语境中才是纯粹而深邃的,一旦脱离原有的审美土壤,就将走向凄怆的毁灭。

今天的都市女性写作中,女作家们以两性关系的描写令女性人物角色重新焕发出了生动的色彩,同时,也在散文般明明暗暗、真切自然的笔触中,表达了她们对于生活表象下的真实情感的理解:欲望沉迷之下,无论多么扑朔灵动的爱情离合,或是丰富物质下的搜奇猎艳,本质上,都无法与个体身份中的情感范式做对立。人们在两性关系中所探视到的敏感的情感体验,实际上是精神无比空虚之后的自我奔逃,爱情苦海浮沉之中,精神也同样被抛弃和幻灭,这种精神的症状所呼吁的是更加轻盈的诗意特质,带有茫茫惆怅的明媚与哀婉。作为生活的旁观者,她们所书写的只是平庸生活下的爱情本身,因此,这种爱情更纯粹、更深奥,也带有更加诗意的情感体验。

三、女性视角下的典型生活空间书写

作为小说集,《白水青菜》以一种持重的输出展示了潘向黎在小说文体上所坚持的温润和滋养。事实上，与一般的城市写作不同，潘向黎的都市写作之中，有更加强烈的对于现代城市经验的体会，同时，也能够直观地触摸到当代都市女性的内心，借此展示她们在都市中的灵魂飞扬。

在前文中提到过，潘向黎的小说写作是对于日常生活情境的浸润和想象。她的作品中鲜少能看到激烈的碰撞和崩塌，大多数时候，都是如同散文一般，将城市生活的日常加以书写回溯，用日常生活中的温润来发散对于角色的书写。

显然，潘向黎对于她笔下的都市女性是有着深切的投入和感动的，因此，无论是风土人情还是人物的一颦一笑，都具备浸入的温和感，有着对爱情的真切体验和向往。事实上，潘向黎所讲述的故事并不新鲜，大部分都可以归类于两性关系中的女性自我找寻，她所书写的女性也大多有着同样的迷茫和无奈。小说将城市空间作为了符号文化，来阐释都市景观中的象征意义，在类文本的城市空间中，弄堂街道、浓郁的咖啡厅、高楼大厦等等，都具备了地表层面的空间流动，也在这种诗学轨迹之下实现了对都市人群命运的深切关怀。

从小说的城市文本来谈，景观中的历史再现实际上带有某种对时间维度的解构。就都市小说来谈，空间意识的书写不仅仅是对城市空间的展示，实际上是将城市小说向着多重视角下的叙事所发展而成的地理性心灵乐园。在潘向黎笔下的各个场所和景观中，小说所书写的真实生命以及自我空间都有效构成了社会文化下的历史符码，转而形成了小说环境的并置和共同参照。

很显然，女性写作与都市的现代化进程是密不可分的，而"女白领"的出现也使得女性的写作有了全新的课题。在情感触碰与现代化都市文明的碰撞之下，关于女性的现实关怀成为自由人文主义的舒展阵地，女性作家也得以将自我形象投射到文学创作中，完成对都市经验的书写以及对当前女性现状的观照。

就潘向黎的创作而言，她的作品有着极其鲜活的素材和全然女性化的叙述视角，在女性中心的眼光下，她所抒发的女性情感往往是在日常生活之下涌动的散漫的精致感。在她的小说中，她无比关注女性的日常生活，不厌其烦地书写着女性在生活细节上的追求。女性视角下的城市空间意象是带有强烈的自我色彩的，在潘向黎的作品中，经常出现的咖啡馆、单身公寓等等，不仅仅作为承载故事情节与人物角色的空间意象，更代表着独特环境所承载的自由形式和欲望。

以咖啡厅来说，在都市中进行社会生活的都市女性们，咖啡厅承载了与他人进行日常对话的公共生活空间，代表着城市生活的便利与繁华，同时也能够释放某种寂寥的女性私语。这种能够强烈表达自我但同时又有着自由空间的相对封闭形式，能够在相互映射的独特状况中抓取到人与人之间的独特联系，在城市群体中，这种兼具了宽泛性和琐碎性的生活场所也就形成了女性作家们对于独特空间最为本质化的观照。

而在单身公寓中，很显然，作者不断关注的也是以女性为主导的居家生活，从香水到睡裙，从读书品茶到咖啡电影，这些对于单身公寓中女性生活用品的细致刻画，具备了对女性的周到观察，同时也展露了都市文化下沉醉的女性形象，都市书写中的生活也得以真实显现。事实上，单身公寓代表的是全然私人的生活空间，也同样是当前女性生活的日常透视。显然，单身公寓本质上而言是城市生活中的产物，在单身公寓中所居住的女性，大多是都市中的异乡人，她们具有一定的高智商和学历素养，但是独身一人，在生活中努力保持着精致和昂扬。

作为一个以书写爱情为主的女性作家，潘向黎的作品往往带有一种安静的和谐感，这实际上是一种对于爱情的沉寂的阐释。

在她的笔下，爱情虽然绚烂但却不混乱，尽管带有不可避免的感伤情怀，但却始终保持着都市女性的高贵和清冷，这种被滋润过的对于爱情的追求带有现代性的精神色彩，是美学趣味上的最佳写照。这种创作实际上所反馈的是当前都市女性在平庸生活后的诗意回归，无所承载的是一种对于生活的咏叹，她关注生活的温情，也在理性秩序之下窥探到属于现代人的温润的情感揭示。

潘向黎所选取的这些场景，一方面，是她所熟悉的都市经验，能够有效地作为依托故事情节发展的背景，承载一定的现实关怀；而另一方面，也能够在创作中融入她所独有的女性细腻敏感的生活经验，投射出更为温和琐碎的生活现实，从而展露两性关系下女性视域的全新关怀，散发出更为珍贵的女性光芒。

四、世俗性目光下的纯粹爱情

文学作为一种反映社会关怀而存在的艺术形式，具备对于日常生活的关注和思考。而就都市性写作而言，世俗的日常思考也是作家们在文学创作时必须关注的立场。在现代文学领域中，尽管都市文明已然占据了日常生活的主导地位，但不得不承认的是，我们的都市文学仍然处于辅助地位，没能够像农业文明形态那样占据主导地位，而都市女性的创作显然将都市文学拉入了一定的呈现和延伸之中，使得都市作为一个奇诡瑰丽的姿态反映了日常市民社会的精神状态。

相较于田园乡村，都市文明不可避免地带有弱肉强食的色彩，同时，物欲和算计也使得城市中的情欲心态具有了对人性深处的残忍暴露。就潘向黎的小说创作而言，她在自己的小说中设计了诸多世俗性和日常性的生活影子，她笔下的单身公寓和咖啡厅乃至海边花园等所构建出的都是一个日常的市民化的世界，这种现代性的都市文明所展示的不是某种氏族的整体性，而是带有顽强生命力的芸芸众生的生活向往。尽管她的作品大多关乎于爱情和婚姻，着眼于人们的恋爱和热情，但同时，她并不试图割裂小说与世俗的距离，正相反，她将这些日常生活作为了小说的背景，令物质的熙攘构成了人物角色的人生底色，从而写出了浓郁的人间烟火之下的真实都市。

但有趣的是，在这种书写之下，小说中精打细算、混乱逼仄的爱情反而显得更加珍贵。生活的态度是挣扎的、沉浮的，是日复一日的琐屑和平实，但同时，他们在这种平庸之中凝聚人生的安稳，也鲜明地显现诗意与闪光的爱情光芒。

从小说《无梦相随》来谈，很显然，小说没有回避世俗的眼光，而是着眼于喧嚣的闹市中，将两性关系中对于爱情的世俗考量和尖锐的审视目光加以书写和展露。小说以奚宁和赵益远两人的爱情故事为主线，窥探到凡俗人生之中爱情的脆弱与暗淡。与潘向黎的大部分小说相似，奚宁和赵益远的相处同样是从"邂逅"开始的，只不过带有"老同学"这一前提。

奚宁具有新女性的生活特征，她冷静、自持、享受现代都市生活，同时也安于孤独，不肯将就。她坦然地接受着现代文明的洗礼，同时并不将自己的人生寄托在婚姻或是爱情上。对于她而言，爱情是锦上添花，是某些时刻的渴望，但并不是人生的全部。

同样，赵益远身上也有着这种冷静的思考。曾经的爱人苏成为生意人的金丝雀之后，他决然地选择了放手，具备着爱情中的主动权，他对于奚宁的爱情也是在细微之处的尊重与敬畏。事实上，这种爱情并不仅仅是所谓周旋过后的调情，而是人类精神在共同方面的高度共识，代表着真实的理想自我的实现。以奚宁的爱情观来谈，实际上，她也曾经具有过飞蛾扑火般的爱情，但在

　　　　　　　寄寓的诗性与想象的超越　|

那样的热烈过后，奚宁对生活具有不妥协不服输的心劲，同时也有着高扬的人格理想和温馨的人性之光。

在这种都市场景下，小说强调了对于女性外在生存价值的审视，同样也超脱了女性的社会角色，关注着女性在思想和生命意义上的成熟与热切。

但同时，小说也并未将这种爱情一味地冷漠处理，实际上，小说也展露了都市荒漠之下的温情片刻，正如小说的结尾，当奚宁走过灯红酒绿的城市之中时，她在这些繁华之中反而感受到了孤独和冷清，于是，想念起了能够予她温暖的男人赵益远。

> 其实在所有的误会的伤口里，都长着一棵碧绿的叫"渴望"的植物，它需要安全、温度、湿度、水分，还有缘分。可是太多的人不该相遇的偏偏相遇，该相遇的又擦肩而过，或者在错误的时间、错误的地点相遇，所以满世界都是因饥渴而疲惫不堪的人。
>
> 这样一想，她心里充满雪亮的忧伤。她忽然非常想立即见到赵益远。只有实实在在地感觉到他的存在，她才会心安。不管他对她的心意如何，他是她在这个都市里的最后一个自己人。

"自己人"，很显然，这就是潘向黎希望在自己的作品中表达的。在现有的文化背景中，爱情是欲望迷宫的不可窥见，但拆解了游戏规则过后，我们不仅要关注都市女性的生存状况，更要关注她们在孤独过后的忧伤与想象。都市文化语境中的女性文学，所触碰到的爱情既不应该是全然理性冷漠的自我输出，更不应该是欲望图景下纠缠不清的烂俗剧情，从始至终，他们都在进行自我拯救和自我关注，在孤独的沉闷中不断地为了虚拟的爱情进发，以一种主导的形式来张扬自我的潜在欲望，从而自由飘浮在繁华的都市幻境下，找回曾经丢失或是湮灭的自我。

对于都市女性的个性探秘并不鲜见。以潘向黎的小说来谈，很显然，她的小说带有极为强烈的女性主义色彩，就连故事的主角也大多相似——清冷的、温和的、有着高知的都市女性。她所书写的作品带有强烈的对于纯粹爱情的追求，她也热衷于书写两性关系，坚定于对爱与自由的坚守。诚然，她的作品具备太多对于个人独特性别体验的沉溺，但同时，她对于这一类都市女性的书写也真实地戳中了现实关怀，关注到了都市红尘之中女性的情感状态和对于生活的观察。女作家从自我性别立场出发所提供的多元而真实的女性群像，将女性的爱欲从未有过地加以升华和展现，表达出都市两性关系中独特的觉醒与思考。

发表于《扬子江文学评论》2021 年第 5 期

踟蹰的静寂

——论弋舟《庚子故事集》中的现实介入与虚构保留

在新媒体作为主要艺术媒介的今天，文学的用处在很长一段时间里被忽略了，但事实上，在人类灰暗而荒凉的混乱时代中，文学仍然具备其功能和义务，能够有效书写自我搏斗的精神恐惧和沉痛错误，打捞社会触角下的真实梦境，在软弱和绝望的虚构中亮起希望和竞争的旗帜。我们今天所抵抗的自然以及其不可逆转的失败，是漫长且孤寂的，独属于人类的光明。

对于大多数人而言，2020年是如同噩梦般的一年，疫情的出现，全面的停工停学导致了经济倒退乃至文明的停滞，这种理想主义的崩塌在残酷的现实面前是可怖的。在很长一段时间里，我们所习惯的经济高速发展也由于疫情被迫中止，不少人因此失去了长期对生活的传统价值观念。

事实上，长期的停工以及龟缩在家中所导致的精神活动萎缩直接地引发了情绪的颓废，因此在2020年的年初，我们会看到，在生命威胁的恐惧之外，还暗藏着虚无主义的绝望和困惑。而在这样各个领域都面临着前所未有的危机的时刻，文学恰恰以一种更加强有力的姿态接入到了现实世界中，来有效强调对于社会文明的调节和重建。

弋舟的最新短篇小说集《庚子故事集》① 即如是，作为弋舟以年份写作的第三部作品，它与前两部小说集——《丙申故事集》②《丁酉故事集》③ 相同却又不同，事实上，在前两部作品中，小说所讲述的更多是时间观念下的凝重与绵密，试图在思维与语言的紧凑纯粹中去阐释亘古的意义。但在《庚子故事集》中，小说则将空间性发挥到了极致，他有效地发掘了他所看到的时间凝滞，并且在这种凝滞中转换社会现实，穿越到了人类的整体性困境中，书写人与人之间的废墟与行动。

在小说中，我们总能感受到藏在小说主人公角色背后的那个声音，这个声音微弱但却坚定，它同时具备着绝望的力量和仁慈的皈依，在丰富的艺术底蕴中向我们曾经熟识的世界发出叩问，在人类的精神世界与肉体解放中开启了自由的慰藉与真诚的祷告。这是小说家对于艺术社会功能所展示的使命感和历史感，也是我们今天所希望谈论的文学先锋作用。

一、荒原化背景意象的记录与保留

作为一部与现实生活相勾连的作品，小说《庚子故事集》展露出了某种对于陈腐现实的逃离和挣脱，这种对于现实生活的记录和焦灼背后的坚定带着小说家一以贯之的困惑与隐秘，形成了对本我精神的拓展和扩张。事实上，在短篇小说的碎片化背景中，作者不仅在浮世绘般的社会中进行探索，更要设计对现实秩序的逃避。

很显然，《庚子故事集》的记录与保留的意义就在于此，在

① 弋舟：《庚子故事集》，中信出版社 2020 年。
② 弋舟：《丙申故事集》，中信出版社 2017 年。
③ 弋舟：《丁酉故事集》，中信出版社 2018 年。

寄寓的诗性与想象的超越 |

自我经历的追忆之中，这种时代性记忆的共存令读者能够在小说中不断追忆自我的生活经验，而宏阔历史显示之下的私人生存，则能够为细节赋予某种极为坚实的触感，来展露额外的未来预测。

作为虚构的艺术，当小说与现实背景进行勾连时，我们往往需要进行亘古的发问，那就是，这种创造的历史是否能够经过社会的检验。很显然，当读者有意地带入了历史现状的情感去阅读虚构的故事时，必然会呈现出具体的触点，希冀于穿过现实，得到某种确切的安慰。而既定的阻力使得历史的探究减弱，也就意味着某种想象性文学的终结。

我们需要意识到的是，现实的残忍将打败生活的希望和焦灼，在暗哑的现世呼喊中，时代的痛苦必须被高速书写，这是一种对于世界的再现和回应，具备明确而周密的建构而展开。事实上，我们越是深究故事的讲述，就越是无法对文学进行判断和叙述，日常生活作为背景的时刻，现实如同一座高峰，耸立在记忆与期望之间，定义事件中的价值，这必然会产生一种对人性的全新的揭示，形成神秘的虚构和彷徨。

我们常常将小说看作是虚构的真实，或者说，当小说语境下的背景成为真实的现实触感时，我们能够解构的也就是现实真相的温暖与光亮的救赎。《庚子故事集》作为弋舟唯一一本与现实直面的小说，所修正的实际上是现实的情节结构，也充满了对于当下时代的无奈隐喻，这种浓厚的时代特征之下，小说所象征的是个体在生活真相之下的孤寂与建构。

从《羊群过境》来谈，很显然，这个发生在固定空间相似背景下的故事，并不具备太多的附加意义，小说所讲述的故事很简单，具体的出场人物也只有两个——父亲和儿子。这一人物关系和故事境况在当前现实中是多见的，小说正是在这种日常之中挖掘额外的意义，从而书写了更加深刻且重要的现实挣脱。

在小说中处处可见"我"对于当前生活的挣脱。在刚刚回到家中时，这个男人还具备着对自己基本的身份认同，即"差强人意"，也勉强称得上"踌躇满志"，然而，突如其来的疫情挤压了旧有的生活空间，也将自我经验全然革除了，使得他被迫落入了情感与物质的双重失序中。

小说多次指向了对于生活失序的预感，并将此与当前群体的生活现实相勾连，实现了叙事惯性中的个体眩晕。很显然，疫情的暴发对于"我"来说，不仅是情感的倒退和家庭的离散，更多的，是对于生活的失控感觉，这种失控的痛苦对于中年男人来说尤为惊惧。因此，当"我"了解到了来自远方的羊群时，"我"不可避免地开始寻求对世界的和解与情感的温存。

"本来，这只是一个偶发的念头，但说着说着，却唤醒了我那中年男人深谋远虑的自信感。那就像一个老司机重新握住了方向盘的感觉。建议什么并不重要，重要的是，这种能够再度对生活给出'建议'、运筹帷幄似的决断力，让人来电。我兴奋地告诉父亲：自驾，即便春光料峭，可毕竟也是春光，一路高山峡谷，造物万千，是时候让我们的心胸为之一阔啦！"

在此，现实的社会背景成为小说所书写的虚拟的意志表达，在自我的确认之下，小说瞥见了生活表象下的尖锐与救赎。"我"对于羊群的追寻和确认，实际上完全可以看作是对自我生活的确认，这种对当前地域空间的逃离所埋伏的恰恰是行为领域中的自我越境。

小说巧妙地建构了双重非凡的极端，在小说的结尾，"我"如同一只孤独的羊攀爬过空中的十几米，而在这种直观的越境中，"我"回想起多年前父亲对"我"的训诫，回想起"我"对儿子教育的想象，同时，也幻想出了那三万只越境而来的羊：

　　　　　　　　　　寄寓的诗性与想象的超越　|

"黑暗中，风吹草低，我想象'三万只'这样规模的羊群，正漫山遍野地涌上甘南高原的地平线。我当然知道，自蒙古国而来的羊群焉能从甘南入境？但那种地理知识拥有者的自以为是，此刻毫无意义。我只能，也甘愿，在黑暗里眺望羊群与高原。至于它们应该从哪儿入境，真的一点儿也不重要了。"小说所切身描绘的是现实与虚空中不可磨灭的痕迹与状态，当人们的情绪拓展为人性的挣扎乃至对现实世界的挣脱时，现实背景即便再真实也将隐匿不显，转而形成群体中直白的现实表达。

二、有限空间内嵌现实的破碎与凝固

在2020年，人们经历了生与死的考量，同时，也从未有过地靠近死亡和感受死亡。事实上，我们知道，人类的生命往往是从一种他已然忘却的经验中开始，同时，有一种与生俱来但未必有过的生命体验，个体的生命过程也就是在这两者之间不断罗列和展开，同时延续我们的文明。

小说的国度是内嵌的，在弋舟的小说中，我们常常能体会到这种对于空间情态的闭环书写，我们能感受到的是，小说从始至终都在阐释某种对于有限空间性下的现实打捞，在这种凝重的氛围中，小说将空间状态转换成人类命运的遭际。人物们在凝滞的时间中不断拼贴自我的情感，同时又在有限的空间中建立感伤或是圆满的情境氛围。

在中国当代文学中，我们所感知到的城市往往意味着怀旧与希望的并存，而复杂的情怀之下，空间扮演了重要的坐标，成为深广社会图景的隐喻。在现实的背景下，小说呈现出了一种冰冷且独特的生活场域，个人命运与社会危机相结合，由此形成了真实与虚幻的交织。

我们能够看到的是，弋舟实际上已经进入了一种全新的思想艺术境界中，他试图精准地把握他所能够关切到的现实生活，同时又以其敏锐的感知力，去书写现实生活的深层次内核。作为年份写作，小说《庚子故事集》显然带有强烈的精神世界指向，习惯了社交的人们不断地寻求着改变和突围，而疫情下的被遗弃感和有限空间中的局促不安，能够强烈地突变而成理想时代的溃败和阴霾。

这在弋舟的小说中都得到了极为关切的细微书写，在强烈的对比之中，小说所写就的是一种真切的历史记忆，我们今天所怀恋的外部世界实际上是一个鲜明的庸常时代，同时，也是强烈的精神困扰。尽管小说是以庚子年作为写作背景，也试图在小说中展露人类绝境下的对峙与痛苦，但实际上，几部小说都没有直接地深入死亡，而是在固定而又不安的虚空中表达出自我生活的无目的性，也就直观地展露了人在透视状态下的欲望与力量。

从小说《核桃树下金银花》来说，小说将故事的发生地点建立在了玉林街上，这很容易令人想起同样以一条街为叙述空间场景的苏童。在苏童的短篇小说写作中，也同样曾经以"香椿树街"这一意象作为背景，同样是凸显浮躁现实下虚构的情感恐慌与迷茫，苏童的"香椿树街"所呈现的是一种日常生活下扭曲的精神立场乃至生活痕迹，带有某种强烈的魔幻现实主义色彩表达，但小说《核桃树下金银花》则恰巧相反，小说似乎是试图在一个全然混乱甚至是类型化的场域中思考现实的情感灵韵。

《核桃树下金银花》所叙述的故事相较于《庚子故事集》中的其他小说而言，带有强烈的神秘质地。小说中的"我"是个胖子，从始至终都在同肥胖斗争，在小说的视野之内，"我"的生命仿佛是以肉身的改变来周而复始地展露，沉浸在痛苦和孤立中的"我"遇到了生命中的那个胖女孩，由此恢复了自我生命的对

　　　　　　　　　寄寓的诗性与想象的超越　|

世界具体事物的感知，也得到了生命的乐趣和尊严。

"说来也很神奇，最重的时候，我没突破过一百九十三斤，最轻的时候，也再未跌至一百七十三斤以下。从一百九十三斤到一百七十三斤，这个区间，俨然是我开展生命运动唯一可行的活动半径，我的跑道并不长，只能折返在这样的一个摆幅里；我所有的悲伤与欢乐，见诸肉身，不过起伏在这样一截微不足道的波段里。不过区区二十斤——等我有一天终于勘破了这个秘密，我就突然得到了解放。因为我看到了本质，看到了生命的限度。"

小说所书写的实际上是有限空间内的独属于人的孤独，在城市空间之下，小说将生命的视野自然而然地扩充到了风景之中，并借由自然的温暖，来书写属于人性的轮回。忍冬花、金银花，或是核桃树等等，实际上，这个胖女孩所引领的不仅仅是自然的风景，更是与世界温柔相处的勇气，在这种纯粹的光明之中，小说天然地带有了某种从容的思考，也就具备了有限生命中情感的回荡和温存。

当小说的最后，"我"回到了老地方，试图寻找那个曾经带给过"我"力量的胖女孩，却发现她早已因为汶川地震而去世，小说在此又巧妙地借助了现实世界的介入，完成了时间模糊过后精神危机的困惑书写。

在这种形式下的小说探究中，我们所窥探到的虚构的小说世界实际上可以看作是作者对于当前生活的深层次表达和思考，也就是对于精神内核的真切质询。庸常的时代下，人们被迫栖居在一方小小的居所之中，但世界本身存在的要义并不会因为这种溃败而消沉，正相反，精神危机突破了空间进程的转变，被集中凸显和放大问题过后，小说在人性命题上有了更为集中和深刻的表达。

三、喧嚣时代的时间痕迹与混沌纪实

早在写《庚子故事集》之前，弋舟还曾出版过《丙申故事集》《丁酉故事集》，作为"人间纪年"的第三部，《庚子故事集》具有更加强烈的时间感和宿命感。他拒绝以西方的纪年方式来讲述故事，而是在中国式的纪年方式里，来挖掘时间的痕迹与混沌的真实。

丙申、丁酉、庚子这些都属于中国传统的六十甲子纪年法，而当疫情暴发之后，不少人就提到了庚子年之灾，从第一次鸦片战争到八国联军侵华，再到三年困难时期的开始，以及2020年的疫情暴发，使得世界的发展脚步停滞不前。

诚然，这样对于年份的所谓"庚子之灾"的阐述带有某种玄学的理解，不具备科学的价值，但我们仍然能够体会到复杂个人经验下的有限理解。事实上，小说在不断地强调某种时间痕迹的具象书写，甚至空间因素没有存在于小说所虚构的世界中，而是以场景的形式停留在叙述之上，开放地完成了现场感的表达。正如他自己在后记中所谈论到的：

"我们不属于空间，我们属于时间。你看，当我们没有一个确凿的体验时，我们也已经眺望了它的某种可能性，但这种可能性，一旦奇迹般地兑现成了庞然的现实，一方面，我们会为自己的某种'前瞻性'而窃喜，另一方面，我们又会空前地感到沮丧——原来，那未曾兑现的时光一旦来临，它的不由分说，立刻会让我们的沾沾自喜现出拙劣与肤浅。就是说，原来我们自以为是的某些优势，其实是经不起检验的。"

这似乎全然地展示了弋舟对于时间性的强调，或者说，与其将小说的落点放置在时间上，倒不如把小说的痕迹阐释为场景。事实上，这种不确定的时间感显现为了具体的现场性，使得小说

寄寓的诗性与想象的超越 |

具备了一种对场景冲突的表达和强调，这可以看作是一种诗意的自白和庞大废墟的重建，碎片化的书写之下，小说即便是在绝境中也彰显出温情与希望。

以《人类的算法》为例，弋舟对于时间存在的沟通与表达体现得淋漓而深远，在这种对场景的破碎与凝结书写中，小说实际上实现了一种指引与解救。和小说《核桃树下金银花》相似，《人类的算法》同样讲述的是日常生活下的非日常性象征外显，马琳在女儿穿上自己的旧衣服之后，不可避免地想起了一件关于婚外恋的往事。女主人公不断地在记忆的场景中切换，时间也在这些场景中复杂而呼应地彼此推动，小说创造了巨大的时间张力，来显现人物在彼时彼刻的煎熬和痛苦。

从某种程度来说，马琳的回溯实际上是写作时间对于故事的解救，在空间的现场性或者说场景性要素之下，小说将确切的时间转换为了真实的选择，强烈的冲突之中，我们能够获得困境感下的坍塌与捕捉。我们今天所窥探到的陌生诗意也来自此，小说形成了某种热烈的人物内心张力，在陌生的情节中不断地粉碎个体庸常的幻想，当人物置身于时间的回环并摒弃了孤立的情感世界时，小说形成了起伏的思绪，也构建了时间整体下的平庸困境。

对于人类来说，庚子2020年是失去的一年，这种失去不仅仅是物质需求上的停滞不前以及工业化进程的断裂，更是精神上的困境和隐忍。当人们必须开始习惯以口罩遮面生存、当人们必须开始寻找一种载体来获得爱的时候，这种失去的谱系就显得更加伤痛。

"我们就是这样失去了一个春天，失去了一个夏天，失去了一个庚子年。失去了时间，我们就是失去了一部分的自己。在不戴口罩的日子里，每个人照样深陷在各自轰轰烈烈的平庸的困境里。"

这种失落的流离感在小说《掩面时分》中显得更加尖锐和严重，与《庚子故事集》中的其他几篇不同，《掩面时分》极为直接地切入了疫情的痛点，直接地把记忆引入到了"口罩"这一如今全人类所关心的话题之上，同时，小说也对于人类的困境进行了较为直观的显露。于"我"而言，几亿只口罩在特殊时期被当作一种对于社会的重荷，而姜来所面临的那个不足周岁的女婴也同样是个体在精神荒原处境下的黑暗和审视。在两个人的交流下，小说仿佛穿越了她们所处的餐桌上，而是直接地面临了世界的残忍乃至现实世界的痛苦，真实的境遇过后，小说显露出某种不言而喻的自我拯救。

而在这些内心世界的块垒之下，时间成为凝固的、缓慢的引线，在绝佳的困顿中书写了世界的真实面貌，尖锐地将人物的怅然命运加以确切书写，成就了某种超乎具体时代的永恒命题。

四、人类困境书写展示文学功能性

很长一段时间里，我们实际上忽略了文学的功能性特征，当我们在讨论社会对于文学的影响时，常常容易将文本系统的自我运行看作是社会变迁下的动力追随。实际上，文学固然难以逃脱社会的影响，但在当前境况中，文学依然具备其独立的功能性，或者说我们可以认为，文学可以反作用于社会机理，展示全然社会学的斗争与思考。

《庚子故事集》从其命名上来说，就显而易见地建立了一个文学生产者与当前社会现状的联系。可以说，弋舟将个人的情感寄托在了他的文学社会中，而由于小说几乎与现实同步性生长，我们仍然可以窥探到文学所占据的生活困局。

　　　　　　　　　　　　　寄寓的诗性与想象的超越 ｜

在小说中，我们处处都可以感受到日常生活的纹理以及促进过后的文学挑战，在这种逻辑氛围之下，小说成为对社会场域的精确思考，并在社会结构之中实现了日常生活的趋同。我们必须要了解的是，这并不是文学不可摆脱社会，正相反，这恰恰说明了社会限制下的文学内核。

在小说的后记，也就是弋舟与贺嘉钰的对谈中，这种文学在人类困境中所彰显的拯救感越发显得明确而尖锐。众所周知，疫情的影响之下，人们被迫蜗居在家中，不仅如此，发达的互联网信息传输使得人们不断地接触到了苦难的发生，甚至有种错觉这种苦难就在近前，而在这种痛苦的打磨之中，人们体验到苦难的感召，却也通过文学超越了苦难，获得精神的自由。

事实上，面对实际存在的苦难之时，人们仍然会选择对痛苦的灵魂进行摆脱和挣扎，风浪来临之时，人们表达的情感是具有真实感的，带有自我清理和自我疗愈的表达。疫情之下，人们宅在家中所经历的情绪考验远比生命的威胁来得更为可怖。而在过度的信息之后，大多数人如同洪流一般被裹挟着向前，无法同理性站在同一边。

因此，小说《庚子故事集》所展露的其实并不是某种带有科普性质的生命书写，也并不试图探讨灾难下的废墟与荒芜，而是在日常的生活中极力探究人性的情感，在正常的生活轨道下完成对情怀的体验。

在小说《鼠辈》中，小说所审视的就是这样一种人物情怀的追寻和变动。在《庚子故事集》中，《鼠辈》几乎可以算得上是和现实关系最微弱的一部，作为弋舟写给自己本命年的作品，它带有某种深沉的诚恳与和解，同时也流动着 2020 年所特有的焦灼氛围。

我们今天谈论 2020 年是矛盾的，一方面，我们的心灵是焦灼而急躁的，每个人都迫切地希望着生活能够回归正轨；但另一方面，我们也不断地被抑制被含混，只能跟随着大流，停滞在命运的齿轮之中。

情绪上也同样是如此，一方面，人们痛恨这种孤独，蜗居在家中使得人们与现实世界脱节，剔除了世界和情感的真实面目之后，持续性的寂寞显现出来；但另一方面，人们也在近前的苦难中感受到人类的庞大的情感，国家所给予的社会的稳定和人心的安定也展现出一种稳定的命运节点。在这种割裂的阐释之下，小说《鼠辈》所叙述的是一种窃窃私语般的流离和找寻，带有对失落的人性的找寻和救赎。

事实上，一切现实生活中的复杂痛苦乃至人类在这其中所感受到的切肤之痛，都可以看作是既定情况下内心的焦虑，人们渗透了自我解剖和自我疏解，从而去浓烈地表达小说家的心灵和创造。在弋舟笔下人物的出逃中，小说形成了某种奇妙的情绪，闪烁着成为一种光辉的热烈，倡导生活本身，同时也具备了重要的主体价值。

在小说集《庚子故事集》中，不难看出，作者始终以微弱的声音隐匿在其角色背后，或者说，他如同一个照相机般不断观测着现实中的人物，并将这些真实的抑郁、悲伤、痛苦统统都糅进自我的写作中，来暗示现实生活的绝境感。但同时，他又有效地超越了这种绝境的痛苦，转而将这种无名的焦虑转化为普遍性的人类情感，在人类的文明中不断寻求转化和重建。

在这样一个时代，这样一个风雨飘摇、艰难生存的庚子2020年，弋舟不断地重建着他心目中的个人力量和人类情感，这种对纯粹抽象情感的书写具备了强烈的信仰价值，实际上所反映的正是人类在这种感官印象全面溃败，但个体日常生活变动剧烈的当下，人性所展示的这种漫无边际的模糊与热烈。当"我"和世界出现了区分和选择时，文学具备了形式而非功能，在独特的叙事之下有效归纳了社会现实，兼并了社会审美，并在社会纹理之下，对当前的文学状态提出了全新的思考。

发表于《文学教育》2021 年第 7 期

棱镜下的面孔

——谈东君小说集《面孔》

英国文学批评家伊格尔顿指出，我们之所以能掌握文学作品开头的含义，"完全是因为我们在阅读时借助了一定的文化参照系"[①]。我阅读东君的小说，觉得东君的书写似乎是一个叙事圈套，《卡夫卡家的访客》[②]这部小说的开头让我有一种故弄技巧的感觉，但很快，当作者叙事的焦点转移到第一个人物沈渔身上时，我发现这是一种错觉。当读者已经沉浸在沈渔的世界中时，东君又巧妙地衔接上了第二个人物许问樵，此后叙事的焦点在九个人物之间顺次移动，把这一群并不存在的晚明诗人细细剖开给我们看，风格淡泊又典雅。这些晚明诗人是虚构的，但是又带有某种真实性。小说人物"真实"的魅力往往不在于现实的真实，而在于虚构故事中体现的人物特征与真实人性的不谋而合。放在《卡夫卡家的访客》这篇小说中，即是东君虚构的晚明诗人群像与历史上被湮没的、名不见经传的诗人们在本质上的不谋而合。

文学中的审美形象或是假定的，或是模糊的，典型的人物形象所具有的艺术魅力往往来自它所显示的灵魂的深度。黑格尔有言，"艺术可以表现神圣的理想"，所以，他直接称典型为"理

---

① ［英］特里·伊格尔顿：《文学阅读指南》，范浩译，河南大学出版社 2015 年，第 8 页。

② 东君：《面孔》，上海人民出版社 2021 年。

想"（ideal），认为"理想"是符合心灵愿望的创造品。[①] 东君的文学作品就表现了作家的文学理想和人生理想，在小说中，作者致力于塑造的不是伟大的、现实的、英雄式的人物，他笔下的人物，没有气势磅礴涂改历史的宏愿，也没有情意缠绵、生死不离的感情。《卡夫卡家的访客》中所塑造的九位晚明诗人，有一些共性：他们都爱好诗文，醉心于此道且颇有文采，诗词常为人所称道，但都没能取得半点功名。不是在赶考过程中水土不服，就是昏睡、生病，状态百出，罕见地在科举考试有所成就的李寒、曹菘，本来中了榜，可竟因喝酒失态、科举舞弊这类小事断送了仕途。这些人物是有才气的，也是有能力取得功名的，但是又往往与官场失之交臂。至此，作者东君的写作显现出一种倾向明显的"文学抱负"和价值评判：诗人们有文才但是他们才华的意义不在官场，作者试图在书写过程中消解人物的世俗功能意义，更多地以文学和美学的价值指向去界定人物。但同时需要说明的是，他们只是阴差阳错地没当成官，不应以简单的"做官即无才，无官即有才"的价值指向去评判文本内容指涉，它具体所存在的语境是晚明八股文盛行的时期，诗人们也作得好，也去考过，只是阴差阳错没走上仕途。虽然与官场失之交臂，却与文场结下不解之缘，这样的因差错回到"正途"，颇有些隐逸遁世的味道。

作家的思考与读者的思考在现实与文学双重世界中缠绕不清。如果说虚与实含混不清，那么我们不妨给虚一个定义，虚拟不是真实的对立面，虚拟的发展方向反而恰恰可能是真实。在文学作品中，虚拟是走向真实的前兆，一个梦、一种构想、一个预设，固然都是虚拟的还未发生的事情，但是更可能是将要发生而

---

① ［德］黑格尔：《美学》第一卷，朱光潜译，商务印书馆 1979 年，第 37 页。

还未能走入现实的事情。东君笔下虚拟的人物和小说呈现给我们的，虽然有的离奇荒诞，甚至是虚构的历史人物，但是他所要讲的都是生活，他在《卡夫卡家的访客》中收录的晚明诗人形象其实是为历史上、生活中无名但有才的诗人作传。无论怎样虚拟，没有任何一个作家的书写可以脱离现实生活而存在。东君总是把逻辑上没有关联的两个事物赋予文学上的关联，比如《面孔》[①]第 27 个故事，"女孩子闲来无事，看着柳丝轻拂，也能教眉毛变得好看"。这样的表达显然是反逻辑的，柳丝与眉毛并无生活中的逻辑关联，看柳丝并不具有让眉毛变得好看的功效，但是两者之间确有一种奇妙的文学关联，它的意义是审美上的。这个故事读了使人觉得美好，也使人想起白居易《长恨歌》里那句"芙蓉如面柳如眉，对此如何不泪垂"。又譬如《卡夫卡家的访客》中，李寒将死之时叮嘱儿子：他说，冬天莫骑驴。儿子问为什么？他说，天冷。莱恩说："虚拟之物不是提出真实之后的剩余，而是可能发展为实际存在事物的潜力。作为潜力的虚拟的一个经典例子是橡树在橡子里的存在。一粒橡子在一定环境因素下可以衍生出许多橡树，一个虚拟物也可以通过多种方式转变为现实。"[②] 在虚与实之间，我们可以发掘更多审美上的意趣与真实。

一、东君笔下的趣味与意境

东君是一位有着鲜明个人风格的作家，无论是从内容还是形式上来看，东君的创作都是独树一帜的，尤其是他的笔下之淡、笔下之趣、笔下之境。

布罗茨基有这样一个观点，"诗的写作是意识、思维和对世

---

① 东君：《面孔》，上海人民出版社 2021 年。
② ［美］戴卫·赫尔曼：《新叙事学》，马海良译，北京大学出版社，第 75 页。

界的感受的巨大加速器。一个人若有一次体验到这种加速，他就不再会拒绝重复这种体验，他就会落入对这一过程的依赖，就像落进对麻醉剂或烈酒的依赖一样。一个处于对语言的这种依赖状态的人，我认为，就可以称之为诗人"。东君的小说便带有一种诗性在其中。一个作家的思想的深度和广度往往组成了他作品中的哲思，而这种思想的价值也在很大程度上影响着小说价值。

有批评家提出说《面孔》是当代《世说新语》，意指两者有某种相似性，但是我并不认同这种以此物类比彼物的言说方式，《面孔》就是面孔，它具有独一无二的文学性。更何况《世说新语》记录的只是名士贵族的逸闻轶事，真要找出它们俩的共性，恐怕并没有太多相似的地方。

也许有读者会疑惑，《面孔》这样的小说真的能让读者保持阅读兴趣吗？我一直认为，小说，尤其是短篇小说，考量和展现的应该是一个作家对于语言和情绪的把控，而不是一味追求故事的精彩。好的小说应该是在用语言和情绪去淡化读者对故事的期待，特别是打破读小说就等同于读一个精彩的故事的思维，用精彩的故事取悦读者的年代早已过去。正如前文中所言，文学作品的思想内蕴是评价其价值高低的一个重要标准，这种诗性与哲思深深地扎根于文学作品中。有的作家创作小说，譬如卡夫卡、普鲁斯特、巴塞尔姆等，正是以语言和叙述技巧来取代原有的故事性。维柯（Giambattista Vico）在《新科学》中提道："人类本性，就其和动物本性相似来说，具有这样一种特性：各种感官是他认识事物的唯一渠道。因此，诗性的智慧，这种异教世界的最初的智慧，一开始就要用的玄学就不是现在学者们所用的那种理性的抽象的玄学，而是一种感觉到的想象出的玄学，像这些原始人所用的。"[1] 诗歌这一文学皇冠上的明珠，它的创作思维会渗透到其

---

[1] ［意］维柯：《新科学》上册，朱光潜译，商务印书馆1989年，第181页。

他文学体裁中去，也许在今天，随着文学传统走向边缘，人们对诗歌的热情有所消减，但是诗情、诗性、诗的思维以一种更广博的方式参与到我们的生活乃至其他体裁的文学创作中。一个作家的作品具有诗情和诗性恰恰是独特的文学艺术魅力的体现。对文学作品的欣赏是审美的阅读，而不是消遣式的阅读。英伽登对这种阅读的差别有过详细的表述："有些人读文学作品只是为了消磨时间并借此消遣消遣……"① 从《面孔》本身来看，在当代小说中是为数不多有着独立文学趣味并且真正在用诗性和诗意来建构整体的，是不可多得的一股清流。

《面孔》带有强烈的语言美学，仅仅从文字意义上看，它具有文学的本质特征：虚构的审美形象、语言的阻拒性、对人性的刻画等等，都是《面孔》具有的典型特征。在阅读过程中，《面孔》虽不能彻底看作是荒诞派小说，但却总让我联想到巴塞尔姆的《白雪公主》、海勒的《第二十二条军规》等后现代主义作品。小说中有着大量的讽刺、戏谑之笔，往往把看似无关又能隐隐关联的事情串联起来，以别致的角度去讲述《面孔》世界中的面孔。在第 207 个故事中，东君这样写道："他手里少了一把刀，另一个人身上多了一把刀。刀没少，但地球上从此少了一个人。"至此落笔，一个小故事讲完。如果我们用现实的语言去描述这个故事，那么它将是这样一句话："一个人拿刀杀死了另一个人。"东君用了看似简单却又极具深意的一句话勾勒出一个令读者和小说笔下人物共通的热血性。我认为这恰恰是东君小说独特的艺术性。作家塑造文学世界不等于虚构地再现现实世界，而是表达和再现心灵上的真实。因此，这种透过文字表达出的意境是尤为重要的，刀未变，人已变，所有物体、语言、氛围、情感、人物所

---

① ［波兰］罗曼·英伽登：《对文学的艺术作品的认识》，陈燕谷、晓未译，中国文联出版公司 1988 年，第 180 页。

共同呈现出的意境都指向一种言说不明的氛围。就情感基调而言，它绝不会是欢快明朗的，也不是苦大仇深的，而是带着一点戏谑的、一些无奈与一丝几乎难以察觉的哀恸的。在第 303 个故事中，作家这样写：市长用机油弄脏自己的双手，然后跟汽车修理厂的工人们一一握手。从现实生活的逻辑来看这无疑是可笑的，市长为什么要为了握手而特意弄脏自己的手，而它指涉的人性问题却是真实的，虽然荒诞，但是反映的也是我们现实世界中的荒诞，这就使得作品有趣了起来。明朝陆时雍著有《诗境总论》，书中讲"有韵则生，无韵则死。有韵则雅，无韵则俗。有韵则响，无韵则陈。有韵则远，无韵则局"[①]。如果说"韵"是小说意境中的重要一点，那么《面孔》的韵就集中地体现在它的趣味方面。还有一个片段是笔者非常倾心的，表现东君作品之趣和深厚的创作功底，即《面孔》中的第 256 个小故事：

> 一位来自阿根廷布宜诺斯艾利斯的女摄影家与一位来自中国上海的建筑设计师应邀参加一位画家朋友的画展，他们素未谋面，但在同一幅油画前驻足凝视之后，忽然相视一笑，就此认识了。在之后的酒会上，彼此言语不通，却可以用手势沟通。摄影家给建筑设计师拍了一系列正面、侧面、背影的照片。他们互加微信，从此就用"翻译通"聊上了。他们有着共同的爱好与话题。一年后，他们走到了一起。彼此之间依然习惯于用手机翻译聊天。有时产生误解，他们也会埋怨翻译软件不够灵活。两年后，他们有了孩子。孩子长大后既会说汉语，又会说西班牙语。女摄影家跟着孩子学会了汉语，

---

① 陆时雍：《诗镜总论》，见丁保福辑《历代诗话续编》下，中华书局 1983 年，第 1423 页。

建筑师则跟着孩子学会了西班牙语。但令人遗憾的是，从此他们开始背着孩子争论一些问题，直至有一天，建筑设计师在孩子面前不失礼貌地提出分手。这是一位大学老师在西班牙语课上给中国学生所讲的一个故事。

这个微小说中的两位人物本是语言不通的，却能很好地相处，反而在语言相通后彼此之间出现嫌隙，最后遗憾分开。这个故事与《圣经·旧约》中那个著名的巴别塔故事有异曲同工之妙。人类齐心协力建造美丽的巴别塔以期避免像诺亚大洪水那样的灾祸，而上帝感到自己不受信任，因此将人类分开使用不同的语言，使得人们再也无法沟通交流。两个故事的差异是，《面孔》的叙述恰恰与巴别塔是相反的。在历史上，也真的有这样一个建筑名为巴别塔，虽然与《圣经》的叙述不尽相同，但历史上的巴别塔更给它赋予了一种宗教意味。有意思的是，在希伯来语中，"巴别"是"变乱"的意思，而在巴比伦语中，"巴别"或"巴比伦"都是"神之门"的意思，这是历史的原因造就的。同一个事物在不同语境下指涉的内涵是完全不同的。在传统叙事中，语言不通意味着沟通不同，而在东君的笔下世界里，语言是否相通与沟通与否似乎并无甚关联，反而是语言通了嫌隙也随之而生。在作家构造的文学世界里，语言并不同现实世界一般是可以促进沟通进行的有利工具。小说重要的是"写人"，这个写人不在于非要塑造出某种典型的、伟大的人物，更重要的是体现人性。人类是否沟通得通也许并不取决于语言，而在于他们的心性是否贴合。

毋庸置疑的是，《面孔》作为叙事作品，在形式上是很现代派的，是作者的破界创新之作。我们总说"先锋已然逝去"，在普遍公认的文学，认为这是在模仿，这是他人已经创造出来的，

寄寓的诗性与想象的超越 |

而"我们"不过是在用"中国故事"来叙述。我想借用《卡夫卡家的访客》这个小说中人物李寒所说的一句话表达写作者的心迹就是：我在白天是一个不中用的糟老头，但我在夜晚就是一个国王。我的笔就是我的利剑，我用它统治一切。我的纸就是我的国土，所有的文字都是我的子民。我想对于优秀作家而言，这种豪情和热情是他们所共有的，在笔下的文学世界里开辟疆土，表达人生。

兹维坦·托多罗夫说："构成故事环境的各种事实从来不是'以它们自身'出现，而总是根据某种眼光、某个观察点呈现在我们面前。"《面孔》和《卡夫卡家的访客》采用的都是零聚焦叙事视角，也即第三人称全知全能的叙事视角。其实《面孔》这样由一个又一个微小说组成的小说集完全也可以采用内聚焦叙事视角，比如第一人称叙事，但是《面孔》却一篇也无，全部是以零聚焦视角叙事。在我看来认为，这是作家在叙事过程中有意识地隐藏过于主观的叙述者声音，竭力为读者呈现一种客观、可信、冷静的文字组合。可以为此证明的还有小说中人物的名字，它们皆以模糊的符号象征总括了，而鲜有具体的名字，即使有，那些具体名字同样也带有象征意味。比如 T 先生、H 先生、同事 C 君、甲乙二人、老杨、老方……具体可感的人物姓名以符号化的象征代替了，情节的叙述也是平凡和普通的。笔者认为，作家就是致力于为普通人作传，这传不是历史意义上的人物传记，而是文学意义上普通人存在的文学传，这一点尤其鲜明地显现在《卡夫卡家的访客》中，作家要叙写的并不是不存在的不出名的晚明诗人，而是以晚明诗人为代表的历史上存在的同质化人群。而《面孔》中，也有某些微小说前后几篇是具有一些关联性的，较为明显的如前后几个故事都写到同一个人物的，比如第 298 个故事到第 301 个小故事都与人物杨书记有关（笔者注：虽然他们各自是一个独立的篇章，我们无法确认不同故事中的杨书记是否是一个，但就情节来看，这种前后位置挨着的主题相类的情节写的应该是同一个人物）；还有一些篇章关联写得较为隐晦，往往具有同一个背景或某一共同意象，譬如第 99 个故事到第 109 个故事，无一例外与"和尚"有关，第 90 个故事到第 95 个故事，都与"绘画"有关，第 44 个故事到第 48 个故事，写到同一个意象"月亮"。此外，还有一些篇章总以这样的叙述方式开头：有人……从前……这种几个小故事采用相同元素书写的方式也很有趣。在首次阅读过程中，读者会沉浸在具体的一个小故事中，而体味多了会发现这相连的几个故事有一种奇妙的关联。与既往的传统叙事不同，这类情节的关联并不是为了使得小说情节前后完整、连贯、合为一体，也不是为了塑造某个人物形象。以搭积木来类比的话，因为情节之间的排列组合就像积木一样，就传统叙事而言，单独抽出哪一个情节，对这几个故事连缀组成的整体的叙事都会造成影响，前因后果，息息相关，抽掉其中垒起的一个积木，整个故事也会摇摇欲坠。但是东君写的《面孔》却不是这样，有着共同元素的几个故事不是依靠情节的逻辑而连缀，而是依靠某一个共同的意象和所营构的氛围而能组合成一体，这种集群的叙事无论抽掉中间哪一个故事，也不会影响这一小股叙事群体。如果说传统叙事像一块叠一块的搭积木或俄罗斯方块，走错一步下文便难以接应，那么东君的这种集群叙事就像一串葡萄，每个葡萄（每一个故事）单独都有其风味，几个葡萄组成的一串葡萄（几个故事组成的故事群）更是让人垂涎欲滴，但是无论在一串葡萄中摘取哪一个葡萄，都不会影响整个葡萄串的香甜。而不同的葡萄串与葡萄串之间（指并无共同元素的故事群，如第 298 个小故事到第 301 个故事杨书记故事群与小说中其他故事群），它们可以是毫不相关的，只是共同地组成了东君的葡萄园——他的文学理想国。这样的叙述方式可以很大程度上避免情节连缀对作者的牵绊，也使得整个故事趋于平淡、冷静，并不大起大落，使得作者能够放开约束，书写自己想要表达的文学内涵。作家力图实现客观和冷静的态度，作者还摒弃了传统叙事中对话中直接引语的使用，在《卡夫卡家的访客》中，通篇使用间接引语转述人物所言，所以阅读起来才往往给人清淡之感。直接引语的对话感、现场感以及由其带来的情节变化的感觉强烈，而间接引语的表述客观、冷静，故事背后只是一个冷淡的叙述者声音的存在。叙事学认为，叙述声音与叙事视角、叙事情节、叙事人物有着非常密切的关联。精练而有节奏的叙事依赖于一个客观、冷静的叙述声音。而若要营造情节冲突激烈，人物戏剧化的小说更适宜用直接引语去展现。总体来说，无论是叙事视角、叙事声音、叙事人物、叙事情节本身和它们之间的关系，东君的作品总体呈现出的都是冷淡、沉静的风格，《卡夫卡家的访客》也是如此。若要就此做具象的类比的话，东君理想的文学乌托邦应该不是由鲜艳夺目的元素构成的，它不是充满明艳色调桃花源式的，而是有着峻山、深流、深色的建筑和硬朗的轮廓的。

东君作品的新奇之处还有很多，譬如，在第155个小故事中，作家以"信息数字爆炸"的方式和双线叙事给我们呈现了一场视觉盛宴。

……晚上新闻黄金时段8点档，老杨照例坐在电视机前，荧屏上拥有275000个清晰的像素，因此他可以看清那些大人物的嘴脸。（9点30分晚间新闻报道多国部队已经摧毁了伊拉克，飞机200多架舰船70艘坦克200辆装甲车1000辆火炮1000门）。

括号内的文字与正文形成奇特的对话，且整个故事充满大量的数字和符号，故事本身具有强烈的隐喻和象征色彩。死亡的对应、情绪的对应、行动和方向的对应等等，人物的现实生活戏剧性地被抽离出来与电视中的新闻报道不谋而合，表现出叙事的张力。小说是有节奏的，小说的叙事亦可以是充满张力的，如果用一段音乐去描述这段故事，应当是两种不同鼓声演奏的紧锣密鼓的鼓点，开篇音乐骤起，嘈嘈切切，群起的鼓声过后，突然收束，尾声戛然而止。这种构成对话的叙述方式显然是新奇的，它打破了既有常规和读者期待视野。

我一直提倡，文学创作一定要有冒险精神，我觉得一定要把写作当作一种精神、思想与艺术的探险。我们会发现，有的作家，在他的写作生涯中，除了比原来的作品更会讲故事，语言更好以外，他全然没有在艺术上有任何新的东西可以提供给我们。

《卡夫卡家的访客》是当代文学的一员，叙写的背景却是中国古代文学，在这一个文本中，古典文学与当代文学精巧地衔接在一起。它的味道是先锋的。无论是从形式上而言还是从书写的内容而言，东君呈现出来的作品却完全是东方式的、古典味的。先锋是什么？先锋是反叛，而不是故作立异，哗众取宠。我们应当抛弃既有的对先锋的想象，而切实看先锋是什么样的，在所有人都向往未来主义的时刻，回到传统这种非主流的做法恰恰有着先锋的特征。

发表于《名作欣赏》2022 年第 3 期

权力迷境里的警世之喻

——读张平长篇小说《重新生活》

摘要：《重新生活》以前瞻性的视角和细腻的笔触书写了特权影响下的世相百态。小说聚焦于武祥一家的命运起伏，力图通过魏宏刚落马前后的深刻对比描写腐败所带来的危害。小说避开了戏剧化的反腐斗争，转而开展贪腐文化的反思，给世人尤其是领导干部敲响了警钟。

关键词：《重新生活》 反腐倡廉 现实主义 小说研究

"反腐"是古今共同关注的问题，而腐败与特权是一对孪生子。少数人隐秘的特权消减的是正常的社会规则，损害的是人民的正当权益。正如小说《重新生活》中所叙，当腐败成为系统性的、被大多数人所默认的行为之后，小部分身在特权中的个体即便心怀良善，也会被裹挟着走向坠落的深渊，这二者相辅相成。显然，小说的作者张平关注到了反腐语境中的本质因素，巧妙地将特权阶层的个体生活同现实社会之下的"潜规则"相联系，以特权阶层的落马来书写特权背后普通社会群体的煎熬。小说聚焦于武祥一家人在魏宏刚被"双规"之后的层层坠落，借助这样一个在特权阶层中无知无觉的"好人"家庭来批驳特权的隐秘庇佑。在魏宏刚落马之前，武祥和妻子魏宏枝一样，自认从未靠内弟的特权牟利，然而，当魏宏刚彻底垮台之后，他们却面临来自社会的诘难。

"腐败通吃通杀，在腐败的魔爪之下，人人无可幸免。腐败的恶果，必然是尸位素餐，欺上瞒下，巧取豪夺，蠹国害民。看历史，必定是横征暴敛，饿殍遍野，揭竿斩木，改朝换代。在今天，往往是贫富悬殊，阶层固化，民怨沸腾，国无宁日。"① 小说在有限的时空中将原本激烈而戏剧性的反腐斗争推向了普通民众的日常生活，权力崩塌背后无知无觉的恶被具体书写。在反腐的道路上，没有一个人能够置身事外；在腐败的魔爪下，没有一个人能够抽身而退。权力深渊的影响如此广阔，生命无知无觉的迷失亦是权力黑洞的悲剧显现。

一、前瞻性视角触及腐败本质

作为"人民作家"，张平在写作时往往能够触及社会现实的最深处，对悲剧的现状提出其真诚的思考；而多年的官场经历，也造就了他独特而真实的写作表达。他的小说往往能展现出对社会现状的深度思考和自我的生活体察，在其以往的作品中，尖锐而激烈的冲突常常是他反腐题材书写的特征。

然而，在小说《重新生活》中，他却将叙述的视角从官场拉回到百姓的日常生活中，希冀于展现一个官员倒塌背后的故事。腐败过后的社会现实令人触目惊心，而一人腐败带来的全局崩塌更令人感到不寒而栗。小说巧妙地以武祥一家人串联起特权前后的巨大反差，他们既是特权阶层中曾经的、无知无觉的受益者；也是在特权崩塌之后，深受腐败其害的艰难百姓。小说在这样一种前瞻性的视角下不断触及腐败的本质，形成了对全局性腐败的

---

① 张平：《重新生活·后记》，作家出版社 2018 年，第 352 页。

　　　　　　　　寄寓的诗性与想象的超越　|

深刻探究和沉重刻画。

张平在接受专访时说道：一个领导干部，只有同老百姓的生活同质同量时，才会真正体会到百姓的甘苦，才能真正下决心去解决老百姓面临的困难和问题。这也是我的这部小说所想表达的主题之一，不知道能否让领导干部们有所触动，有所思考。对儿女亲属的放任纵容，对久享特权的毫不自知，对百姓生活的麻木不仁，对利益输送的无动于衷，几乎是所有腐败分子的共同特征。[①] 小说从魏宏刚被"双规"之后开始，不断窥探教育、医疗、拆迁等老百姓所关注的民生问题，在张平的细致刻画之下，我们悚然发现，原来腐败并不仅是一人的贪腐与堕落，更是社会规则的全盘崩塌和卑劣无耻所浸染的现实生活，政治生态的腐坏带来道德感的软弱与缺失，庞大的利益产业链之下，每一个人都想狠狠地捞一笔。

对普通人而言，腐败的疼痛是尖锐却遥远的，人们习惯于对贪官报以愤怒，但并不见得了解腐败的危害是多么具体。张平所书写的正是这样一种产业与权力相勾结下的腐败，当社会生活发生变化之后、当人们对规则的认知发生变化之后，权力的苟合被不断扩大，腐败所带来的巨大灾难也得到了直观的描绘。利益在腐败的怪圈内形成了闭环，无法躲避的罪孽包裹着书中的每一个人。小说将权力剥离过后的生活原形进行了沉重的刻画，权力犹如高悬的达摩克利斯之剑，张牙舞爪地渗透在生活的磁场之中。小说最值得称道的就是作者的素材选取，他借由武祥一家的生活落差直接观照时代背景，将反腐落到日常生活之中，完成了对腐败这一潘多拉魔盒极为痛心的展开。

占据了小说极大篇幅的是武祥女儿——绵绵的学习教育问

---

① 参见张平：《张平：书写一种别样的灵魂"反腐"》，《文学报》2018 年 8 月 9 日第 4 版。

题。小说的正文就是从武祥怒极的一个巴掌开始的：在舅舅出事以前，绵绵成绩不好，却在学校里担任着不少职务，也理所当然地受到了老师、校长和同学的优待。而当舅舅倒台之后，一众麻烦接踵而至。

首先就是来自班主任与校领导态度的转变，小说极尽刻画之能，尖锐地描摹了班主任前后的变化，从之前的不敢坐、谄媚到之后的趾高气扬、理直气壮。赵副主任更是可笑，在武祥夫妇到学校面谈时，他像是指桑骂槐一般，指着不听话的学生来来回回变换两副面孔。这样一出闹剧般的世情再现，辛辣地展示了腐败场域之下人性凶狠的獠牙。

在魏宏刚在位时，一众人主动表示要让绵绵当班干部，而魏宏刚倒台之后，他们立刻从"主动"变成了"被动"，"谄媚权贵"成了"被迫无奈"。

> 这世间的人和事，你们应该心知肚明。要不是当初你们家的背景，学校怎么会做出那么多被动的事情？学校也是被迫无奈没办法啊，你们知道的，就像刚才那个学生，要不是他爹每年大笔大笔地资助学校，他这样的孩子进得来吗？[1]

而在老师劝说绵绵把责任都推诿到舅舅身上时，故事达到了情绪的高潮。这个看似温和内向的女孩内心暗藏着汹涌的波涛，她远比父母更早地看透了这个伪善的世界。对她而言，她所承受的不仅仅是外界的敌视和风言风语，更是内心角色的坍塌。如果说舅舅被"双规"对她而言是一个亲人丑恶面目的显现，那么班

---

[1]　张平：《重新生活》，作家出版社 2018 年，第 81 页。

主任、校领导等人的两副面孔更令她意识到权力渗透之下的人性扭曲。

在校领导们企图向绵绵施压以转嫁矛盾时，他们是理直气壮的。班主任振振有词地表示如果不是因为绵绵舅舅，谁会让绵绵当班干部呢？在这个时候，武祥和妻子才意识到，权力生活的扩散正在不知不觉地将他们的日常生活与道德边界都拖入旋涡，所谓的"潜规则"顺理成章地越轨了，将社会秩序甚至是学校中的秩序都打乱。

正如魏宏枝所言："魏宏刚有什么腐败就是让你们这些人给拉下水的！"权力关系的崇拜者不知不觉间成为腐败的推手。

张平在《重新生活》中，已然突破了反腐小说最初的对于党群干部之间的刻画，而是转向"一荣俱荣一损俱损"以及权力下的"连坐"。小说的视角是极其独特的，作者窥探到了腐败背后的公共道德缺失，社会万象的错乱都以权力的崩坏为源头，正常的生活成了奢望，理性正当的诉求变为了潜规则下的寸步难行，小说利用权力及其附属力量的骤然跌落，深刻地描绘了腐败之下生活的变质。

二、特权影响下的隐晦世相

权力的腐蚀带来的是社会公共道德的崩塌和萎靡，一方面，小说通过前瞻性的视角触及了腐败的本质；另一方面，小说也借助武祥一家的生活，全面地描绘了特权形态下的隐晦世相，借此展现了触目惊心的真实社会生活。首先是教育、拆迁、医疗等被广泛关注的社会问题在小说中都得到了抽丝剥茧的描绘与刻画。张平在书写的过程中展现了其宏大的价值观念和强烈的社会反思，在描写这一世相民情时，他也没有限于说教般的提醒警示，而是深入到了崩塌的每一个角落，鲜活地对众生血泪史作了编排。作者巧妙运用了"回顾"和"穿插"的方法，一边不断地回顾着魏宏刚在位时的"上层生活"，一边观望着现在的艰难困苦。

教育上，绵绵一夜之间从众星捧月的班干部落到需要交赞助费才能进入武家寨中学读书的后进生，赞助费甚至从最开始说的五万涨到了十万，甚至他们曾经认为干练温和的班主任也要从中捞一笔。显然，在这样一个原本应该正当公平的学习之所中，一个孩子的教育成为被无数人虎视眈眈的肥肉，每个人都能从中剥取到利益。小说在教育问题上所阐述的腐败可以用"蚕食"来形容，对于每一个在教育环节中受益的人来说，在他们看来，自己的贪欲只是小小的一部分，但这些细密的骨肉黏合到一起，就会成为一个家庭灾难性的负重。

如果说教育问题上所展示的是"苍蝇腿"式的腐败，那么拆迁问题上所展示的权力腐败就是一出黑色幽默式的权钱苟合，是一个"大老虎"的黑暗世界。

小说在此巧妙地引入了丁丁和玉红的角色，于房地产老板刘恒甫而言，魏宏刚曾经是他的保护伞，他在借助魏宏刚儿子丁丁的关系抱上了魏宏刚的大腿之后，借助魏宏刚的力量将那块风水宝地运作到手，得到了数亿的收益。而当魏宏刚倒台之后，他也意识到了权力的重要性："只要市委市政府支持了你，文件一发，告示一贴，三天内停电停水，五天以内所有住户必须全部搬出，十天内全部强行驱散。价格条件全都一样，凡是闹事的，越闹付出的代价越大，得到的补助越少。政府是公正公平的，不能因为少数人，损害大多数人的利益。"[1]

在房地产这一板块上，魏宏刚所拥有的是调度规则的权力，

---

[1] 张平：《重新生活》，作家出版社 2018 年，第 136 页。

而刘恒甫拥有的是产业运营的经济利益，二者勾结之后，直接受到剥削的就是苦难的人民群众，玉红与父亲所居住的小区的人民，就是其中最为惨烈的一环。正如他们所言："到了最后，外来的那些所谓的钉子户，强硬户，统统都被说成了小地痞小流氓捣乱分子黑社会团伙，不抓你逮你就算是从轻处理了，哪个还敢继续猖獗放肆？即使是本市本地的，拆了就拆了，拆完了明补变暗补，私下里多给几个钱也就都摆平了。就算不满意又能怎么样？对抗国家，对抗政府还有你什么好果子吃？"[1]

权力成为经济的交换工具之后，被迫沦丧的就是人民的利益，甚至于，正当的权益维护被绝对的权力打压成为社会反面，凶恶的贪婪与偏颇的苟合带来的是社会良知的泯灭和对国家法律法规的蔑视。刘恒甫等人堂而皇之地派"保安队"去强拆，曾经的市委书记的儿子丁丁也俨然成为他残害百姓的枪手。"黑社会合法化"、百姓无家可归，这样黑白颠倒的荒诞深刻地展现了权钱苟合之下的惨烈悲剧。

而在医疗层面，玉红的父亲这样的人，既没有能够保障自身的保险，也没有足够看病的钱，只能日复一日在生死线上挣扎，而本应是"医者仁心"的医院，也同样处处被利益所肆无忌惮地侵蚀。

> 医生要出诊费，但一说地址就不来了。医生知道这是个杂乱贫困地方，都不想来。来了也挣不到几个钱，不像去那些有钱人住的地方，有车接送，有吃有喝，钱给得多，还有礼品。爸爸好的时候常说这些，说他们的老总请医生，医生每次来，都能给千儿八百的……120

---

[1] 张平：《重新生活》，作家出版社 2018 年，第 136 页。

也一样，打电话说得好听，其实还是看钱，起步价多少，服务费多少，等候费多少，护理费多少，抬送伤员费多少，还有什么超时费，急救费，算来算去，一趟至少也得好几百。其实送到医院就什么也不管了，再回来还得自己想办法。我们叫不来，就是真叫来了也掏不起这么多钱。[①]

自我求生的意愿与悲惨的社会现实冲突成为罪恶，在玉红看来，父亲如果死了，反而是一种解脱，他们甚至意识不到自己煎熬苦痛的命运有一部分是来自腐败的推手，这就更令人不寒而栗了。

除以上所说，不难发现的是，小说采用的是一种类似于人像展览式的叙述结构，在魏宏刚被抓之前，武祥一家人对于社会世情的认知都是模糊的。直到他倒台之后，武祥一家才真正感受到社会的黑暗与腐朽。紧接着，小说就借着他们的生活对人物及世态进行了横断面式的把控。

张平在小说中对不少小人物完成了惊鸿一瞥式的观照，首先就是早点铺里的老板。外地人做生意常碰到地痞无赖，全靠绵绵一家的"荫蔽"才省去不少打点的费用，于他们而言，绵绵吃饭就是让他们沾光。而在倒台之后，老板也无可奈何地加了钱。这也和前文中赵副主任的嘴脸形成了鲜明的对比，一面是深受其益的"领导干部"欲加之罪，振振有词地将自己的谄媚归结于魏宏刚的施压；一面是普通老百姓的战战兢兢，明明是正当权益却也要靠无形的特权护佑。

小说绝不仅是对贪腐斗争的刻画，更多是对权力阶层提出深

---

① 张平：《重新生活》，作家出版社 2018 年，第 167 页。

　　　　　　　　　　　寄寓的诗性与想象的超越　|

刻的解剖、对腐败土壤进行直接的起底。小说的题目是"重新生活"，对武祥一家来说，是脱下特权的外衣，在艰难的生活中重新寻求自我生存的法则。而对于许许多多的个体来说，期盼做到的是全民反腐，对运行的权力进行更有效的监控。

三、权力崩塌背后的无知之恶

在前文中提到过，小说所选取的角色素材是非常精确而巧妙的，贪腐官员背后的所谓"普通人民群众"在权力倒塌之后需要怎样生活，原本并非大众所热衷于关注的问题，但张平却窥探到了他们身上的无知之恶，并且在直面权力的洞察下书写了权力的隐形作用和这些特权阶层无知无觉的"恶"。

小说对魏宏刚的描述并不多，除了引子中被"双规"的现场，之后都是以多重叙事视角来对这个大贪官进行叙事补足。在外甥女绵绵的眼中，他是和蔼可亲的舅舅；在母亲眼中，他是给人挣足了面子的有出息的儿子；而在武祥和妻子眼中，他是个惧内但"知分寸"的人。然而，在他被"双规"之后，一切都被打破了。

在司机刘本和的认知中，魏宏刚之所以会落到今天这个地步，极大程度是由于他的妻子马艾华，小说中借刘本和之口，说出了许多关于马艾华收受贿赂的事例。但很显然，在这贪婪与无知背后，是魏宏刚对她内心深处的亏欠和宠爱。小说中人物最为尖锐的悲剧也正在于此，刘本和的认知固然具有片面性和偏向性，魏宏刚显然不像他所认为的那样无辜。这一点从后来发现的他暗自给姐姐和母亲买房子、留财产可以看得出。但同样也不能否认的是，魏宏刚一步步走向罪恶，和这个虚荣无知的妻子是分不开的。魏宏枝对赵副主任说过的话，在此也能够沿用：魏宏刚一步步走到今天，绝不仅是个人的道德败坏，更多的是大环境下的法则缺失与权力异化。

另一重无知之恶来自武祥一家，如果说，魏宏刚步入深渊是未能把持住的自甘堕落，那么武祥一家无法逃避的就是特权阶层的隐性权力所带来的平庸之恶。武祥与妻子魏宏枝当然都是好人，即便是有个当市委书记的弟弟，他们也从未借此牟利，但仍然不可避免地遭受到了特权阶层的连带，也是在最后他们才意识到，自己也是那一群既得利益者中的一个。

在魏宏枝被调查时，她和丈夫翻出了全部家底试图证明自己的清白，武祥也不由得想抱怨自己并没收到内弟什么好处，理由是自己这么多年也没升过职。然而，却发现光是购物卡、银行卡都有满满一大堆。直到这时，他们才意识到了贪腐的可怕，诚然，魏宏枝无数次地对弟弟弟媳耳提面命，但不可否认的是，无论是女儿的教育还是这些涓涓细流所积攒成的"小钱"，都是她在无形之中成为既得利益者所获得的直接利益。

> 这些钱都跟绵绵舅舅有关。都是宏刚直接给到家里的，多一半都是先给了妈，妈再转给我。以前逢年过节，也就是个一千两千的，这两年就多了，每次都是一万两万的。购物卡也是，过去一张三千就够多了，现在至少也是一万，还有一张是三万的。绵绵说得对，都不知是些什么人送的，银行卡也都不知道是谁的名字。你想想，咱不要不要，还都攒了这么多，宏刚那个家里，又会有多少！真是怕出来的狼，吓出来的鬼，越担心越出事。宏刚的媳妇，我见一回劝一回，可不要因小失大。针尖大的窟窿也能吹进斗大的风，一着不慎，满

盘皆输啊。①

滔天的权力往往和罪恶相连，特权阶层的泥沼之下，带来的是精神层面无知无觉的自我阉割和咎由自取的情绪缺失，这样一种审视在魏宏刚的儿子丁丁身上也表现得极为明确。

> 丁丁也不知道正是因为自己的缘故，刘经理才走近了一般商人轻易接触不到的市委书记。丁丁更不知道，他不到两年的房租和那张供他吃喝消费的普普通通的银行卡，让房主换来了数以亿计的金钱和利益。②

丁丁与绵绵，可以说是这场权力异化中最为直接的牺牲品和受害者，他们不仅早早地见识到了人情冷暖与世间百态，更是忍着阵痛抽离了自我，完成了一场血淋淋的阉割。绵绵在武家寨中学陷入痴狂，因为她终于意识到曾经的享乐和安逸给她带来的是如今后进生的日常，如同父亲所言，绵绵是受了欺骗，无知无觉地陷入了麻木的自我纵容之中。而丁丁，早在父亲尚未倒台时，就已然是无节制地自我堕落，玩世不恭地行走于日常秩序之外，在父亲倒台之后，他被刘恒甫利用，拿着棍子指向了穷苦的可怜人。然而可悲的是，丁丁并不知道自己做的是这样的事，他还天真地以为自己真的是去打击黑社会。可想而知，还有多少人是如同丁丁一般，无知无觉地助纣为虐。贪腐之下的权力异化直接地将人民群众自我分化瓦解，与之共同消弭的是精神迷茫下的现实感应。

正如张平在《后记》中所谈到的："当贪贿成为一种文化存

---

① 张平：《重新生活》，作家出版社 2018 年，第 109 页。
② 张平：《重新生活》，作家出版社 2018 年，第 134 页。

在时，必然会成为一个国家、民族精神的沉疴和桎梏，要清除它，须付出更沉重的代价，更持久的岁月，更惨痛的努力。它危害的绝不仅仅是下一代、下几代，一定会更长更久。……腐败的因子已经深入到我们文化的骨髓之中了。真要把腐败的根因从民族文化这块深重的土地中彻底铲除，何其艰难。"①

在中国"熟人"社会的土壤之下，大部分的腐败实际上都是从内部的歪风邪气开始的。甫一上任，官员们都自觉怀抱着为民的赤子之心，然而随着时间的推移，诸多拒绝不了的"关系"的侵入，以及为身边人谋"福利"的私心，致使原本的初心与使命在复杂的环境下逐渐异化成为舍大家谋小家的拉关系、结人缘，当管理的公共资源被用于个人的违规，当重大原则都因所谓的亲情而消弭，这样的作为严重违背了党性的纯洁关系，同时也直接地令贪腐问题愈发严峻。

游走在权力边缘的既得利益群体固然是在无知无觉的境况下享受资源的红利，在裙带关系的隐形好处之下，如同魏宏枝和绵绵这样享受权力还浑然不觉的人有太多。小说在对他们的书写中，不止一次地隐晦表达了其痛心与哀叹。魏宏枝在弟弟收受贿赂时所展现的清醒和坚定在魏宏刚被抓后都显得太过悲哀，她一直以来所秉持的大原则从一开始就因为女儿的教育而退让丧失，这样的悲剧也让读者直观地感受到这一主要群体的悲剧性。

与小说全篇对魏宏枝一家人生活经历的书写不同，对马艾华的描述，大部分都来自司机刘本和的控诉以及魏宏枝等人语焉不详的回忆，也正是在这种全然旁观的视角下，小说更加尖锐地切入了当前干部群体的隐疾——来自身边人的糖衣炮弹、腐败陷阱。只有每个党员都在思想政治上不断地检视自身、反思自我，

---

① 张平：《重新生活·后记》，作家出版社 2018 年，第 348 页。

才能够真正牢记使命，在自身的责任认知下更好地为人民服务。与之相对应的，是小说在对马艾华等人的书写上，同样都是裙带关系下的既得利益者，马艾华对于贪腐的思想认识与魏宏枝是有着本质区别的。在魏宏枝的理念中，不收受钱财似乎就是清廉的证明，尽管这一认知并不准确，但至少也能够看出魏宏枝在大原则、大方向上的清廉与坚定。然而，马艾华其人，却是在旗帜上的彻底倒塌与异变。作为家族式腐败中的推波助澜者，可以说，她在这一场贪腐中获取了最大的利益，不仅如此，她也展现了裙带关系下对于权力本身的恐惧和贪婪。值得注意的是，这种对权力若即若离、爱恨交加的情感自古有之，人们习惯于畏惧权力，并畏惧权力背后的推动力量，但同时，当权力可以为自己带来利益之后，又欣喜若狂地陷入权力的狂欢之中。

小说对马艾华的描述正是对这一出好戏的直接观照。作为魏宏刚的枕边人，时常的枕边风吹动的正是魏宏刚日渐松动的党性土壤，即便在党的高要求、严标准之下，他们都仍然顶风作案，用尽一切公共资源为自己谋好处、贪福利，这不能不说是权力的扭曲。"马艾华本来有份工作，魏宏刚当了市委书记后，基本就不上班了。工资照发，奖金照拿，补贴福利一分不少。平时家里雇一个保姆，逢年过节还再雇一两个钟点工。所以马艾华虽然年过四十，但由于保养得好，看上去就像三十岁出头。"[1] 如果说作者对于魏宏枝等人的书写是带有悲悯情怀的哀叹与痛惜，那么在对于马艾华等人的书写中，作者展现了对他们的深恶痛绝和严肃批判。马艾华作为一个接受过高等教育的女性，她原本应该接受正确的引导，坚持以自我的知识引导魏宏刚为人民服务、敬畏法律、守住底线。然而，她却利用人民赋予魏宏刚的权力，把权力

---

[1]　张平：《重新生活》，作家出版社 2018 年，第 215 页。

当作是自己获取资源的把手，甚至是充当恶势力的保护伞，置人民群众的根本利益而不顾，终于铺成了一道将魏宏刚送往监狱的死亡之路。小说既深入到了普罗大众的艰难求生，也全面地描绘了腐败所带来的社会生活紊乱，有效地构建了多重叙事立场，建立起了一个令人揪心的真实场域，并在这种尖锐的矛盾中完成了全局性、深度化的世相窥探，借此实现了对局部和整体的双重拷问。

发表于《中国文艺评论》2020 年第 9 期

像一枚棱镜，透视生命的况味

——浅谈杨晓升散文集《人生的级别》

　　作为一名资深的文学期刊主编，杨晓升在办《北京文学》时已经证明了自己对文学作品的鉴赏力。他的新书《人生的级别》，收录了他多年来的散文作品，也为这个"业余作家"开拓了写作的另一重。散文集的题目来自他二十年前发表的一篇散文，所讲述的正是他从新闻杂志调入文学杂志工作的心路历程。

　　由此也能够窥探到他对于写作以及文学的初心。无论是对未知领域的探索，还是在优秀的文学作品下特有的感染和坚持，以及他对于文学这一精神财富的重视，都淋漓尽致地显现了出来。

　　杨晓升在《人生的级别》中，写出其人生履痕下的洞察与体验，从他细碎而温馨的生活记录中，抵达对人性深处的探讨。

　　从散文的创作上来谈，相较于别的文学体裁，散文显然有着更新鲜和随性的表达方式。杨晓升曾经在访谈中将小说比作建筑、散文比作自由生长的树木野花。但实际上，就散文本身而言，它更像一枚透视的棱镜，读者从笔墨之中透视自我的生活，无论是对社会的反思还是内心世界的向往，都能够从这些浅淡的笔墨中挖掘结合，从而完成双向的自由表达。

　　在散文集中的第一篇，就是同名的散文《人生的级别》，这篇散文中，杨晓升的笔触幽默而鲜活，为什么在有更好去处的情况下，仍然选择了文学杂志？这个被问了无数次的问题，他并未直接地给出答案，而是层层抽丝剥茧，在表面上写出了生而为人，初心的重要性，同时也关注到人性的现实，直接抵达了对人们精神世界的建构。这篇散文所指向的是社会机体缺失后，人们对于自我生活兴趣的最终找寻，事实上，也正是从此开始，这部散文集自然而然地渗透到了最本真也最纯粹的生活中，我们能够在作者平实的笔触下触摸到最斑斓的生命况味。

散文集的铺排很有意思，由"印记"到"沉思"，再到"瞭望""观潮"，最后是"谈艺"，同样是由浅入深，从自我的人生经历出发，将生活琐事置于文学的放大镜下，通过自我生活的细碎平淡窥探人生的终极奥义，再从瞭望中不断前行，直至抵达光明的彼岸，启迪心智。

在"印记"一节中，作者杨晓升写了很多关于女儿的日常，甚至有一封写给女儿的信。在这封信里，杨晓升对女儿的拳拳爱意一展无遗，他如同每一个平凡的父亲一样，恨不得收藏起女儿的所有痕迹，面对女儿的成人仪式，他欣喜又焦灼，他自豪于女儿的优秀、欣慰于女儿的成长，好奇她未来的人生轨迹，又寄托了深深的祝福。

事实上，杨晓升对于女儿的教育和这一代人是具有很大的重叠性的：学区房、应试教育、小升初择校、实验班、奥数题，等等等等，都共同折射出属于这一代人的学习之殇，学历不断内卷、人人望子成龙望女成凤的今天，杨晓升在女儿考学时的焦虑尖锐地切中了每一个父母的内心。然而，即便在这种时候，他也仍然坚持，希望女儿拥有健康的心态和阳光的性格。

而到了"沉思"一卷中，散文从对自我的反省和家庭生活转移到了对社会生活的观照，从而在生死两茫茫之中完成了对生活厚重的书写。近到身边的友人离世，远到举国震痛的汶川地震，杨晓升作为一个关注现实的人本主义作家，都对这些现状提出了

寄寓的诗性与想象的超越 |

其思考。通过他字字戳心的笔墨，以及细致入微的命运描摹，向社会传递了一个写作者的悲悯情怀与温情脉脉。他对于女孩张穆然的去世书写得尤为细腻，鲜活得几乎触手可及，我们似乎能够看到那个十六岁少女是如何在父母的痛苦之下惨淡离去撒手人寰的，也能够看到张文良莫学云夫妇是如何日复一日地在煎熬中度过余生的。也正是通过他们之口，杨晓升提出了自己对于生命的理解：生命如此珍贵，对于这对父母而言，往后余生，对于女儿的追思已然能够填满生活。

除却这些对身边人物的研究与揣摩，杨晓升同样把他的热爱播撒到了大自然中。对于生活，对于这片土地，他具有高亢的热情和希望：伟人邓小平的故乡广安，是饮水思源、实事求是，代表着中国人民对于伟人的崇敬，也能够令人体悟到一片丹心的珍贵；平江绿水青山，代表了历史与现实的交融壮大；横山的安塞腰鼓，用生命呐喊，是狂野挺拔的壮美与雄壮；黄土高原的榆林是大自然丰富矿产的象征，代表了强盛辉煌的生命力⋯⋯

这些景、这些土地，都有一个共同特点，那就是从封闭走向开放，从贫瘠到开拓，归根结底，这都是改革开放后的人民观念变迁以及政策支持的结果。散文将这些城市的变化一笔一画细心勾勒，描绘出了一幅极为鲜亮而丰沛的现代化图景，在繁荣的文化血脉中投入了真实的精魂。

由人写事、由事写景，再由景色写到对社会的反思。文学作为一种审美形式，天然地就带有对人类社会精神财富的反映和书写功能，而作为一个有着文学自觉的作家，杨晓升也在他的散文随笔集中提出了对社会文化思潮的忧虑和向往。他不仅写"承诺制"之下的社会乱象，试图在抨击中推动人们的精神素质不断提高；同时，他也访谈第五代导演吴天明，在困惑与忧虑之中呼吁当前的艺术工作者明确方向、肩负起时代的使命；在教育上，他也细心观察，挖掘出教育楷模，坚持更加多元化、个性化地培养孩子，挖掘出他们身上更多天性与禀赋。

作为一名文艺工作者，在散文集的最后，杨晓升也在以自己的眼光，重新审视文学。在最后一卷"谈艺"之中，他以深厚老到的笔触，对几位作家的作品进行了阐释与评论，表现出其深刻的自我思考与文学理念，尤其以报告文学来谈，这种关注社会现实直抵社会病象的文学体裁，传递了对社会病灶的深切关注。

《人生的级别》既是杨晓升对于人生兴趣的思考，同样也是他在文学上的坚守。无论是散文抑或是他曾经写过的小说、报告文学，所体现的都是他在现实触角下对于人生的独特发现和独特思考。快餐文化盛行的今天，传统文学的厚重感在当下缺失，自媒体时代的快与新似乎失去了对于"人"的书写和展示，而纯粹的情绪宣泄和个体娱乐才能被大众所传播。

实际上，作为一名写作者，应当坚持输出深邃的情感和真实的内心，即便是平实浅淡的语言，也具有令人赏心悦目回味无穷的价值。这种艺术感染力是我们的生活所独有的，文学作品的真正生命力，来自真实的生活探究，和对于性情灵魂至高无上的鼓舞和滋养。文学所反映出的生命力是开放的，意蕴丰沛的书写之下，无论是生活在缺失中的阵痛，还是繁华生命下的自我思索，都是值得被书写的艺术。

发表于《光明日报》2020 年 12 月 15 日

风暴眼的沉默

——论张惠雯小说中女性在家庭生活
中的角色断裂与情感思考

摘要： 作为移民作家，张惠雯显然比同龄人关注到更多西方光影下的东方故事，在窥探的空间中，她的小说往往呈现出一种复杂的主体空间，在茫然无绪的精神状况中呈现出逼仄的捆缚，女性在家庭生活中的身份迷失得到了最具趋向性的书写和回环，在被勒索的情感牢笼中，女性不得不从沉默中自我奔逃，最终被规训成为失序的崩塌与否定。本文将以张惠雯的几部短篇小说为例，试图探讨女性在家庭生活下特有的情感趋向和游离，展露觉醒之后女性的挣扎和诉求，书写滞重困境中关于女性的婚姻关怀。

关键词： 张惠雯　精神捆缚　身份迷失　婚姻关怀

近几年，女性的生存地位不断地被进行讨论和书写，在职场上，大部分女性受到性别歧视已然是不争的事实，也有诸多职业女性会为此发声，强调在事业上的男女平等。但很显然，家庭生活中的女性地位仍然被剥削和捆缚，而可怕的是，在这一点上，女性的声音往往是微弱的，甚至就连女性本身都很难意识到她们在家庭生活中所处的地位，也正是因此，女性在无意识中被灌输的男权社会理念才更加尖锐和苛刻。

与今天职场中强调的男女平等不同，在家庭角色定位中，女性天然地被赋予了所谓"避风港"的角色,事实上,这种看似温和的比喻却是对女性独立想象的摧残。在这些传统的角色赋予乃至家庭定位上,女性的形象实际上是被扭曲了,这些情感的捆缚也充当了男权社会下意识形态控制的工具,延续了男权支配欲望的观念。

2019年的韩国电影《82年生的金智英》,实际上就对于这种女性长期被忽略和驯化的家庭地位提出了尖锐的探讨。家庭生活的牢笼特性被从未有过地显现,而电影中女性对于女性无意识的压榨和剥削也引起了广泛讨论。事实上,同样的关怀在张惠雯的小说中也早有显现。

在家庭生活的书写中,她展示了一种隔绝的荒芜感,她笔下的女性形象缓慢而遮蔽,往往将自我构筑成为扭曲空间下的诡秘泡影,在个体的场域中自我奔逃,但在自我空间之外,却没有人能够注意到她们的情感焦虑,这也就提出了对于今天家庭生活中女性的身份地位思考。

一、家庭生活中所覆盖的牢笼属性

在家庭的内部空间中,女性往往被迫分置于封闭的狭小角落内,例如厨房、卧室等需要她们劳作的地方。在大部分时候,女性在家庭中承载着屈从地位,也就是不得不投身于烦琐的布局工作之中,同时,这些单调的劳作使得女性与外界隔绝,也就导致了她们不得不顺从于琐碎无序的工作,日复一日地自我压抑。

事实上,在家庭空间的角度上来说,女性在这一封闭空间内所奔波逃避的是男权社会的打击和压制,女性不得不从属于这种压制,并且成为男性财产的一部分,与世隔绝地归属于她们的配偶。关于父权和夫权的状态其实大部分文学作品都有展示和书写，因此，张惠雯也提出了一种全新的思考，那就是女性在成为母亲之后所面对的自我妥协。

在父权制社会秩序下，女性的生存状态是被不断内置和同化的，这也是张惠雯小说中所希望谈论的问题，很显然，在今天，我们很难再直观地感受到"男尊女卑"的状况，但实际上，性别歧视无所不在，性别的固化观念也存在于家庭和职场生活中。

以小说《沉默的母亲》①来谈，实际上，这是一部带有强烈的东西方糅合文化的作品。一个嫁到美国的中国女性，带有亚洲文化中一切所谓的女性"优良品质"，她贤惠、顾家，同时不爱慕虚荣，在任何一个男权社会下，她都被认为是妻子的最佳人选，也正是因此，沃克先生几乎是毫不犹豫地娶了这个女人。

作为旁观者来审视这段婚姻不难看出其畸形与可笑，沃克先生作为丈夫和父亲，也就是这个家庭中的绝对掌权者，他身上带有强烈的自私自利色彩，他一面拿对中国妻子的要求——贤惠、保守、顾家、生养孩子等，来要求自己的妻子，一面又不肯付出中国家庭中常见的丈夫所需要负担的，他计较每一份支出，同时不肯支付婚宴的钱，也不肯让岳父母住入家中。

很显然，这些捆缚和压制在生活中都慢慢积聚成为沃克太太的生活日常，然而，当父亲生病，她希望从丈夫手中拿到一些钱时，她却面临了从未有过的苛刻。丈夫举出了一个又一个例子来拒绝拿出这笔钱，而长期在牢笼中生活而不自知的沃克太太也终于明白了自己生活的真相。

"她的生活的真相仿佛一瞬间在她面前揭开了，那就是：她没有自己的一分钱！而在这背后的更深层的真相是：在这个家里，她没有任何决定权，这里的什么都不属于她，她在这里的意

---

① 张惠雯：《沉默的母亲》，《江南》2018 年第 5 期。

义就是生养一个又一个孩子！她一夜之间变得心如死灰。"

同样被生活的牢笼所扣住的女性还有《二人世界》[①] 中的"她"，小说从始至终都没有给这些角色命名，似乎也在暗示着，这种生活是同样地铺排在大部分女性的日常之中。事实上，小说中的"她"从某种程度上而言并不算是一个传统的母亲或是妻子形象，"她"不确定对孩子的爱，"她"无法做到对孩子全然付出，但又对丈夫的"不成熟"而感到愠怒，更与普通的父权文化不相符的是，"她"有一个情人。

但小说也正是通过这个情人来展现出了"她"在婚姻生活中的困顿和闭塞。

小说多次地提到了女性和男性面对新生生命的不同，对于"她"来说，她必须经历生活被男孩和家务填满，必须经历时时刻刻的可能的苦恼和琐事，孩子挤占了她所有的空间。无论是物理上还是心理上，在这些麻木而琐碎的事件里，她不再具有整块的时间，必须习惯妥协于乏味的生活状况。

但对于丈夫来说，他"始终如一。他是始终欢迎孩子到来的那个人"。他既意识不到妻子的改变，自己也不能够做出有效的疏导。

女性在退居家庭生活中之后，所面临的不仅仅是经济状况的流失，更是与外界的完全脱节，同时也是自己人生的琐碎与游离，因此，当小说中的"她"开始拒绝情人的看望，以及"不再从他的电话里得到快乐和甜蜜"时，她所面对的就是被改变的断裂。

在小说的最后，她不再能够从肉体的快乐中得到快乐，即便是在床上也一次又一次想起儿子，同时，她也赌气似的向情人

---

① 张惠雯：《二人世界》，《收获》2019 年第 2 期。

展示了她作为母亲的一面，凌乱、邋遢、"怀着一种自毁的、夹杂着报复的快意想象他看见自己这副模样的反应"。从这里开始，无论是生理还是心理，"她"都已然进入了家庭的囚笼之中。

在生命个体的幽闭空间之下，生活是缓慢的、空间是逼仄的，与世隔绝的痛感不仅令女性和社会生活脱节，就连和枕边人乃至家庭生活中的其他人也产生了割裂，深刻象征着被遮蔽的捆缚与囚笼。我们今天所讨论的家庭生活的牢笼属性也就是在此，从东方的儒家思想来说，"女主内"的思想深远地影响着家庭关系，在父权制的社会原则下，女性必须站在伦理角度中，以照顾家庭、服从人伦感情等来退居到生活的后方。

二、女性向内坍塌与向外断裂

沉默的囚笼过后，我们所需要探讨的就是女性与外界隔离过后的缠绕与奔逃。当女性在社会秩序与日常的生活秩序中产生龃龉之时，即便是沉默，也会有爆发和崩塌的可能。事实上，张惠雯在她的女性题材小说中往往会谈到女性在婚姻中的逃离。在这些作品中，女性很难从家庭生活中得到关心或是尊重，只有男性无休止的冷漠和压迫，因此，面对这种日复一日的痛苦，女性只能选择逃离和反叛。

很显然，尤其以东方社会秩序来看，男权社会驯化女性的一个核心就是婚姻家庭中的训诫，而在女性被迫退让到家庭中失去自己的社会地位之后，她们的社会角色被绑架，也就自然而然地被假设为了隐蔽的奴性身份。一方面，父权制社会中，男性不需要对女性的付出表达感谢，女性所有的在家庭中的付出都显得理所应当；而另一方面，女性却需要对男性带回来的钱财表示感谢，作为谋生者所存在的男性看起来具备了比女性更高的社会价值，女性的自我价值却被忽略了。

当两性关系被放置到家庭生活中时，还往往会出现一个婆婆的角色，事实上，这一角色代表着女性在父权制统治秩序中的纵向核心，在传统观念下，有一句话说"多年的媳妇熬成婆"，这一句就可以看出女性在传统思想下的绝对附庸。即便"婆婆"的身份使得女性在老年时期具有了崇高的权力，但这一权力仍然是附庸于男性，同时也是指向了"儿子"，来作为帮凶压榨儿媳。

在中国传统婚姻的缔结中，亲子关系里的人们重视人伦，因此，女性对儿子的情感投射也就伴随了对于儿媳的打压和排挤。她们要求儿媳的绝对服从，同时也作为性别统治者的帮凶，强行把女性拉扯回到家庭生活之中，通过这种单向度的性别统治和年龄优势，来试图满足自己的情感以及权力需要。

因此，被压榨的悲剧女性为了逃离这种囚笼的境况，一部分选择了自我向内坍塌，一部分则选择了向外的断裂。从小说《沉默的母亲》来看，小说中的沃克太太就是典型的自我坍塌者，当她意识到自己"生活的真相"之后，在表面上，她仍然维持着得体和贤惠，照常做家务，但同时，当着丈夫的面她食不下咽。但当丈夫走后，"她像只老鼠一样把去超市采购时顺便买来的各种廉价零食藏在车库里的那些空箱子里，然后在孩子们睡着或是看电视或是在楼上玩儿的任何时机里拿出来，像个得了吞咽强迫症的人一样贪婪地往嘴里塞着薯片、士力架、彩色软糖、奶油曲奇饼……"。

而在之后女儿的叙述中，母亲在躁郁症的心理疾病中走向了自我毁灭。她是一个沉默的少言寡语的顺从者，她的可怜之处不仅在于她受到了所谓"贤良淑德"思想的荼毒，更在于她的无力抗争。事实上，她的抗争都只能从自我的毁灭中展示悲剧。我们可以想见，如果这场梦没有醒，沃克太太将永远是沃克先生的沉

　　　　　　　　　　　　　　寄寓的诗性与想象的超越　|

默的、顺从的妻子，但不幸的是，父亲的生病以及沃克先生的冷漠使她飞快地从梦中醒了过来，她的不幸之处也在于此。她被操控了一生，但残酷逼仄的社会现实也令她无法真正选择觉醒，她能够用以反抗的也只有生命，这正是她对于男权社会最为激烈却也最为惨淡的反抗。

当然，更值得一提的是，父亲生病的这一情节构建大约也是经过了作者的思考，女性从父权文化中逃离，则被迫卷入夫权之中，而她的觉醒，也实际上是父权与夫权倾轧下的自我折磨。

而在小说《玫瑰玫瑰》①中，作者则书写了另一种向外的找寻与断裂。岛屿上的女主人盛情邀请"我"去她家中做客，但当"我"抵达这座岛屿，又接触了她的生活之中，"我"才了解到看似广袤空间下的逼仄与痛苦。

无性婚姻所造成的是一个女人在压抑欲望之下的崩塌与恐惧，如果说《二人世界》《沉默的母亲》等所讲述的都是女性在亲子关系中所遭遇的情感勒索，那么《玫瑰玫瑰》则展示了配偶关系中的情绪匮乏。小说所借用的是无性婚姻中的复杂况味，有效书写了女性在这种压抑与自闭下的自我否认。

在"我"的眼光中来看，这对夫妻是天生一对、是互相支持且相爱的，但婚姻之下，各自的痛苦就只有他们自己能够了解。一方面，性爱的缺失在很大程度上即代表着情感的缺失和孤立，女性无法从亲密关系中获得真实的温暖；另一方面，在东亚文化的影响中，女性也必须压抑自己的性欲望，因此，女主人只能选择向"我"说出一切，即便是在自我处境全面坍塌的时刻，她也只能进行断裂的输出，而非全然自我的找寻。全然锋利的向外断裂之下，小说呈现出了女性在孤独时刻的静默与错位，无法在

---

① 张惠雯：《玫瑰玫瑰》，《收获》2020 年第 3 期。

家庭亲密关系中获得温情的当下，小说缔结出了更为丰满的情绪张力。

同样的情感勒索还出现在了小说《雪从南方来》① 中，在此，家庭仍然作为了风暴的中心，而有所不同的是，小说选取了男性作为风暴眼，来回望两个女性的挣扎和失落。小说所叙述的故事并不复杂：一个离异的带着小女儿的单身男人，在遇见自己喜欢的人之后试图让爱人和女儿和平共处，但却在年幼女儿的无知之恶下，失去了重新开始的可能。

事实上，这类故事的核心并不鲜见，继父母与继子女之间的矛盾向来是东方家庭中经久不衰的书写主题，然而，小说却以一封邮件起始，试图展示这对父女在长久的平静生活下的暗流涌动与风暴迭起，柔弱的女儿是曾经亲手毁掉他爱情的刽子手，而被他误解的徐宁也永远没有了回来的可能。

另一面，徐宁的角色也值得被关注，在小说中，她实际上是一个温厚的继母形象，即便是面对他没来由的指责和失控，以及小敏混沌的欺骗假装之时，她所选择的也是断然离开。

"不用回答，什么都不用说！"她站起来说，拿一张纸巾擦掉脸上的泪，样子像是如释重负，"我应该早就明白的。我应该早想到结果会是这样……"

在徐宁的世界中，她的如释重负何尝不是一种向外的断裂，被主观投射的继母形象固然带有陌生环境下先入为主的标签，同时，女性在家庭生活中的及时奔逃也引出了截然不同的思维模式。这种逃离是绝对支配过后的具象挣扎，也避免了她们成为家庭生活中的献祭物品。

---

① 张惠雯：《雪从南方来》，《人民文学》2019 年第 4 期。

寓言的诗性与想象的超越 |

三、"心血来潮"下的女性自我博弈

作为移民作家，我们常常会谈论到张惠雯在其小说中所显现的关于差异文化的认同感与身份意识，实际上，在其现实性的小说中，人物大多弥漫着一种困顿的身份焦虑。这也是小说叙述的核心之所在，而这种文化冲击所带来的是对于生存困境的讨论和情感的捕捉，尤其以女性身份来谈，她小说中的女性形象大多存在着不同程度的身份焦虑，她们有着对于家庭生活的渴望，同时，却也具备对于未知远方的向往。

在这种欲望的割裂之下，小说呈现出了对于移民生活的隐喻性写照，尤其对于女性来说，她们所面临的时常是双重的困境。从家庭生活上来看，在张惠雯的小说中，大部分女性的移民大多与配偶有关，因此，她们的奔赴实际上是从原生家庭中离开，去往另一个地方重建家园，这毫无疑问是一种生命际遇的漂泊和游荡。同时，她们也需要面对常规的灵魂的漂泊和探索，在生活之中，她们的生命历程是真实而又隐蔽的，小说关注了女性的内心情感，将她们无根的茫然加以深刻的书写和展示。

在前文中我们讲述了关于女性意识在家庭生活中的被囚禁状况，实际上，家庭的囚笼化深层次的是对于夫权乃至男权思想的反抗，而在张惠雯另几部小说中，她则剔除了这种抵抗或者是直观的交锋，而是在凝视的角度下，体现女性主义的博弈与追求。这种凝视往往来自女性在亲密关系之外所开拓的另一种情感，作为情人或者说"红颜知己"的她们，在这种关系中开辟了自己作为女性的另一面，也正是从这种看似错误的遗憾感情中，小说将女性的觉醒意识推到了高潮。

从小说《关于南京的记忆》[1] 来谈，第一人称"我"的情感

---

① 张惠雯：《关于南京的记忆》，《花城》2020 年第 6 期。

是复杂而动荡的。张惠雯巧妙地借用了移民的身份，来展示女性的双重情感困境。一方面，"我"习惯了和男友的生活，也不准备对这种生活加以改变，但"他"的出现却改变了这种局面，同时，"我"的这种小小的精神出轨，也使得"我"对自我情感有了更加深刻的认知。

这可以看作是女性在长久恒定亲密关系中的一段小小的"心血来潮"，而事实上，这种"心血来潮"并非情感的流失，而可以看作是女性对于婚姻乃至爱情的旁观和浮靡，对于"我"来说，这种"不同寻常的友情"是女性决绝后的身份找寻，被纠正的错误在多年之后令人神伤，也正是出于某种不可追的怀恋。

早在柯莱特的小说《面具后的女人》[①]中，就有对这种"心血来潮"的描绘，"她会像丢弃葡萄皮儿一样松开那年轻人的嘴唇，然后离开，到处晃悠，和遇到的其他人亲昵，再忘掉他们，直到疲惫后回到家，品味她源自决绝个性里的独立、自由和率真，品味作为陌生人的那种寂寥空虚而又毫无羞愧的、怪异的愉悦——就像这次百无聊赖之下单纯的外遇里，一个小小的面具和奇怪的装扮让她品味到的那样"。

这种感慨的情绪积聚而成的是对于男性力量的解构，这种解构无关所谓的叛逆或是觉醒，更多的是对于自我成长的救赎，是一个不依附于男人而存在的自我成长。在《关于南京的记忆》中，"我"是一个人到中年成熟回望的视角，小说不再具备感情上的取舍，同时也没有任何不合乎伦理道德的因素，正相反，小说全篇都在对个人的内心情感世界进行深刻的书写，这一角色具备女性的隐忍，同时也有着对于自身欲望的关注。

而很显然，从小说的题目就可以看得出，以人到中年的回望

---

① ［法］西多妮－加布里埃尔·柯莱特：《面具后的女人》，陈波译，天津人民出版社 2018 年。

来看，"我"的怅然若失实际上也是对"我"情感关系的怀恋和追溯。在移民过后，"我"的身份认同是缺失的，无论是家庭生活还是在海外的生活经历，都使得"我"失去了生命力的涌动，也正是因此，"我"对于男人的怀念，也可以看作是对"南京"，也就是对那一段生活的怀念。小说利用了这种情绪上的复杂情感，来表现一个女性无声的悲痛和挣扎。

在社会语境下，女性的欲望时常处于失语的状态，因此，女性在回望时刻的撕扯实际上也是对于"本我"的否定，对"超我"的追寻。小说中的"我"，无论自我生活如何平淡，始终都怀有对理想他者的渴望和筹谋，对于那一段从未发生过的"心血来潮"，多年的生活已然将这一小小的精神出轨加以篡改，也就构成了对于超我理想的追寻。

很显然，在社会处境下，女性的形象往往逃不脱妻子或是母亲，在这种亲子关系或者说情感关系下，女性的独立意识是被隐匿的，也正是因此，张惠雯提出了她全新的思考。在她的小说中，我们能够看到女性在自我情感关系上的找寻，看似背德的情感书写所烘托的是鲜明而确切的女性力量，事实上，她们也通过情感关系的觉醒来塑造自我的独立意识和身份认同。

四、情欲符号中的具象隐喻

无论女性主义文学如何阐释和变更，无论女性的社会身份认同如何找寻，实际上，对于女性主义的话题书写永远逃不开对于身体的控制权和支配权。由于天然的生理因素，女性在性生活中常常被强行冠以被支配的地位，男性对于女性的控制也就来源于此，再加上金钱与性关系的交换，更使得女性居于从属地位，不具备被平等对待的价值。

但今天的女性主义文学中，我们常常能够看到对于女性特权的强调，同时，女性对自我的身体控制权也有了全新的认知和理解，女性不再从属于男性获得性快感和性价值。正相反，女性成为主导地位，在反抗的随意掌控中消解了情欲符号，完成了对自我性别的认同和书写。

从小说《双份儿》①来谈，和《关于南京的记忆》相似，小说同样都是以中年人的视角回望年轻时所经历的一段情感，也同样都对这一未发生的情愫抱有怅然若失。但男性视角和女性视角的不同也就从此显现。

在小说《关于南京的记忆》中，"我"是平等地与"他"交流的，有着一段"不同寻常的友情"，但也到此为止了，而也是因为这个人，"我"时至今日仍然对南京有着好感。但在小说《双份儿》中，"我"作为男性的回忆却是灰暗的、沉重的。对于"我"来说，那个女人的形象带有更为复杂的情绪。

小说将这个女性设置成为一个"高级妓女"的形象，对于初入生意场上的"我"来说，能够保持在淤泥之中不沾染泥土已然是需要很大力量，因此，对于妓女的解救所构建的也是一个具象的身份象征。女人的身体所构筑的是一个圣洁的、代表了强烈的权力空间。一方面，身体是这个女人所存在的本钱，也是她能够获得利益交换的来由；但另一方面，她也会利用自己的智慧，来赚取"双份儿"钱。在"我"劝告她从良，希望她能够拥有正常生活时，她转头就向更高级靠拢。这种对于妓女的身体失控的隐喻，实际上也反映了"我"在情欲和利益之下的全面溃败。

事实上，在小说的最后，"我"已然发现，"我"早已成为那个"我"曾经所看不起或者说看不懂的女人：

---

① 张惠雯：《双份儿》，《上海文学》2019 年第 5 期。

"他有时会突然陷入那种阴沉的情绪之中，仿佛被浓雾笼罩……而他仍然得在那些日复一日的琐碎、没有意义的事务里消磨着余留的暗淡的有生之年……在他这个年龄，几乎没有什么东西值得他激动地、匆忙地赶路，除了去捕捉、占有、体会那一点点快乐，但这快乐又转瞬消散，之后就把他抛掷在漫长的荫翳之中。他想，他也有他的'双份儿'，他明知卑劣、罪孽却始终舍弃不了的东西。"

正是由此，一个拯救者转换为了捕捉者，小说不仅将女性身体卷入到政治丛林中，更是借助了巨大的颠覆性力量，来对权力的结构进行反转和讽喻。拿了"双份儿"的女性看似居于从属地位，但却具备了对于那时的"我"的支配权，而后来在漫长的荫翳中自我消解的"我"，也无法回归到天真的状态，只能塑造一个虚幻的欲望形态，自我沉沦到权力关系之中，来书写永恒的话语霸权，以及叙述者对于风暴眼中心的某种批判和反思。

作为移民作家，张惠雯的作品往往能够超越单一的国度，对东方视角下的西方场域进行更加强烈的显现，而在小说所重置的情感困境之下，作家通过女性的自我价值找寻与家庭身份的割裂完成了对于精神捆缚困境的书写。这种情感张力之下，小说具有了强烈的思想震撼力，同时，也能够穿透到现实世界之中，勾连出非常态空间之下的崩裂与坍塌。

发表于《粤海风》2021 年第 4 期

荒诞的慈悲

——论《蛋镇电影院》中的魔幻维度与群像拓展

在纷繁复杂的文学符号中，地域的聚焦意象在很长一段时间里都是被作家们不断书写的母题。这些地理的空间意象往往是以先天的实践为根本书写，并在文学的把控中试图与现实相关联模仿，形成整体性的观望现象。

很显然，在作家的笔下始终有一个被书写对象——和他们的成长息息相关的一个城镇，但这是不断变形和凝固的，作家们试图摆脱在日常境况中所感受到的含混和幻觉，在影射的状况中不断地确定聚焦的意象，从而完成全新的美学机制思考。在这种地理符号的标记之下，人们所书写的活动是一种信仰式的挖掘，在这些汹涌的对话与记录中，小说形成了伟大的图像记载，从而展现了功能化的审美感应实践。

在朱山坡的小说集《蛋镇电影院》①中，朱山坡就将他的书写地点聚焦于乡镇的一个电影院中，以十七个彼此关联又彼此独立的短篇小说，共同驱动形成了一个对于时空的重塑，展露了文学之上的某种分裂和累积。

事实上，小说所尝试的是一种全然相异的叙事姿态，在这十七个故事中，主体始终都在尝试着全然不同的符号实践与生活

---

① 朱山坡：《蛋镇电影院》，上海文艺出版社 2019 年。

抵抗，小说吸纳了多种未知的可能性，并借此阐释了复杂的文化细节，将姿态的夸张安放为强烈的整体力量。在这些具体的能量背后，小说形成了汇聚的氛围隐喻，在看似嘈杂的状态中彰显出人物的特异表达。

很显然，小说中始终贯穿且存在于中心的"蛋镇电影院"并不仅仅是一个地理概念，更多的是一种心理上的投射。它代表着朱山坡对于南方小镇以及小镇中群像的牵肠挂怀，是社会概念之下，人对于事物或者说事件所构建的历史图谱。在这种图谱式样的架构中，小说脱离了自身，在渐变的状况下挣脱了个体的单纯迷恋，转而纳入了环境的力量，在静态的地理层面完成了自上而下的穿透整个历史层面的累积。

一、地理蓝图的意象安放

在当代作家的时代书写中，我们常常能够看到的是对于故乡的描摹与怀恋。作家们习惯将自我的情感投射于涌动的少年时代，不断地呈现出对于时代的挣扎与想象。在这些地理概念的挣扎与思索之中，实际上，所谓的"怀旧"已然超越了对一个地理位置的怀想，正相反，这是一种对于现代时间概念以及历史和进步的时间概念的叛逆，它意味着某种集体的童话，是对于人类境遇的不断重复和个体缅怀。

我们今天所讨论的地理蓝图下的情感安放，实际上并非仅仅是对时代的怀想，而更多的是一种创作性的精神，是一种对于不可逆转的时间裂谷的隐秘重建。在怀想中不可避免的虚构，能够有效地在断裂的历史中延续无数的缺口，从而令历史的梦幻形成某种重要的价值，在宏观上提出梦幻的注解。

很显然，当作家对童年的回归进行模仿和试探时，小说就进入了某种驯服的实验性跨度书写中，在这类以地理位置为中心，将人物放置于其中不断书写和探讨的作品中，事件经历了一定的跨度，使得人物主体能够从中抽离，重新地以第三视野来观测过往，在这种脱离与抽身之中，小说实现了真实的对于人的创造和领悟。

事实上，这也必须与人类的记忆同时加以探讨和书写。在我们所习惯的记忆模块中，小说在空间观念上脱离了空间的想象。空间观念中，我们离得越远，怀念的就越小，但在时间观念中，距离越远，怀念的就越深。因此，故乡和历史也就在此完成了奇妙的错觉媾和，从而在全然新鲜的机制之下开辟出流动的生成。

"蛋镇"在小说中，始终都以一个文学蓝图的意象而存在，朱山坡实际上也从来不避讳这一意象实际上与他的家乡小镇相关。因此，在朱山坡的笔下，我们能够看到，这座小镇潮湿、封闭、孤独，但同时也善良、温厚，有着天真且极为鲜活的一面。

在《蛋镇电影院》中，小说构建出了细致且多方位的审美视角，渴望离开蛋镇去美国的胖子、美到能够吸引到所有人的凰、执意要在电影院里生下三个孩子的女人旺兰。这些角色生机勃勃、鲜活淋漓，但同时，也暗含着某种特殊的象征和隐喻，以一种扁平的姿态，呈现出了某种极为鲜明的视角呈现。

实际上，蛋镇和电影院这两个意象都极其具备被书写的价值。从蛋镇来谈，一个阴郁且孤独的南方小城形象，从这部短篇小说集的第一篇就显现出来，女孩"凰"貌美且冷寂，执着地等待着一个她认为的不属于这座小镇的男人。在她终于等到了来人之后，很显然，首先感到愤怒的就是蛋镇中的男人们。然而，需要明确的是，即使小说对于此的书写是关于男人们对于外来者夺走了女孩"凰"的嫉妒，但实际上，我们仍然能够看出，这反映的

　　　　　　　　　　　寄寓的诗性与想象的超越　|

是在独特的精神立场之下，小镇中的人们在自我建构的同时对于外来大背景的排斥与反抗。在这种半真空状况的摹写中，我们能够感受到在浮躁现实之下小环境内虚构的情感恐慌与情绪茫然。

另外，电影院也带有强烈的艺术色彩。首先，电影院原本就是一个商业与艺术结合的场地，电影作为第七艺术，相较于文学等，需要更多的商业支持和综合建构，更加面向大众，同时也不会有过高的门槛。在这种实践之下，电影院成为精神匮乏时期的唯一支柱，同时也带有普及艺术思想等的力量，存在于历史的缝隙之中。

不仅如此，乡镇中的电影院实际上展示的是时代情绪下人物的波澜与觉醒，小说所流露的也是一种对于人物情绪的基本探究。在这样的电影院中，人物统统被归置到了若即若离的生活痕迹之中，怅然而悲哀的弥漫书写之下，小说巧妙地切割开了人物的精神世界与外在世界，在这种真实迷惘中，我们所能够窥探到的是长久压抑下的隐晦伤痛。当小说将场景搭建在了压抑时代下的开放空间中时，我们就瞥见了看似鲜亮的外壳之下，那层阴郁且灰蒙蒙的内核色调。

事实上，朱山坡擅长在他的小说中不断重构日常的生活碎片，因此，他所进行的一种对生活和文学的分离，实际上是在自我的回溯中不断将属于《蛋镇电影院》的文学宇宙扩充和构建。在这种模糊的脱离之中，小说既显露了内在者的迷茫与混乱，同时也暗含了粗糙时代背景下群像的奔逃与挣扎，显现出绝对真实的自我解构。

二、时间载体中的情绪转变

在《蛋镇电影院》中，我们能窥探到的是某种对于死寂绝境的展示。当然，蛋镇并不算是真正的绝境，但不得不承认的是，在这一地理图景中的人们，大部分都被剥夺或是说剔除了私人的属性，小说所形成的就是一种对于孤岛的驱逐书写，从而使得整部小说形成了某种诗意的纯粹和虚无。

我们能够感受到的是，在小说中，电影院以及电影本身，不仅包含了它所带有的艺术力量，更带有神秘的咒语般的魔力，这种魔力隐匿在了画面之间，形成了觉醒的氛围下的杂糅。小说《全世界都给我闭嘴》中，结尾的一段所显露的就是这样一种神秘的魔力。

然而，出乎意料的是，我们所有的预想都没有出现。第二天晚上，当我们早早走进电影院时，发现空荡荡的前排已经端坐着两个人。他们紧挨着，亲密无间，像兄弟一样，肩并肩地坐在一起，耐心地等待电影的开始。

走近仔细一看，果然是袁聋子和荣春天。

小说所书写的故事秉持了小说集的一贯风格，无厘头的形象表意、诗意且戏谑的惯常表达，袁更凯和荣春天打起来的一幕可笑又合理，但实际上，他们背后所代表的战争仍然具备寓言式的显形性质，在电影院这样催眠般的氛围之中，人物的异乎寻常变得有迹可循，现实的抽离也显得极为荒诞。

当小说的最后，荣春天和袁聋子亲密无间地坐在一起时，小说所宣泄的就是混乱与虚无之下人物的实体抵抗。电影院所营造的氛围之中，人物被直接地框束在了情绪的白日梦剧场之中，这种狂欢的、抽离了现实的氛围遮罩住了所有真实以及理性的边角，人物也就不得不在真实的虚幻之中挣扎他们所带有的宿命

　　　　　　　寄寓的诗性与想象的超越　｜

效应。

我们的阅读同样也带有对这种氛围的对接，在前文中提到，小说始终都站在了日常生活的书写之下，赋予了生命新的密度，但事实上，我们所阅读的规程却是对于自我生命戏剧性氛围的体验。万物在虚空之中传递飘移，虚空则在固有的时空之中打开便捷，形成全然新颖的氛围重构，这是朱山坡在其小说中重新书写的生命形式，在这样的超越以及转变之下，小说的经验具备了不可复制的独特性，也就形成了变形的讲述功能。

在十七个故事的书写中，这些讲述彼此连贯却又各自独立且断裂，我们能够在异想天开的诸多事件中挖掘到《蛋镇电影院》的起点，同时，也能够在细枝末节的想象之中寻找并转移到连续性的生命存在。大众媒体的兴起之后，电影成为情绪氛围塑造的主体，但在《蛋镇电影院》中，我们仍然看到了经验的可传递性，以及近乎抽丝剥茧式的回溯与找寻。在这些重塑之中，我们窥探到空间虚构后一切的讲述可能，也就完成了对于真理的向往。

《蛋镇电影院》中的人物，我们很难为其找到某种主题的同一性，如果硬要给他们找到一个跌宕的主线的话，或许应该以"逃离"为核心。在这种偏离主题的琐碎之中，小说所形成的是一种偶然转折的故事向度，人物大多琐碎且戏谑，因而，这种毫无头绪般的孤独和内心世界才能显得格外独特，能够在看似一成不变的生活中闪烁出光芒。

或许，我们可以将《蛋镇电影院》看作是朱山坡给自己做的一场巨大梦境，这场梦境怪诞至极但却也具有极为真实的力量，无边无际的发散之下，小说所隔绝的是一种对于当前事件的清醒认知。作者抛除了一览无遗的初始意志，转而以一种梦态的混沌启动了对于意象的抽象重构，也就将生命想象封闭在了形式的经验之中，掩盖了人世间的悲惨境遇，形成更为神秘且自由的维度和流域，得以成为抵抗现实的乌托邦空间。

三、日常生活黏合之下的欲望想象

在小说的地理空间意象中，我们能够窥探到的是对于日常生活的反复惦念和思考，事实上，《蛋镇电影院》所持续展示的都是一种对于人生答案的开拓和倾听。朱山坡试图在他的作品中展示欲望的想象，以期待读者能够在这种欲望的书写模式中抽取属于自己的生命主张。

事实上，我们在小说之中能够看到的是对于自身的独有的注解，故事帮助我们承受对于生命的警惕，同时，也可以想象更为真实的未来。存在于这其中的文本感知是画面式的事件想象。很显然，这也是我们对于精神，乃至生活实践的向度模仿。

从某种程度上来说，我们或许可以把《蛋镇电影院》当作是对于日常生活的寓言模仿，在这种寓言式的磨合之中，小说所形成的是更具揭示性的未来想象，并且作为了被吸引的力量，提供了对于人物行动力独特的塑形。在文本之中，我们看到，其中的人物大部分都是封闭的、分离的。一方面，小说所书写的形态是极为日常化和琐碎的；但另一方面，我们也能够感受到，这些人物实际上是在阅读经验之外，独立于蛋镇这一形态，并且形成了精神与情感在寓言形式内的演变。在掌控这种动态的体验之前，我们需要不断地改变对于书写主体的认知，也就是在文学的行动之中把日常生活的欲望放置到流动的模式之中，将之实施于全然不同的生活姿态之中。

事实上，我们必须将这类寓言的窥探看作是对于日常生活的重新塑造，这涉及了我们在生命中所能够感知到的有效欲望，这些痕迹共同编织和塑造了我们日常的生活和处境，也就改变了我们的存在意象与感知形式。很显然，尖锐的外壳与放空的内部之下，小说撕碎了旧有的叙事教条，转而形成了全新的氛围运动，表达了强烈且真实的情感属性。

当然，需要明确的是，小说集《蛋镇电影院》并不是一种全然纯意象的书写，它所采取的是一种类似于拼图解码的形式，将模态之间的自由穿梭尝试着纳入到生活之中，转而营造出时间的隐秘目的。这也就展示出了客观性时空之下本身所隐含的欲望增补，日常的生活欲望将生活的主体变为虚无，而庸俗的世界之中，任何信号的延迟与叠加都带有了渗透的感应价值。

在小说《胖子，去吧，把美国吃穷》中，作者就显现出了一种对于日常生活欲望的想象和寓言式的书写。小说中的人物——胖子章，从始至终都是一个扁平却尖锐的角色，展示着他对于美国的好奇，以及孜孜以求的追随。事实上，以一个正常人的眼光来看，这种追随可以说是痴心妄想。更别提胖子章为了去往美国所做出的努力。

在小说中，他不断地做出一些匪夷所思到无厘头的事情，来追求他的美国梦：他送人自己画的美钞，在美钞上甚至有毛主席的画像；他种植橄榄树维护中美和平；甚至要祈求老道士超度自己，以求灵魂进入美国的上空。

在故事的最后，他杳无音讯，消失在众人的视野中，而在老道士以及胖子章的母亲眼里，他飘荡在太平洋的上空。一直到又一次老道士气势如虹的法事过后，他才"顺利抵达美国"。而到小说的最后，在众人眼中的胖子章的归宿显得那样荒诞又奇特。人们把电影中一闪而过的观众角色看作是胖子章抵达美国的证据。小说中的叙事证据不再是一个文学与本源的关系，更多的，实际上是对于想象空间的一个全新的报告。

在小说中，胖子章的归宿即便荒诞不经，但却仍然具备被书写的价值，读者甚至会跟随着众人的感受，从最初的不屑和嘲讽，到最后，真心实意地希望胖子章能够抵达美国。在这种想象空间的重新组合和创造之下，小说重新形成了一个独特的叙述事件，在这样的空间开启中完成了真实而强大的无限感。很显然，小说所希望完成的是一种对于所有主体性的全然抽离，在这些被消解的弥漫之中，小说完成了对寓意性的诠释，话语成为真正独立的艺术，人作为欲望本身的主体性也流向存在，在最大限度的冒险中抵达阅读者所能够感受到的个体变革。

四、从容叙事中的群像悲悯

我们需要认清的是，即便在小说集《蛋镇电影院》中，作者始终在以一种戏谑的寓言姿态讲述故事，但事实上，小说中的十七个故事始终都带有强烈的宿命感和悲剧感。由于二元对抗的宿命无从更改也不可避免，因此，小说不得不催动了全然隔膜的投射，来重新聚焦对于群像的书写。

在小说中，我们常常能够感受到朱山坡对于其笔下人物的悲悯情怀。在他的笔下，人物不仅具备了不可探知性，更在强烈的未知感中阐释出了高能量的毁灭因素。小说在单一空间的极限境况之下提出了黑色的反讽与悖论书写，也从而在这种理性的摧毁之中展露出对于人性的想象。事实上，小说所能够展露出的就是一种对于艺术个体的定义和消亡，在《蛋镇电影院》中存在着的人们，渴望美、渴望理解、渴望神秘，但值得悲悯的是，他们被剥夺了丰富的意象，只能被异化为需要救赎的悲剧。

我们在小说中所肯定的诗歌意象乃至绝境救赎也正在于此，小说实际上书写了多重的虚无与绝望，冷峻从容的叙事之中，蛋镇上生活的人们孤独且绝望、迷惘又失落，但也正是在这些幽暗

寄寓的诗性与想象的超越 |

的状况中，我们窥探到小说对于所谓"旧梦"的书写，这种旧梦的迷恋又通过人们对于电影院的痴迷来加以展现。

因此，在谈论朱山坡对于蛋镇中人物的群像悲悯时，或许我们可以将这种悲悯换言之，讲述为作者对于群像的救赎，救赎，意味着知识向思想的转变。想象是事实的救赎，人们不随着个体的死亡而消弭掉救赎的可能，同时，也不断地在绝境的肯定中尝试相反的精神建设，从而在最接近艺术本身的震颤中完成对于绝境救赎的书写。

我们如何思考世界和讲述世界成为《蛋镇电影院》所不断书写的命题，在人类文明不断传播同时也飞速变化、飞速消亡的过程中，世界如何依照老旧的叙述形式来讲述新的童话，这是我们今天所需要思考的问题。就文学而言，我们始终在阅读中观测着人物的内心和生活，也正是因此，我们能够在复杂力量的追逐之下体验个人的内心命运。当世界外化为一个孤独且死寂的空间时，电影存留为了这一空间之下的不可理喻，也就是所有荒诞与想象的来源，为情感的生产和调整提供了纯粹的疯狂裂隙。

在《蛋镇电影院》中，我们随处可见人们对于电影的疯狂，《大产房》中的旺兰，执意要在电影院中生下一个又一个孩子；《深山来客》中的鹿山人和妻子，在台风来临之际，仍然要不顾一切前往电影院；《先前的诺言》中的长毛小子和弟弟，在父亲去世之后，抱着"爸爸攒下的钱是给我们看电影的"的想法，兴冲冲地走进电影院。

在这些故事中，电影把灵魂和肉身连接到了一起，即便他们所看的电影大部分时候都代表着大众文化、代表着原始的艺术追求，但小说仍然满足了这种刺激，在复杂的分裂中完成了一种对于感知的原则性体验。在阅读小说时，我们很容易感知到某种对于影像的摇曳不定。很显然，在对"蛋镇电影院"的阅读过程中，我们依然脱离了对于现实的注解，转而试图宣判电影中的虚幻影响，来完成对个人鲜明观点立场的表达。

很显然，小说并不试图书写痛苦，我们仍然能够感受到作者对于生命的敬畏和敏感，但值得思考的是，人们对于实体和影像之间的彻底颠倒，以及人物在电影院中近乎破碎混乱的意象形态，都展露出某种已知象征属性之下的积极体验。在这些鲜活却又虚妄的影像中，小说所完成的是一种混沌而汹涌的救赎。人物在那些并不可靠的见证下来过渡小说中人物的独特性，共同编织成为被救赎的个体，并且，在这些无意识的组织之中，成为独立于其他人的小部分，颠覆了静默所触及的影像文本。撇开电影的缠绕以及故事的逻辑本身，我们能够看到的是，作者对于世界的深刻思考：那就是，无论个体的境遇如何，我们永远需要对于自我的界限以及时空的盲限性做出分割，进退在同一之中时，人物才能过渡到真实的镜像，在作家的创作中找到痛感并追寻生命的本源。

发表于《文学教育》2021 年第 8 期

时光之下的唤醒与沉没

——论于怀岸小说中的生命困境

摘要：作为一名成熟的作家，于怀岸在他的小说写作中已然开始试图承载自己作为创作者的责任感。一方面，他仍然坚持着他的文学特质，不断地对生命本身的热忱和自由来进行感知和思考；但另一方面，他也开启了哲学的探索，在真理的预设下负载对于哲学观念的贯彻，唤醒对于生命的塑造与救赎。他不屈从于任何对于生命的阉割，并借助死亡困境的阐释，在黑暗之下重新超越了生命的主体，塑造出理想价值下的全新解读。本文就将以于怀岸的几篇小说为例，在其多元的创作实践下挖掘他在生命叙事上的整体融贯。

关键词：重复叙事　生命困境　死亡诗学　人文传承

当前我们所生活的世界，是多重空间的混杂。由于互联网的介入，人们在主流空间之外还能够实现对其他空间的全新配置，现实与虚拟的反复跳跃之下，人类与环境的关系更为复杂。一方面，虚拟空间打破了环境的实在之感；但另一方面，人们又能够在这种交叉空间中获得真实的感官回馈，并且带来重组时间的体验以及边界跨越。

于怀岸在其小说中就塑造了这样一种真实与虚拟的混杂，在他的小说中，真实与虚拟的二元对立被否定了，转而实现的是一种混合的循环体系，人类成为书写的主题，在一个物质与信息共通的虚实结合之下，持续不断地建构并且重建自己的边界。

在于怀岸的小说中，故事大多发生在小镇甚至是乡村中，人物在隐秘的时间循环中勾勒出了独特的命运象征，死亡叙事与时间循环在个人视觉上形成了某种恒定的思想特征。在人生的不同阶段，于怀岸书写了不同人物对于死亡的思索以及困惑，在这样的困境之下有效地聚合了情感本质，也激荡出独特的美学色彩。

一、循环叙事下的焦虑笼罩

在小说的叙述形式中，重复性叙事始终是小说叙事形式以及表现手段中常见的一种。作家们借助这种对于语言的玩味以及自我放逐式的阐释来完成对于小说意义的固定。在这种重复之下，小说原本的情节讲述具有了某种离心的力量，使得读者能够在这种重复性的讲述中重新创造作为他人的经验，这种想象性的力量才能使个体变为更加有生机的存在。

而在于怀岸的小说中，我们也常常能够窥探到这种想象性重复的存在，在小说的写作中，他显然意识到了自我的根基无限沉降，因而转用重复的叙事手段，令自身独一无二的阐释去参与到更伟大的整体、在自我之外的某处深不可测之中找寻到新我的途径。

在于怀岸的小说中，他不断地在客观性进程的重复中来书写自我的终极目的，他所寻求的意义是在伪装之中接近欲望的主题，并且在这些意义之中来体验过往世界中的喧哗与流动。他的小说大多发生在乡镇甚至农村之中，这样一种带有原始野性的空间，具备了精神性的艺术力量，小说也能够在生活的表象之下挖掘出真理本质。

　　　　　　　　　　寄寓的诗性与想象的超越　|

实际上，人们的认知不应该囿限于小我固化、强化的自循环，认知也能够以自我延伸的方式发生，即在遥远和陌生的事物中去发现自我的新配置。只有将自我之根尽力拉伸直至拉到将断未断之时，才能一睹奇异妙美的景致。

从小说《你为什么结婚》①来看，小说使余朋宴这一女性角色在持续不断的推拉乃至生活重复之中实现了模糊的流动感。余朋宴所展露的是一种对于生活机械性的反抗。在她的生活中，她经历了种种自我的纠葛。她的婚姻也如是，在小说中，作者讲述了几次循环，她和丈夫周广斌的每一次推拉，实际上都暗含着谎言和骗局，但当真相抵达到了某一个程度时，这一部分真相就转而形成了某种完全的事实，更抵消了其作为骗局的本质。因此，没有一个循环是孤立的，小说就在这种循环与人物交融中十分明显地转换出了任务的彼此平衡的思考，发挥出美学价值中弥散的张力。

她的婚姻乃至生活方式是一次又一次的重复和自我解脱，她试图从经验角色的负担中摆脱出来，但却不可避免地在反叛的转型之中被制服，她所经历的是一个女性在当代社会中的挣扎和解体。小说也沿用了某种循环的讲述，来将这种隐藏的痛苦来加以怀想。

余朋宴是一个认识到了生活之美，同时也有着一定的自我意识的觉醒，但在生活的摧残以及自我的摇摆之下，她仍然陷入了自我的颓唐。面对着周广斌近乎诱奸的入侵，她在强装镇定之下，误入了婚姻，又进入了现实的反叛之中。在她的婚姻生活里，她原本不想嫁给周广斌，但在彼此的推拉以及周遭生活的挤压之下，她进入到了这样一段从一开始就是错误的婚姻中。小说

---

① 于怀岸：《你为什么结婚》，《青年作家》2018 年第 9 期。

中将她的惨淡婚姻进行了非常直观的刻画，她与周广斌，兜兜转转，从一开始的周广斌下套和余朋宴结婚，到余朋宴不肯放手。当小说的最后，两人终于分开，而余朋宴再婚看似找到了一个好的对象，只是面对那个痴呆的儿子小正，即便余朋宴从未流露过，但仍然在最后："双眼雾蒙蒙的、空洞、呆滞"。她的再婚对象赵文远抚过她的脸颊，语气轻柔："等我们有了孩子，就叫小正吧。"

很显然，小说在此完成了一种深度的循环，隐藏在了可感的场所之中，实现了对于自我境遇的逆转和循环反叛。事实上，小说所呈现的是一种对于物质事件的情绪转换，克服了凝视的障碍，并且将事件变为了可感的情绪，发挥出重要的仪式功能。循环性叙事打破了原本封闭单一的小说叙事讲述，在无限循环的悖论情境中，小说能够不断地吸纳到纯粹的情感，并且提供多层级的离散式阅读体验。

在于怀岸的小说中，这种对于陈述内容的迂回和陈述能够呈现为一种循环的谜底，作者试图在主体的消解中讲述逻辑缠绕，并且对自我的界域和时域的局限性做出了良好的揭露：无论个体的境遇如何，自我的功能需要总是会与相应的配置形成较大的际差，也就形成了致命的冲突，颠覆了意识性的储备。

二、死亡书写建构冲突衰败

在于怀岸的小说中，死亡一直是极为经典的命题建构，无论是虚构死亡还是真实的死亡叙事，他在自己的小说中都呈现出一种向死而生的别样故事内核。从某种程度上来说，于怀岸所书写的死亡并不是生命意象的终极毁灭，而是在虚构的探索之下深入到人性之中，完成某种对于哲学深度的推进。

在这样的文学图景中，小说所呈现的向死而生，都形成了某种特殊的虚构死亡的叙事方式，这种死亡叙事所开启的并不是对于死亡的恐怖和万物寂灭的逼仄，而是在灵魂的尽头之处，书写坚韧生命的美感。

事实上，我们可以将于怀岸的死亡书写看作是一种对于日常生活的艺术化呈现，在死亡的视角之下，小说通过种种娴熟的笔墨来对故事进行打磨和重建，能够有效地在间离的效果之下呈现出复杂的人生况味。无论是他对于死亡美学的追溯，抑或是在死亡阴影之下所建构的人性冲突，都呈现出多种复调的叙事效果。

在小说《合木》[1]中，从始至终，"我"的故事都与死亡有关，作为一个"合木师傅"，也就是给人做棺材的人，"我"经历了一场又一场的死亡，也从芸芸众生的死亡绝境之下，叙述了当人抵达虚无之后，人类在灵魂深处的想象与规则。事实上，"我"的角色是一个在死亡与生命之间不断徘徊的人，作为离死亡最接近的人，他受人尊敬，却也被人拒绝靠近。在此，死亡是一个至高无上却也恐怖如斯的秘密，在这样持续性的状态中，人物被割裂成为悲凉且备受摧残的生命主体，只能不断地在生命的限度中联结日常生活的哲学。

或许是第一人称的叙事视角加持，《合木》显现出一种顺畅却碎片化的叙事模式，以合木为线索，小说收束成为一种关于阴阳两界的代际延续，虚实结合之下，小说以死亡作为勾连点，完成了结构上的内外建构。

而在小说《一切美好的事物皆应永存不朽》[2]中，小说以一场凶杀案开头，显然是极其现实主义的笔调，但到小说的结尾，故事却呈现出一种全然不同的浪漫主义乃至现实魔幻的书写，呈

---

[1] 于怀岸：《合木》，《江南》2018 年第 4 期。

[2] 于怀岸：《一切美好的事物皆应永存不朽》，《长城》2020 年第 2 期。

现出某种摄人心魄的美感。面对女孩的死亡、女孩的尸体，老彭在一片静谧之中窥探着这样的美感，他不想检查少女的伤口，更不想破坏这种美感，事实上，他被这一具裸体所打动了，少女的死亡陡然成为某种自由与永恒的象征。在最后，老彭向上面传递了拉绳索的信号，他幻想着少女身上的血肉在冰层之中永不腐烂，更幻想着她的躯体融入到每一粒沙子之中，消亡成为永恒的美。

在此，小说实现了美学形式上的迈进，小说超越了现实的人性，转而直接指向对于人性的探索。在小说中，显然，老彭并不是一个日常中对美的追求者，但在死亡的绝境面前，他仍然爆发出了对于虚幻美感的追求和神圣敬畏。少女的尸体在此成为柔软姿态下的生命力抗争，即便是死亡，也呈现出了一种绝美的生命力和自由的光明精神。

那具绝美的裸尸最终会归于尘土，这样的情节很容易令人想到《红楼梦》中黛玉葬花的一段，"质本洁来还洁去"的灿烂意志所穿越的是死亡世界的虚拟，也完成了对现实主义的超越和生存意志想象。

很显然，死亡是每个人都不可逃避的，在奔向生命终点的路途中，人们所选择的道路是全然不同的，但小说仍然呈现出了一种全新的思考以及深度的洞悉。当人在无牵无挂的绝望中奔向死亡，小说自然也就呈现出了人类丰富的本质，也阐述了更为灿烂的生之意志。于怀岸在他的作品中建构了广阔的死亡诗学思索，在死亡这一非常态的情境之下，于怀岸完成了对于美学乃至哲理的探索，突破了旧有的思维方式，在无经验的状况中实现了对于生存意志的推进。

当表达或压制死亡冲动耗尽了你的生命，主体在自我创建的空虚感中维护自己普罗米修斯式的意志。这种空虚感将意志本身的行动化作乌有。在征服周边世界时，意志废黜了对它自己行为的所有约束；而在同样的行动中，也破坏了自己英雄般的规划。当一切都得到允许，没有什么还会有价值。

从这种结构来谈，小说所呈现的是一种绝对的残忍，同时也是一种最为集中的美学意象，黑暗的死亡意象显现出情感脉搏的膨胀。无论是《合木》中芸芸众生世事沧桑，在立体人性中展露出柔弱生命的悲喜与共，还是《一切美好的事物皆应永存不朽》中面对美好胴体的由衷虔诚，绝境之中人性真正的美好与纯善，建构起了对于脉脉温情的把控与悲悯。

三、生命困境中的自我排斥

值得思考的是，在死亡叙事以及时间循环之外，于怀岸在他的作品中也提出了对于生命困境的阐释，在个体的虚妄之下，他试图书写一种关于人的伟大自由幻想，包含了对于自我所囤积的悲喜剧观念，也由此宣告了人们所排斥的自我。

事实上，他所书写的现代困境也不断地通过人物的自我排斥乃至空虚的冲动来加以显现。从某种程度上来说，这种困境关乎于选择，小说也就通过诸多生存命运下的隐喻来指控人们在困境之下的自我排斥以及不自由的困苦。

因此在于怀岸的小说中，虚构与真实、文本与现实提供了一种越界般的叙述手法，打破了原本单一的讲述模式，在类似庄周梦蝶的审美感应之中，剔除了多余的人性翻滚，紧接着就在想象之下实现了对自我人生困境的建构和拓展。

从小说《余生漫长》[①]来谈，小说所讲述的是一个叫作李有

---

① 于怀岸：《余生漫长》，《青年作家》2020 年第 8 期。

然的男人，无父无母、无儿无女，孑然一身。他的生活始终在不断地找寻，他多次入狱，而出狱之后，他又为了找到自己的儿子，终其一生都在路上，相伴而生的，是他一次又一次地被生活所打败，找不到儿子，也失去了自己的妻子，面对妻子之后的归来，他又无法让自己全然放弃。

正是在这样一种裹挟着痛哭的找寻之中，小说实现了一种关于生命困境的断裂式排斥，人物的命运仿佛被割裂开，在世界的遭际之中不断翻滚打旋，坠落到底。自由精神在任何时候都完全相信自身参与的实践：它们知道，至少在那时，若无这些信念就无法生存；但它们也知道，他人若抱有同样的信念就无法生存。

小说在对他的阐释之中加入了诸多魔幻的色彩，李有然的人生也可以看作是一幕现实魔幻的悲喜剧，在个人的虚构故事上，小说通过对于逻辑矛盾的挣脱，来消除自身在生命困境中的挣扎和痛苦，也书写了真实的自我障碍。不仅如此，小说还利用一种近乎语焉不详的姿态来阐述了生命困境的普遍性。事实上，当作家们精确、认真、恰当地表达自己的思想，其文字就显得愈加晦涩难懂，因为他们希冀于得到全然精确的反馈，但值得思考的是，无论措辞多么严谨纯粹，结果都会造成一种真空。

与之相反的是，随波逐流而来的浅俗道理被认为是接地气的标志，当人们在作品之中窥探到自己想要的表达时，自然也就能够接受边际的含混和重叠，这种精确是一种聚焦而非定焦，能够有效地凝视到全局之中。含糊的表达允许听者去想象任何适合自己的东西，以及他已经想到的东西；而严格的说法需要明确的理解和概念上的努力，人们故意排斥这种理解和努力。只有他们不需要理解的东西，才认为是可以理解的。

这也可以解释在小说《余生漫长》之中所语焉不详的状态，作者从始至终都没有对李有然的多次入狱经历进行多么细致的描绘，这种"粗枝大叶"的讲述也同样显示在了对于他整个人生的描述之中。无论是儿子的去向，还是李有然自身的心理状况等，小说都以一种自我排斥的姿态进行了模糊的阐释，近乎幻觉的始终找寻之下，小说呈现出一种自由的信念感，也反映出了绵延的自我突围。在这些隐喻的投射通道之中，小说承载起了解放的自由的意义象征，在李有然数十年如一日的找寻之中，小说能够在日常的不确定性中提出一种始料不及的参照和奔逸。

或许在于怀岸的思考之中，李有然的生活本身，就是一种对于自我人生的突围，在小说的最后，李有然找寻一生的儿子仍然没能找到，但那头牛却形成了隐秘的循环叙事。而当他死后，下葬之前，他找了一辈子的亲生儿子却来到了灵堂前，甚至，这个儿子在寻找自己的母亲。自此，小说也就形成了某种回环的宿命论点，突围了专属的伦理范畴，形成了自我表达之后的异常逃逸。当父子二人的彼此找寻乃至生命找寻承载了不可预知的隐喻，由此，理想的达成因此也超越了理想。求真意志非但不排斥幻觉，甚至就蕴含在幻觉的生成之中、绵延之中、替换之中。小说中的他们始终不服从于宿命，而是服从于斗争的自己，也始终坚持多种的边际之中找寻被排斥的自我。

四、形式到哲学转变的自由格局思考

在前文中我提到了于怀岸对于死亡命题的追求和讲述，而从另一种层面来说，于怀岸对于人性的书写也同样尖锐，在他的小说中，我们能够窥探到人物的鲜活属性：他们的意志是有所欲求的，旧的欲求一旦满足，便会追求新的，永无休止。实际上，人的快乐和顺遂，仅存在于从欲求到满足，再到产生新欲求的过程中，而这一过程持续时间很短。得不到满足便会痛苦，寻不着新的欲求便会倦怠，便会无聊。

在他的思考之中，世界更加彻底地成为哲学的冒险思考，人们能够与纯粹的感觉相分离，形成思想和记忆、思想和认知的现实平衡。当一个人能够看穿世界的某一单薄属性之时，他也就具有了对生活的反叛。在于怀岸的小说中，所阐述的就是这样一种迷失与和找寻，乃至人物在自由意志之下的真理引入。

黑格尔在《美学》里有一个著名论断：（文学）人物是创造自我的自由艺术家。这个论断里有两个要点：第一，人物的"自我"是创造（请注意，不是塑造，更不是再现）出来的。第二，这个人物拥有能够逃脱创造者之控制的自由。[①]

很显然，在于怀岸的小说中，我们常常能窥探到这种离散感和自由感，于怀岸近乎放任地任凭他笔下的人物不断地自我突围，同时，在这样一种自我创作中摆脱固有的经验叙事，完成了对于文学人物的标志叠加。在这几部作品中，人们不断地谈论着绝望、孤独，乃至特殊且悲惨的生命个体，无论是如同《你为什么结婚》中只是经历微小生活挫折的余朋宴，还是在《余生漫长》中漫长一生都在寻找和对抗的李有然，都表现出了一种对于生命本身的抗争和愉悦。

人们通常认为，没有比按照我们自己选择的方式过日子更重要的事情了。这不是因为我们比先辈更珍视自由，而是因为我们已经认定，良好的生活就是被我们自己选择的生活。然而，"生活可以选择"这一理想，与我如何生活这一事实并不协调。我们并非自己生活的原创者，甚至连烙印般事件的合作者都谈不上。

正如小说《合木》中的"我"，从始至终，"我"的选择都并非是自己想要的，但却在一次又一次合木中走向了生命的尽头，

---

① ［德］黑格尔：《美学》（第 3 卷）（下），朱光潜译，商务印书馆 1981 年。

尽管这种生活并非由自我选中，但却在他的生命中解构出先行的乌托邦。而《一切美好的事物皆应永存不朽》亦然，在老彭的选择之下，他所坚持的是一种美学的驱动，也就此实现了创造性的意志找寻。

在生活中几乎所有重要的事情都不是我们自己选择的结果。出生的时空、父母、母语，这些都是凭借机遇而非选择。正是事物的随机性塑造了我们生活中最决定命运的关系。因此个人的自主性是我们想象出来的东西，不是我们的生活方式。我们被投掷到一段时空之内，其中的一切都是已被规定好的。新技术每天都在改变我们的生活，但我们很少能知道未来将给我们带来什么。对选择的崇拜反映出我们不得不在生活中穷于应付的窘境。我们只能如此，这是我们不自由的标志。选择已经成为一种迷恋，但这种迷恋恰恰意味着它不是被选中的。

也正是因为这种无法选择，于怀岸的小说能够有效地结构理性的思考，转而以差异性的时间脉络来讲述可悲的现实沉没。不难看出，在于怀岸的作品中，他坚持认为没有一种永久的、同样的物质能充斥世界，正相反，我们今天所坚持唤醒的世界实际上是力量和关系相互对抗的源泉。每个个体都有让它存在下去的意志。现实由成千上万相互缠绕成网、彼此叠加的个体意志组成。其中的一些精巧生动，另一些则怠惰认命。在这样的世界里，许多至今尚不可思议的事情成为可能，而各种个体间的界限则是虚妄的。

无论是对于乡村叙事的关注，抑或是于怀岸在死亡叙事中所表现出的持久性和迷恋感，都阐述了其对于死亡叙事的理解和想象，小说也常常借助不同人物之口，不断地阐明作者对于死亡的思索与体悟。另外，死亡并不像某些小说一样发展成为亡灵叙事或是死亡主体的注解，而是转而成为一种持续性的自我见证，令人得以在死亡的阴影中思索生活的真实状况，凸显更为真实唯美的人性魅力。

发表于《文学教育》2021 年第 10 期

荒诞下的安宁

——浅谈王手小说集《飞翔的骡子》

　　第一次读王手的小说是在《收获》上读到《第三只手》，他的文字让我充满了期待。王手的小说极具荒诞意味，还带着一些黑色幽默，但这种荒诞不是我们通常认为的西方荒诞派文学《等待戈多》《秃头歌女》和黑色幽默诸如《第二十二条军规》中的那种反叙述结构，而是与真实世界相交织的对常规叙述和寻常生活的一种解构。在多个文本中，王手都表现了"封建迷信"这一主题，但是他在叙述时对它的态度，既不完全相信，也不批判，反而是带有一种旁观的、有点畏惧和尊敬的神秘色彩。《西门之死》中讲述到了《圣经》的故事，《手工或间谍》中的妻子迷信属相，《为一位不知名的老人送行》更是全文都是围绕这种迷信而展开的，为了给儿子抵挡灾祸，李凤娇和郭子仪找了一位"亲爷"。这种荒诞，离我们的现实生活似乎很远，但又好像很近，这恰恰是王手把握叙述节奏的一个妙处所在。他讲到的迷信故事、黑社会故事、与古代历史人物重名的人物，都让我们对它的小说世界感到奇特，有一种特质的效果。这种荒诞与真实交织的陌生化效果是如何达到的？在我看来，王手主要依靠不露痕迹的讽刺和看似荒诞而实际又合乎小说世界情理的叙述情节。《照片》使人联想到鲁迅的《聪明人和傻子和奴才》，虽然两个作品并不能一一对应，但是却存在着一定的相似性。根据叙述，倪莉莉是聪明人，柳絮儿是闹笑话的傻子，但是倪莉莉好像又是一个什么都算计得透的"精明人"，柳絮儿只是一个有些笨呆的老实人，两人在结尾的反转如同鲁迅的讽刺一样精巧。另一个很具有讽刺性的小说是《飞翔的骡子》，老板与其他有钱人不一样，他愿意出钱建造佛殿，但是老板内心却无丝毫佛家的怜悯之心，只有自己的"好"与"利"，骡子于佛家是生灵，于老板是生意，反而是叙述者"我"这个开头一心想赚外快的人，在老骡跳崖和走访茶马古道后，心灵得到了净化一般更贴近佛了。作家笔下的讽刺写得不声不响，丝毫没有犀利尖刻的意味，更像是怜悯与嘲弄。在作者的讽刺和荒诞笔法中，故事的情节总是走向法国结构主义批评家克劳德·布雷蒙所言"可能性的非实现"这一结果，也就是说，情节走向的不是故事的完结，反而是触及人性的表达升华。

在《飞翔的骡子》中，王手在叙述故事时，采用的多是内聚焦叙述和少量零聚焦叙述，而内聚焦叙述视角中，主要采用的是第一人称叙述。而他塑造的人物，往往是平凡的小人物，有着琐屑的日常生活和命运挣扎，让人联想到80年代新写实小说的写作，即使是一般"黑社会"里的角色，也是安分守己，追求自己一方安宁的人物，没有血雨腥风的场面描写和人物苦大仇深的命运冲突。人物的身份往往是工厂的职工，如"我"（《手工或间谍》）、李龙大（《软肋》）、乌钢（《双莲桥》），庸常的人物却总是有着奇特的命运遭际，比如擅长做手工的"我"总将自己的长处与间谍工作联系起来，李龙大实际是个泼皮无赖，却有个软肋——懂事的女儿，乌钢本是削筷子的工人，兼职做起了"埠霸"。内聚焦的叙述视角使得读者更能窥探人物个中命运，也使得读者更贴近叙述者心理和叙述动作。在《小说修辞学》中，韦恩·布恩提出第一人称叙述，即是经典叙事学理论中的"不可靠叙述者"。"我"是小说中的人物、叙述者，也是大多数情况下叙述声音的发出者，叙述动作的行动者，小说中的世界依"我"而建，"我"的存在是小说塑造的一个中心。

这些人物还有一个共同特点，他们都是"心理性"人物。在西方文论史上，一直有着有关人物的争论，一种人物观认为人是"功能性"的，即人物主要是发出动作，使得人物围绕情节而展开，另一种人物观认为人是"心理性"的，福斯特认为"一部小说是一件艺术品，有它自身的规律……小说中的一个人物按照那样的规律生活时便是真实的"。心理性的人物不是指人物贴近现实生活的"真实"而是人物在小说世界中的真实，人物存在的意义不仅仅是作为叙述动作的发出者，更多的是作为人物存在本身。亚里士多德在《诗学》中提到，"剧中人物的品质是由他们的'性格'决定的，而他们的幸福与不幸，则取决于他们的行动。他们不是为了表现'性格'而行动，而是在行动的时候附带表现'性格'"。除了性格之外，在我看来王手的小说中还总是塑造出一种超于人物之外的最高象征，如同命运之手一样左右人物，这种象征的存在类似于《日出》中的金八爷，虽未出场，却无时无刻不把命运之手笼罩在整个小说中。但是与《日出》不同的是，这类人人追求的超验的存在不是作为具体意象而存在的，更多像是作为一种"氛围"存在，而作者塑造这种存在颇像米兰·昆德拉"生活总在别处"的讽刺。在小说集中，这种存在往往是通过"性爱"来间接体现的，《西洋景》结尾肖小丽拒绝的潜台词、《火车上唱歌的女孩》中始终未能得到女人温存的宇文、《马路爆炸》结尾夫妻两人房事的微妙变化，都隐晦地想要表达什么。我想，最能突出展现这一点的就是《坐酒席上方的人是谁》这篇小说，题目"坐酒席上方的人是谁"所要提问的其实就是这种命运之手。如果我们试图给这个问题回答，从作品来看，它有着三层指涉：第一层，坐在酒席上方首先是婚宴的主人燕青，是他将大家聚集、主持的；第二层，坐酒席上方的人是龙海生，他是江湖老大，有智慧有手段，是这个会场的潜在主导者，能摆平追风和含笑的冲突；第三层，坐酒席上方的人是小说中社会的运行规则，是江湖，是无形又无情的命运之手。

王手是浙江温州人，他构造的小说世界充满着温州地域文化特点和方言特色，同时也具有某种中国古典文化里"江湖"世界的味道。中国古典文化和文学是典型的互文性文化，这为文学创作提供了丰厚的文化资源，同时也对作家依靠这种资源进行文化互文性创作提出了更高的要求。"互文性"现象和规律，在克里斯蒂娃的表述中，含有一种重要的思想，即"较晚的文本对较早的文本特征的同化"。《飞翔的骡子》这部作品中，所蕴含的地域文化意味和"江湖"氛围是随处可见的。

在小说中，人物的名字往往与中国历史人物相关，而这些带有特殊的历史意味的人物被安排到一个现代的背景当中，就产生了一种"历史－现实"对立而交织碰撞的火花。《马路爆炸》中的宋江、《买匹马怎样》中的王勃，《为一位不知名的老人送行》中的郭子仪，《坐酒席上方的人是谁》中的吕蒙、燕青等明确借用古代历史或古代文学中人物名的，其他如西门（《西门之死》）、宇文（《火车上唱歌的姑娘》）、龙海生（《阿玛尼》和《坐酒席上方的人是谁》）、金龙银龙（《阿玛尼》）等带有历史文化色彩的人物名称。这些人物的名称，往往都与古代赫赫有名、建功立业的人名相同，在叙述中，这类人名符号便产生了"双层"意蕴，首先让读者带着期待视野中预先对古代人物的既有期待进入文本，作品中呈现的却是另一个庸常、琐屑、平凡的现代市井人物形象，在参差对照之间，读者的期待视野被打破。这也是王手的高明之处。

寄寓的诗性与想象的超越 |

王手的小说世界就如同武侠世界一样，强调"江湖"，这个江湖有氛围、有规矩、有场面，而且更多指涉的是"人人都懂，但是不可言说"的奇妙境况。这个江湖的塑造是建立在作家家乡——浙江温州的基础上的。小说中，温州的地方风俗、文化、方言、景色出现的频率非常高。小说中多次出现的制鞋工业（《推销员为什么失踪》）正是非常具有温州特色的产业。而作家致力于塑造的"温州江湖"，并不是力图还原一个真实的温州，而是塑造了一个充满"江湖气"的温州。在小说中，作者塑造了一些社会边缘人形象，如龙海生（《坐酒席上方的人是谁》）、乌钢（《双莲桥》）、"我"（《阿玛尼》），这些人生活在灰色地带，靠一些非常规手段谋生。他们不是十恶不赦，却也不是清清白白。他们的营生，讲究"脸面""规矩"，乃至气场。以龙海生（《坐酒席上方的人是谁》）这个人物来说，他就像江湖老大，不亲自出场，也不参与打打杀杀，但是他的权势和手段威慑着江湖里的每一个人。龙海生有很多关于江湖的理论："江湖是需要疏导的，疏导了才会通畅"；"他虽然不出头露面了，但处理的事，还真没有逃出江湖的圈圈，走来走去的角色，还是江湖的那几个"；"龙海生没有真正地退出江湖，他知道江湖是退不尽的，江湖就是社会，就是人群，退出了，他就一无是处，就一事无成"。小说中这几句话可谓是道尽了王手笔下江湖社会的精髓，每个人都置身江湖之中，江湖不是血腥暴力，王手笔下的江湖更倾向于一个"文江湖"，人们以手腕、权势来占山头。《坐酒席上方的人是谁》中有一句精准的概括，"江湖当然是要较量的，但已经不再是血雨腥风，而是文明的智慧的"。这种文江湖的营造，与现代社会中，人生活在复杂的人际交往和社会规则的泥淖之中紧密相连，特别是对现代性的追求，作者是感到焦虑的，但是又带有嘲弄的、和解的意味。在现实生活中，我们往往经历多种荒诞与苦难，但我看到的还是作者想要表达一种对生活的和解，这也是小说的魅力所在，正是由于它的多种可能和未知，让我对王手有了更多期待。

发表于《生活周刊》2021 年 9 月

迷惘的觉醒

——论《魏微十三篇》中的生命肌理与人道关怀

摘要： 魏微的短篇小说写作注重在场感，她擅长书写更为绝对的精神场域以及更为独特的自我，她笔下的人物大多是情爱困局中的边缘人，抑或是在都市生活中极度个人化、符号化的"流浪者"，在这种书写之下，她展露出了全然不同的经验轨道和精神视野，也形成了完全不同的话语路径。很显然，她试图在都市生活的表象之下，敞开生活的无限可能，并试图书写那些模糊且不可言说的区域，借此触及更具重量的话题。本文就将以其小说集《魏微十三篇》① 为例，感受其在写作中更为坚固、细腻的生命肌理，领悟对于灵魂眷念的深刻表达。

关键词： 日常书写　身体叙事　意识觉醒　生命辨析

当前，中国青年作家们对于城市生活的书写已经形成了一种全新的文学变革，在他们的文学场域之中，大多呈现出一种新的审美向度，在各自不同的经验生活中书写着他们所窥探到的城市焦虑。我们从这一批对于城市生活乃至时代敏感下的城乡差异写作所能够窥探到的，是小说家们对于人物命运的关注乃至于对当前传统中国城市的侧面书写。

---

① 魏微：《魏微十三篇》，北京十月文艺出版社 2018 年。

当人们共同处于这一文学场域中时，他们在个人视野下对所书写的人性温情也就有着某种对于生活的回访和观照。从魏微的小说来谈，她所擅长的正是在进退无措的生活中寻找残存的信念和热爱，同时也书写了生而为人永无止息的彷徨和挣扎。

事实上，在魏微的短篇小说中，她所书写的大多是极为平常普通的日常生活情状。某种程度上来说，这种书写是轻飘飘的，在个体的困顿迷惘中讲述具体的现实形态，但由于她对于灰色地带的模糊性书写，也就自然而然地展露出了温暖的留存。在对于魏微小说的研究中，我们自然而然地代入了其女性的身份，我们能够在她的作品中窥探到女性身体意识与城市意识的双重觉醒，这种觉醒的痛感乃至由此产生的对于都市众生相的回访，展露出了当代生活的复杂勇气。

一、女性身体与城市意识的双重觉醒

在魏微的短篇小说中，有大量关于城市的讨论。她擅长书写对城市的印象乃至对女性身体的讨论，命定的处境之下，女性是欲望的客体，同时也是点燃欲望的主体，作者不再纠结于追索女性的过去和未来，而是以一种诉说的姿态，总结出女性与城市的双重觉醒。

事实上，她对于城市的抓握也与女性觉醒相关，在她的小说中对于市民意识的讨论，乃至人们从乡村转向城市场域的调整，都共同印刻在一起，形成深邃的经验讲述。事实上，我们可以窥探到的是，魏微的城市小说中的空间标识，乃至于标志性的建筑，实际上都是真实存在的，因此，小说能够有效地在读者的阅读过程中唤起切身的回忆，也就形成了经验范围上的共情。

从小说《在明孝陵乘凉》①来看，女孩小芙的成长实际上与她对南京古城的印象互为镜像，唠叨明孝陵的女孩堪堪十二岁，她不断地渴望长大，同时也在哥哥炯对历史的科普之下隐秘地爱上了他。她窥探到哥哥与女友的生活，同时又在哥哥讲述南京历史时所提到的诸多想象中完成了她女性意识的觉醒。小说中的她，不断地想象着哥哥口中历史上的柔媚的妃子们，又不断地在性别的印象中寻找着自我成长的可能。

很显然，小说关于少女小芙的讨论背后，有极其强烈的对于书写者观视经验的夹带。魏微试图在写作者和城市人群之间营造出某种隔离的效应，还原出一个在古城之中寻找自我的女性意识觉醒，我们也得以在这种记录中挖掘到女性的日常氛围。

小说不止一次地书写了小芙对于女性身体的渴望，"小芙那年十二岁，她的胸脯最近一个月渐渐地肿起来，开出花苞，有些疼。小芙最大的理想，既不是做少先队员，三好学生，也不是当医生或农民，她最大的理想是做一个女人，拥有那曲线般的身体，做那身体的主人"。小说中对于女性意识的讨论与城市有着明确的上下文关系，小说也由此显露出了作者的文学野心乃至于对城市经验本质的把控，我们可以窥探到，小说的叙述方式以及观念预设，大多是自我调整之下的觉醒层级，也就提示出了某种性格。

在小说中，小芙的第一次觉醒是关乎南京城墙的，在哥哥的叙述之下，微妙而紧张的情绪笼罩了她，她幻想着那些风情万种的女人，希望自己能够成为其中的一员，然而在小说的最后，她期待着初潮，期待着身体流血，期待着那方格纸上沾染她成为女人的证据，然而："那方格纸仍干干净净地躺在那儿，什么事也

---

① 魏微：《魏微十三篇》，北京十月文艺出版社2018年，第9页。

没有。"

小说令少女小芙贡献了自我的天真情态，她始终是隐晦的，但同时，小说也逃离了古典中国对女性身体的审美想象，少女小芙渴盼着成为一个真正的女人，有着曲线，而非瘦弱干瘪的传统审美。十二岁，是早熟的，小说构建起了典型的人物形象，将这种书写者与被书写者的身份进行了实质性的拓展，构建出了女性主体之下的俯视。小说也将这种觉醒与城市意识相结合，对于女性而言，她们对待身体的欣赏是分裂的，她们同时为主体和客体，同时享受着观看与被观看的乐趣，纯然的女性空间是缺乏的，但小说仍然脱离了居高临下的俯视，展露出了女性对自我身体的多位想象。身体的范畴也在此形成了多维的面相，在自如的空间编织之中显露出自我对于肉体乃至于欲望的找寻。

二、灵魂模糊的灰色地带

从经济的格局乃至世界的变化来看，我们必须承认，在千禧年之后，我们的国家呈现出了一种辉煌的、欣欣向荣的状态。而乡村向城市化的转变也从未有过地剧烈。或许也正是因此，魏微在小说中描写的边缘人形象就显得尤为珍贵。

值得注意的是，在城市中，阶级社会的秩序和组织被尤为强调，而在乡村中，想象的实践则是自由的，在感性的直觉下得以留存。因此，在乡村向城市化的历史性变革中，理性与感性自然而然地被释放出来，想象也就成为颠覆性的变形和摧残，在新的社会道德和制度中被加以打破。魏微巧妙地注意到了这样一种抗议的压抑，并有效地将其作品加以变形和激发，由此形成一种对理性的释放，让感性和激进的意识达到和谐。

赵文在《一九六八丨"五月"没有成为遗产，它仍表征着当下社会》中提出：

事实上，正是从这个时候开始，来自社会"被压抑层"的各种社会上的不满开始以弥散的方式呈现出来，尽管在主流意识形态的"幻想"的遮蔽下，这些不满也仅仅是不满，必定会随着经济繁荣而得到消弭和克服。[①] 但不得不承认的是，仍然有一部分人成为广泛社会危机之下的牺牲品，在错位的自由之下打碎原有的乌托邦框架。

小说《石头的暑假》[②] 所讲述的就是这样一种边缘人的形象。这个故事如果深究到本质，显然是罪孽且悲惨的，一个青涩的、渴望性经验的十七岁少年，半是诱哄半是强迫地与一个八岁的女孩发生了性关系。对于所有人来说，这都是一场可怖的犯罪，但在作者的笔下，却显露出了某种对于现实的诗意重构：

"那天上午，一声尖叫刺破了小街的上空，直到二十年后，这尖叫还回荡在我们的耳中，让我们想起久远的一段往事，那发生在十七岁的少年和八岁女孩之间的一场'友情'：那于他们都是新鲜的，第一次……两人都很害怕。他央求她别把这事告诉给别人，她答应了，她求他带她去看一场电影，他也答应了。她渐渐感到疼了，石头的最后一个暑假就结束了。"

小说在那之后就走向了其应有的结局，但是，作者却并未将两个人的生平写成类似社会新闻的干巴巴的报道，而是始终以一种画卷般展开的形式，徐徐诉说着他们之后的困顿。石头在犯罪之后被关押了两年而后出狱，女孩也因此被迫离开故土，但到二十年后，谁也不认识彼此，尽管小说将两人二十年后的初见描绘得动人而迷离，但这种暖意是表面而短暂的，复杂的感情在暗

---

① 赵文：《一九六八｜"五月"没有成为遗产，它仍表征着当下社会》，澎湃新闻，2018 年 6 月 30 日。

② 魏微：《魏微十三篇》，北京十月文艺出版社 2018 年，第 193 页。

处滋长，温情中交织着怨怼，混沌中潜藏着爱。

事实上，石头从始至终都在寻找短暂的解脱，在作者的笔下，社会仿佛是一场骗局，众人欺骗着女孩，而女孩也在众人的审慎对待之下欺骗着自己。这样的不戳破看似维系着所有人的体面和自尊，好像一个安全体制里的圈套。对于那个一辈子都保持着所谓"端正"的女孩尤其如此。太多的制度和文明、道德和标准，甚至幸福，都在压抑着人作为一个真实的人，一个能大声说出内心以便对方能了解自己的人。于是戴上面具，回避冲突，大家都微笑着履行责任，假面舞会看起来多么幸福。

事实上，小说正是以身体用作一种媒介，来为灵魂获得全然不同的感官体验，肉体的官能是被压抑的，控制自己的情绪和感官是公共礼仪和传统道德议题中很重要的一部分。小说始终游走在这样的灰色地带中，借此完成对于理智层面下人的孤绝品质的描绘。

三、时代敏感下的人道关怀

在中国传统的话语体系中，妓女始终作为独特的视觉景观而存在。在明代，青楼文化发展至盛期，造就了别样的视觉文本。而当社会发展到城市化的进程中时，妓女由于不受法律认可，也就发展成为暗娼，隐秘地在都市之中逃逸。

而值得注意的是，在敏感时代下，碍于社会经济结构、都市劳动力市场的诸多顽疾，对于需要在城市谋职业的女性来说，妓业是向女性开放就业机会的最主要业种，已经形成特殊的市场供求关系，在道德层面并未受到舆论的公开谴责，相反，还成为隐秘角落之中的都市图景，承载着全新的女性形态样貌。

寄寓的诗性与想象的超越 |

很显然，在小说《大老郑的女人》①中，小说所显露的就是这样暧昧且模糊的社会关系。在作者的笔下，并未对这样的女性进行道德上的谴责和批判，而是以一种悲悯的态度，在全新的生活氛围之下对她们的生活提出观望。

在这样的文化语境下，如果我们需要对从乡村过渡到城市的女性身体觉醒进行讲述，那么就必须要从中西方的差异入手。事实上，与中国追求"内观"和"参赞造化"不同的是，西方在基督教和古希腊的美学价值引领中，其有关"身体"的表述及形容始终是与人的主体性紧密相连的，如古希腊时期的"同人同神同性"又或是基督教里所要求的"道成肉身"，人不仅是身体的主宰，也是万物的主宰。

小说中的女人，实际上仍然恪守着传统中国理想女性的基本形态，她含蓄而内敛，擅长家务，不善言辞，她所承载的始终是一种男性对于理想女性角色的投射，小说甚至描绘了她和大老郑的爱情。在这样全新范式的讲述之下，小说打开了一种新的视觉图景，试图将女性被观看的重心聚焦于她们与男性的社会交往形态中，而非肉体和欲望的直接书写。

与此同时，作者也对这些暗娼们的情感状态进行了提炼和讲述："而这一类的妇人，天性里有一些东西是异于常人的，就比如说，她们多情，很容易就怜惜了一个男子；她们或许是念旧的，但绝不痴情。她们是能生生不息、换不同男子爱着的……或许，这不是职业习性造就的，而是天性。"

在她看来，妓女们的爱情状态从某种程度上来说是对于既定的女性形象的暂时逃逸，这样略微松动的世界在男性与男性目光的博弈之中构成了坚韧的自我找寻，并不是一时情绪化的冲动，

---

① 魏微:《魏微十三篇》，北京十月文艺出版社2018年，第155页。

而是在自我追逐之中刺向秩序和道德的铠甲。

很多时候，妓女在大众眼中的形象是风情性感和妩媚的，但这实际上并不符合中国传统的大众审美眼光和儒家文化，在古代中国，女性的性格特征普遍为含蓄保守，也正是因此，我们能够在小说中看到作者对于女性的本体追求。很显然，作者希冀于展露暗娼们在形态表现之下的另一面，而在娼门层次的高下和时段的不同，人们对于娼妓的感情也是有所变化的。

在今天，我们关于性、性别、阶层、经济、政治这样的议题呈现了更加多重性的特点，娼妓这一角色不会消失，争论依然会继续。但当我们试图用文明、道德的利刃，去指向他人的生活时，请不妨停下来想一想，我们是在用谁的道德标准，绑架的又是谁的生活？

在我们所窥探到的女性角色中，很显然，在作者的笔下，就如同伊丽莎白·赖特在《拉康与后女性主义》中提出的，女人的身体是她不断追求可能性的场所，是与历史环境联系的一部分，自由必须从这种历史环境中付出一定代价后获得。成为一个女人并不意味着生物性别与社会性别的对立，而是关乎女性利用其自由的方式。[1]

四、触及生命本质的反抗与颠覆

但在《魏微十三篇》中的最后一篇《胡文青传》[2]里，魏微还触及了生命的本质，巧妙地提出了对于一整个时代的叩问以及对于人类生命本质追求的困惑。

---

① ［英］伊丽莎白·赖特：《拉康与后女性主义》，王文华译，北京大学出版社 2005 年，第 109 页。
② 魏微：《魏微十三篇》，北京十月文艺出版社 2018 年，第 321 页。

　　　　　　　　　　　　　　寄寓的诗性与想象的超越 ｜

在小说中，胡文青始终是一个沉默而顽强的文人形象，在具体的历史语境中，他的确可以被看作是中国文人的大多数，无论面对着怎样的击打，他都站立着，不肯道歉，也不肯被时代和人们的话语改变自我，他所具备的文人气质在那个时代来说是珍贵的，同样地，由于重重误会，他也陷入了荒诞的是非之中。魏微就是以这样一种卑微之中始终挺立的文人形象完成了对于生命本质的思考，胡文青伟大而典型的悲凉人生，激发读者对仍然是边缘群体人群的想象。

当错误结束之后，很显然，人们看似都一路向好，但思想上的痛感以及生命的逝去是无法轻易磨灭的，人们只能不断地拔出利刃来缓解自我的生命恐惧，来寻找那个失落的理由，对于大部分人来说，那是一个幻灭的、恐怖的世界。当人们的压抑和绝望达到顶点时，胡文青几乎成为一个靶子，承载着人们无意义的恨和咆哮。

福柯在《规训与惩罚》①中认为，规定出一个封闭的空间，并将其分割，保证每个人都有自己的位置。通过规训权力设定空间，身体只能在这个空间之内活动，其余活动便受到限制或禁止。但是除了肉体之外的灵魂却对自由有着无限的向往，拼命地想要突破这种"监狱"的牢笼。②对于胡文青来说，他终其一生都在寻找这样的灵魂的自由以及对自我的追溯。

当他面对无处不在的恶意乃至生活的捶打时，他的灵魂便通过精神层面的慰藉来表达身体对于规训的反抗，这实际上也是一种对于时代的反抗和颠覆。小说中的胡文青不断地接受着生活给

---

① ［法］米歇尔·福柯：《规训与惩罚》，刘北成、杨远婴译，生活·读书·新知三联书店 2007 年。

② ［法］米歇尔·福柯：《规训与惩罚》，刘北成、杨远婴译，生活·读书·新知三联书店 2007 年，第 187 页。

予他的苦难，但始终保持着温和的态度自我逃脱，他从一个万人唾骂的造反者成为作家，而在小说的最后，他看着来来往往的人群陷入了对于人类本身的茫然，怀疑起了生命的本质：①

> 今天的这些人，若是活在四十年前，谁知道他们中谁会变脸、变成什么样的人？谁知道他们中谁会哭泣？谁会仰天长啸？谁会变得狰狞，以至于他们自己竟不自知。
> 然而现在他们都是好人，这些正走在大街中央的人、走在他厂区里的人……他们追打、嬉笑、抱怨、吼叫。他们都是平凡人。

从历史发展来看，这样对于人与时代的关系的强调可以看作是一个历史逻辑的悖论，但不得不承认的是，人们不断进行文明教化以及秩序建立的同时，也是对于野蛮无序世界的推进，很大程度上来说，这是一种对于后世的人们的警醒和可靠的微观解读。在今天，人们距离真实的物质世界越来越远，也就愈发需要这样纯粹的思考来对绵延时间下的人类原始经验以及本质价值提出追求，小说在此完成了道德凝聚力状况下对于社会的团结有序建设的思考。

从某种程度上来说，我们可以将魏微看作是她笔下故事场域中的一个"在场者"，她所咀嚼的人物印象乃至她所希冀于讲述的人文关怀，都是在认同感与剥离感的杂糅中共同塑造的精神重担。边缘人、破碎者、流浪者，这些形象共同构建出了魏微的小

---

① 魏微：《魏微十三篇》，北京十月文艺出版社 2018 年，第 344 页。

说人物，同时，我们也能够在这样的破碎的神圣中感受到灵魂的宽恕与超然。相较于个人风格明显的作家，魏微的风格更多地存在于她的语句状态而非讲述之中，也正是因此，她能够隐匿在文字之后，讲述更加复杂且多元化的宽阔历史，使得她的作品在广博的精神导向中完成对于面对自身的有力改写，并由此形成更为探查式的精神转向，显露出文学变革的觉醒。

发表于《文学教育》2021 年第 12 期

边界下的困局

——读陈希米新作《女人—思考》

两性关系究竟是共生、依附、对立还是其他？在女性主义冲击传统父权的当代社会语境下，似乎有更多可供深入挖掘的意义。即使从分类学的角度出发，男女两性的分类也不完全由性别划分，其复杂之处在于不论男女群体各自都有大致的特点以供对其进行概括甚至探讨，但不可忽略的是，男女并非简单的男女，其后往往紧随"人"这一复杂的概念。作为人的分类学家去对"人"进行划分，就如同两条相隔甚近的平行线在相互追逐，或许表面上看相差无几，但在细细打量之下，才见诸多无法攻破之边界。而学术的探讨一般来说是学科的运动，平行线并非一成不变，在无数量变的追击下，平行的困局中也不乏有破局之势，这一"破局之势"放之"人学"为冲破边界，放之陈希米的《女人—思考》中，则为女人对人的思考。

陈希米在《女人—思考》中从探讨两性关系起源说出发，在时空构建上交叉了现实所在与文艺创作，在古今文学思想史上采撷文人观点为"点"，以展开对两性关系充分想象与探讨为"面"，在点面结合之间，放飞思想的维度，而又落实思考的基底，因而在其看似跳脱的笔法中又时刻呼应中心的命题，犹如作者内心深处的喃喃细语。文中设置几位女性友人的角色，这在陈希米的创作中并不少见，以往如《抵达》《痊愈与断路》《练习死亡》中都有出现，女人们各自有相对应的可以聊说的伴侣，在一定年纪和阅历的累积下传达不同的情感观点，各自也代表着不同的恋爱或人生经历，在作者回忆式散文叙写与记录式观点输出中进行娓娓道来的表达，汇聚成作者的心灵絮语，在意识流朦胧的飘离之中，传达对于感性精神世界的相对理性思考。《女人—思考》不时落点于多样的艺术形式，将人生、两性情感的拉扯赋予艺术形式的具象展现，深沉思考中不乏生动抒写，艺术之美同样穿透情感的探讨呈现在读者面前。

一、两性之边界

两性之边界，既是两性存在所谓关系连接的基础，也是陈希米的《女人—思考》所探讨的意义所在。陈希米在《女人—思考》的开头列举古往今来一些对于男女两性起源的说法。《旧约》中上帝先造亚当，再从中取出肋骨造就了夏娃，于是世界上第一个男人和女人就此诞生，而依据此说法，女人是男人这一整体的部分，放置于唯物辩证法中，则体现为联系的观点，整体与部分相互依存。一方面，整体是由部分组成的，离开部分就不存在整体；另一方面，整体不是各个部分的简单相加，而是按一定联系或关系结合在一起，整体不等于部分的总和，优化的系统整体大于部分的总和。虽然以上观点适用于客观物质的对象，但将唯物辩证法联系观中整体与部分的概念放置于男女两性关系起源说中，亦可见两性之间关系之亲密，诚然有"肉中之骨"的切肤之亲，因为整体由部分组成，离开部分就不存在整体，所以似乎一个男人想要寻求完整，就必须找到一个女人，或说女人要想得以存在，就必然要寻得一位男子。这为男女结合形成家庭，并繁衍后代的社会行为提供了人文意义上的解释，而在如此"骨中肉""肉中骨"的亲密关系中就没有边界了吗？从陈希米对其观点的进一步思考探究和延展中可见并不尽然。

陈希米就"肋骨说"引申出一个问题：为什么是肋骨？参考张晓梅的《旧约笔记》，其思路在于造就女人需要考虑以不带有恶念之物方可使其约束其恶行，其思路潜意识中不妨揣测有认为女人能力即行恶之源的嫌疑，而阻止恶之萌芽的手段却只作用于女人的创造中，可谓是两性中的偏见，而这种偏见，即是两性之间的边界之一。

提及偏见，上帝造人顺序之先后，以及材料之大小，其间对待的差异也可谓之偏见，而陈希米对于"为什么是肋骨？"这一问题也提出了自己的见解，着眼于亚当，即男人相对不需要什么，虽然偏见之敌意较之以上"恶念之萌发"大有所隐，但也无不将女人的地位放置于较低处。

这种性别偏见所产生的两性边界其实可以归于人类长期集体无意识的产物，算作历史遗留问题。偏见给男女两性群体加之以刻板印象，规定对不同性别群体的要求，以及不同性别群体所谓合理的追求，这方面对该性别群体而言，亦是内部个体的边界。

但男女确在性别赋予的不同性格中产生一定程度的可概括的性别特征，当然也可算作历史遗留下来对性别刻板要求的后遗症，但不可否认，男女性格的差异在长期的刻板要求之中得以成形。在传统的刻板观念中，女人追求男人的爱情，而男人追求更大的世界，这种两性追求的状态在现实中得到不同程度的真实展现，其源头可追溯为集体无意识的性别偏见导致对两性的刻板要求，而要求亦形成不同的追求状态。

如果说上述的连锁反应确有其存在的合理性，那么在无法改变历史已然的情况下，陈希米是在这一现实的基础上深入两性情感的感性内部，探讨相对亲密的两性关系中相处的困境的。

《女人—思考》中常提及"袒露"一词，"袒露"——既是身体的袒露，又是精神的袒露，而文中出现的女人们大体上都认同精神的袒露应从身体的袒露开始，作者自然在文中不失公允地指出此观点的偏颇之处，但不可否认"袒露"似乎确是两性之间冲破边界的行为之一。"袒露"也需要接受者、理解者、互动者，这三者的程度也有所不同，接受即对对方的"袒露"不厌恶，理解即对对方的"袒露"有共鸣，而互动是彼此"坦诚相见"，这一层面也可转化为"信任"。但现实是，大多数的恋人、夫妻之间难以达到"袒露"的互动境界，如果达到理解层面，或许可以相濡以沫度过一生，而如果只是接受层面，则多在失衡的两性交流中产生情感信息接收的不对等，如文中芩和前夫的婚姻，以及钦和青遥远的恋爱记忆。在陈希米另一作品《练习死亡》中，在谈及钦与青的爱恋，也是以"袒露"来总结这段经验，"也许无法确定究竟是心灵激发了身体还是身体激发了心灵，但终究是一种透彻到另一种透彻，一种激情到另一种激情，两种热望息息相关。纯洁的、献身般的感觉必须是袒露一切啊"！袒露的魅力如此之大，以至于在《女人—思考》中对钦和青那段如杜拉斯《情人》里颇具意识流气质的爱恋描述中，朦胧的爱欲氤氲中，两人似乎只是袒露，就已经开始了爱情的颤动。

而两性之间失衡的情感交流，亦是两性边界之一。

二、两性之思

在探讨两性起源时，陈希米以阿里斯托芬关于爱欲的喜剧为点，引申出夏娃诞生之前亚当是做何种面貌的假想，即如果以上帝创世为基础，那么在女人出现之前，男人是怎样的？陈希米在这一假想之上，根据图尼埃的构想，又提出将原故事中的肋骨改为前胸，即性器官，那么女人是否就是性欲的化身，而男人在性欲的相对减少下能更加投入体力劳动。陈希米选取德国哲学家魏宁格的调查研究作为展现男女素质差异的案例，得出的结果正好与上述图尼埃之说互为佐证。而以女人作为性欲化身的说法显然是欠妥当的，放置于现实环境下多显荒唐，陈希米将这一带有荒唐色彩的假命题做女性反讽式的戏谑，女性所谓狭隘的爱情至上观念不出于她们的主观放纵，而是生理结构决定的先天使然。陈希米不否认性欲于女性精神世界的强大作用，而性欲也不全然是社会生产的对立面，性欲是发自人性天然对爱和获取的追求。

性是否与爱相联，以"袒露"为例，身体的袒露是性的交欢，而精神的袒露是爱的互通，不论是性还是爱，都离不开"袒露"。"袒露"在一定意义上意味着剥离自身的外壳，直到向对方展现真实的自我，不断袒露，就是不断剥离，不断消耗自身。

所谓自我，在弗洛伊德《自我与本我》中提出本我由一切与生俱来的本能冲动组成，是人格的一个最难接近而又极其原始的部分，只受"快乐原则"的支配，盲目追求满足；超我是道德化的自我，是人格最后形成也是最文明的部分；而自我，则是负责与现实接触，是本我与超我的仲裁者，既要监督本我，又要满足自我。

可见，自我处于人格极端——本我与超我的中间地带，具有承先启后之作用，不可避免其善恶并存之现实取道，因而自我是人格中最复杂混沌的部分，善恶美丑皆在自我中游离。真实的自我往往在袒露中不断深层暴露，本我的原始放纵与超我的文明道德也在自我的不断暴露中互相拉扯，人格的深渊在撕开裂口之后越陷越深，在两个极端的拉扯之间，无疑是对人本体的极度消耗，同样，也是对袒露对方的极度真诚。

演员卓丫在接受性爱、暴力等拍摄要求时，就是不断袒露、不断剥离、不断消耗的过程。她的自我剥离在镜头的传播下被公开展示，她自我中的所有美好、丑陋、高傲、卑微……都被曝光，没有秘密，神秘的卓丫似乎也不再神秘，以至于透过屏幕观摩过卓丫的身体，却很难联系到现实生活中的卓丫。因为袒露的自我可以看作人格的失控，是本我超我的发泄，而在现实生活大多数不够私密的环境下难以达到这种袒露的境界，因而性不仅仅在于身体的袒露，在肉体交欢的过程中，也是接受对方自我暴露的过程，因而亦是打开爱欲大门的钥匙。

安东尼奥尼笔下的角色陶尔在陈希米的笔下宛如真人一般贯穿全文，这种以文艺作品中虚构人物的小传作为文章主题探讨的脉络，是陈希米创作的一大特色，一如《抵达》中的电影《无主之作》里的画家巴纳特，或者《练习死亡》中《乞力马扎罗的雪》中的作家哈里。陈希米善于在创作中对他山之石进行延展性的探讨和思考，甚至围绕自我创作的主题，为他者笔下的人物续写结局，仿佛赋予这些经典人物以新的生命，也似乎站在他者的肩膀上眺望更加深刻的艺术高度。如果是这样，那么安东尼奥尼笔下的悉尼富商陶尔，也具有同样的焕然一新的艺术生命。

陶尔的存在于想象、于虚无、于真实之间飘移不定，因而陶尔这一角色身上所具有的突破边界的荒谬感就显得更加真实可信。在女人们所有关于可能与必然的猜测中，陶尔的举动实现了人在现实环境下精神世界所欲求做出的行为，他的两次出海颇有毛姆《月亮和六便士》中思特里克兰德的气质，抛下理性所认为的财富安然，在某一时刻，突然选择抛下一切扬帆远航，甚至对潜在的危险有一丝迷恋的意味，他似乎在冲动之下做出对人性的试探与测试，在危险的边缘试探自我边界的尺度。

陶尔的两次出海程度意味不同，第一次出海是对人生边界的突破，第二次出海，则是对人生边界的拓展。陶尔第二次出海没有再回来，作者猜测他在希望岛上的生活状态，这种类似于鲁滨孙的孤岛生活，面对巨大的、纯粹的虚无，陶尔是否会被唤起对爱，或者对性的想念。而作者引用图尼埃关于鲁滨孙在孤岛上性生活的一段想象描绘，来打开陶尔在希望岛上空前虚无的精神世界的大门。作者在此处采用对照的方法对孤独和虚无进行更深层次的领悟，"孤独"二字常出现在生活在人群中的个体的口中，而当面临流落于荒岛这一极限情境时，孤独之感甚至无法相对而言，因为根本没有参照物，因而陈希米发出"人类的整体性对这个脱落的个体还存在意义吗？"的反问。而在孤独、虚无的参照下，性欲似乎偏向于本我那种本能的肉体发泄，而爱欲则净化为超我中的遥不可及。

当然，在《女人—思考》中，作者所选取的参照也是文艺作品中对性、对爱、对孤独和虚无的想象，正如作者在文中提及的："凡是我们能够想象的，其实就是我们可能具有的。我们想象的边界，就是我们可能性的边界。"想象思维的广阔是人可能性的延展，文艺作品中的构建是想象，作者在猜测中的探讨也是想象，但想象并非与现实对立，那些基于想象的探讨，其实最终落根于现实的基底，就如人们到达精神领域的顶峰脱离不了性爱的参与。对性爱的想象是对两性之爱欲的探讨材料，因为人们的性爱经验及经历大多来自自身，而想象则脱离人本身的边界，在漫长的人类发展史中通过对性爱的想象衍生出人生边界的多种可能性。

作者在文中将性爱比作舞蹈，自由编舞，而所有动作都在彼此的配合及掌控之中，优美的舞姿之间尽是柔软与力量之美，也可因此比作阴柔与阳刚的结合。在《痊愈与断路》中，陈希米同样以舞蹈来隐喻肉体的碰触，"因为舞蹈的方向，不是别人，是自己；艺术的方向，是感觉的共鸣"。只是在《痊愈与断路》中，作者偏向于触发自己的欲望，但不论如何，在激发欲望层面，肉体的接触或说是配合，往往是激发的前兆。

因而就"精神高峰"而言，两性之爱欲，不仅是两性之间的边界突破，更是个体人生边界之拓展。

三、边界之拓展

《女人—思考》中对于陶尔的第一次出海，作者多以"荒谬"来形容，"荒谬"指极端荒唐，非常不合理，或者言语、行为怪诞、离奇，不合常理。而在哲学领域，亦有"荒谬哲学"一说，已知陶尔是安东尼奥尼笔下的虚构人物，而将"荒谬哲学"放置于文艺作品之中，则往往产生生活意义的虚无、人的异化、和谐关系的丧失等具体的主题展现，参照荒诞派文学作品可见一斑，其不同于传统文学的审美特质，一如荒谬行为所异于常人的迷人之处。

而陶尔的荒谬，则更多体现为感觉到生活意义的虚无，意识到现阶段的虚无，才会尝试去突破自我、人生的边界，企图探寻边界之外的更多可能。虚无是陶尔荒谬的精神根源，而突破边界则是陶尔荒谬的现实行为。

爱因斯坦曾对"荒谬"做出过解释："持续不断地用同样的方法做同一件事情，但是期望获得不同的结果，这就是荒谬。"

如此可以代入陶尔在文中的多次出海为"持续不断地用同样的方法做同一件事情"，并且他每次出海的目的从浅层意义上来讲并不相同，因而于陶尔而言是通过出海以期获得不同的结果。如果说陶尔的第一次出海是顿悟虚无后有所行动的冒险，那么其间多次与卓丫的出海则是促进两性亲密关系的信任游戏，而文中陶尔的"最后一次出海"再也没有返还，并设想陶尔在最后一次出海流落在荒无人烟的希望岛，过上如鲁滨孙一样的孤岛生活。并且陶尔还与鲁滨孙不同，鲁滨孙最终回归了正常的人类社会，他在孤岛上的孤独与虚无也就只是成为一段经历或可供书写和思考的材料，但在《女人—思考》中，作者将陶尔的结局几乎定性为不再回归，那么陶尔所面临的孤独、虚无也就无法公开，成为独属于陶尔的私人体验。作者给予陶尔的结局如同"薛定谔的猫"一般，在再见之前，神秘而不可再预测。

神秘而不可预测，颇有"深奥者"的气质，而陶尔归于孤独的生活，是否也成为某种程度上的深奥者呢？这在陈希米的《关于深奥者的意犹未尽》中给出了与之呼应的答案，深奥者是独自走向陌生之地的，他们被放置在一个孤独的高度，承受着所谓极端的孤独。因此，对于陶尔的孤独，可以看作是在荒谬行为背后，深奥层次的又一次进化，而在陈希米的笔下，女人们总是喜欢把第一个喜欢的人看作"深奥者"，但事实是，爱上"深奥者"，那无法理解的爱情就是一种距离的折磨，因而两性之间边界的隔阂，亦是自我距离的拉扯。

对于陶尔这一结局，作者还敏锐地捕捉到陀思妥耶夫斯基的《群魔》中基里洛夫对上帝问题的探索，为验证上帝是否存在，基里洛夫成为第一个纯粹的、完全在本体论意义上寻死的人。作者表示陶尔的最后一次"荒谬出海"与基里洛夫的"自杀求真"有相似之处，他们都是在不断触碰边界之时生发企图出界的念头，而在突破之时，也拓展了边界，而边界的拓展是否会让生命的维度变得更加广阔丰富？自杀的基里洛夫死去，出海的陶尔也再也不能回来，而目前已知的人类关于边界的认知都是在解释、接受与理解中产生的。

一般来说，拓展边界属于突破边界的必要不充分条件，常人触碰边界，多以内部推移来进行边界的拓展，而少数人以突破来

　寄寓的诗性与想象的超越　|

获取对人性、生命乃至世界更加广阔深刻的体悟。陈希米在《女人—思考》中立足于两性关系，探讨边界存在的意义与突破或拓展的可能性，从男女两性出发，最终落点于"人"，在蓬勃的想象中对两性之情感进行充分的挖掘、探讨和思考，赋予精神世界冲击之无限可能，也为该文的思想深度笼罩一层艺术之美的璀璨光辉。

发表于《收获》2021年长篇小说专号（冬卷）

多维视角下的现代城市问题

——南翔短篇小说集《伯爵猫》的文人观照和现代反思

摘要：南翔短篇小说集《伯爵猫》，通过调节文学与现实的审美关系来推动创作，加大了社会认知深度，透出一种学者或文人气质，内中的非文化优越感和非训诫说教方式，体现出知识分子的普适情怀和人文关切。小说多以生活小事触发文学机杼，并能见微知著，揭示现代城市和人文情感的多个向度。就《伯爵猫》的文学表达来看，内在的很多因子，都隐约浮现出学者的态度、见识和关注重心，缘其在对社会问题的反思方面，更推重价值判断，守住批判的立场，让人的世界，也有万灵万物加入，凸显了知识分子的善良与清趣。整体气质，除温暖柔和、深沉宽厚外，也有学者的刚直坦率与绝不敷衍。

关键词：生态　多维　城市　学者　困境

一、万物共生的观照与反思

南翔小说对动物有着特别的关注，乃至于不少短篇直接以动物命名，如《珊瑚裸尾鼠》《乌鸦》《果蝠》等。以此三篇为例，虽然它们都以具体的动物贯穿整篇，但在表达的侧重点上却颇有不同，最终都指向关于万物共生的生态反思。"世间万物"是一个宏大的命题，而"共生"则是相对带着科学和哲学意味的考量，关乎人与自然的和谐共处，关乎自然命运与人类命运的羁绊与牵扯，其间包含未雨绸缪的忧患意识和积极思考的学者精神。

短篇小说《珊瑚裸尾鼠》在家庭关系的外壳之下，触及了对濒危和灭绝物种的关注与惋惜。事实上，其家庭情感的关系在触及这一观念时，已经不是简单的父子、母子、夫妻之类的人与人的关系，而是上升到自然生态与人类便利之间的矛盾冲突。从读者的角度来看，肖医生和方设计师具有大多数环保主义者的普适共情能力，也不乏理想主义色彩。但这种理想主义在曹老师这类为人之妻者的眼中，是可理解、可适当接受，但无法完全共情的。这与感性能力和济世情怀无关，家务事会将人浸泡在生活世俗的柴米油盐中，这些琐碎又无法被量化价值的繁杂之事，如同生存必需的束缚把人禁锢在所谓世俗的反复轮回里。故而在大多数情况下，面对巨大的现实挤压，理想主义的宣言多数只是无力的捶打，甚至是鼓吹，毕竟在琐事之中，"人类便利"相比"万物共生"，更能快速将人从烦琐的生存苦海中予以短暂解脱。

因而，也便造就了肖医生和曹老师婚姻问题的本质矛盾，亦是老生常谈的、类似"科技是把双刃剑"的两方阵营的交锋。双方的博弈最终落点于反思，在完善的解决方法尚未出现之前，所有对理想、理念、理论的追求都稍显无力。作者在《珊瑚裸尾鼠》的篇章中显然还是倾向于"万物共生"这一和谐美好愿望的，在铺陈矛盾的基础上，给予"人类便利"以普世的理解，又赋予"万物共生"以深刻的意义。在末尾完成相对而言稍显无奈却也算和谐的注脚，以肖曹之子的梦魇作结，为珊瑚裸尾鼠举行的葬礼、"复活"的灭绝物种……不论是梦中所思，还是实际所为，皆是向着"万物共生"目标前进的助推力道，细弱而具有魔幻主义色彩，朴直却显出对人类现实处境的深刻反观与思考。其对自然生态损耗的深长惋叹，其犹如夜暗时分星星之火的这类小说叙事，取态积极，底色斑驳。这样的文学创作，足证其自身血脉就天然带着浓重的理想主义成分，它观照伦常、城市乃至万物今昔，不避山林川泽，但也实录桨声灯影。洞察幽微，作家会从具象着手绘出隐于层阁之内的文化图式，人和物以当下的面目出现，又对标历史，通过不同的形象塑造，还原人事的变化逻辑，复现一种正在被逐渐消解破坏、弃置遗忘的时空景观，像"一片灰白色的突兀的礁石"以及"海潮不断涌动的灰白之上"的"点点深绿"，像"与天际一色，浩瀚而庄严"的"湛蓝的大海"，像"雪白一团的仓鼠"，像"体形庞大且不寻常……有着古怪的、隆起的鼻子和棕红色的毛发"的"珊瑚裸尾鼠"。南翔目光所及，是"万物共生"的现世观照，也是更为宽阔的未来观照。作为生态小说，南翔的这个作品，可以确认其"创造性"系于濒危物种，但更重要的，还在于其对"人"的麻木不仁、鲜有行动或者恣意妄为所作的反思。小说家可能并未特别举出病例，令警钟长鸣，而是将"珊瑚裸尾鼠"（其实也就是明天的"万物"包括"人"）绝灭的事实沉痛地摆在所有受众面前，这无疑是阒寂无声时突然爆发的尖厉哨音。不外加任何装饰的这类哨音，也许正是最高等级的示警：它明明白白地告诉大家，那些消亡的"它们"的今天，就是"人"的明天。这种观照和反思，是更宽的双重或多维视角，是知识分子的，是现代的，也是文学的，当然同样是聚焦于历史的（一切成为过往的，都是历史的一部分，已绝灭的或正绝灭的，当然也在其中）。而肖医生和方头"在礁石缝隙里""戳"下的那块"白底之上镌刻着一行黑字"的石碑，石碑上格外刺眼的那行"黑字""珊瑚裸尾鼠发现与终焉之地（1845—2019）"，无疑是一种凭吊，但这样的凭吊，又何尝不是在凝眸现实！小说所具有的挽悼不舍意味和警示唤醒性质，恰恰集合了作家的反思批判和守护寄望：至深的痛切和仁厚。所有这些，既是多维视角，也是透彻悟解，是由哲学抽象、文学具象、历史成像与未来想象等攒积、聚变、爆燃而生成的有机体，是南翔筑垒于艺术理想之上的高壁缅然，也是让人经历"心灵转折"的"小于一"。

这种"小于一"，其能指与所指，紧贴亨利·列斐伏尔所勾勒的、和社会构成等相关的场域（有时候甚至会显示为空间形态）：既取决于历史、政治与意识形态的干预度，同时，它又和市井坊巷彼此形成符号性象征，各自对应文化、经济或社会情境，既呈整体性，又含独立性，为一个时代提供特殊的文本范式和话语系统。我们可以稍微逸出当前的设定，将目光从《珊瑚裸尾鼠》投射至整部《伯爵猫》，去追踪别的映象轮廓或图形细部，尤其是作为篇章基点的标志物。如此考察下来，我们几乎可以随处看到南翔作品中的这类"小于一"："檀香插""曹铁匠的小尖刀""车前草""玄凤"，甚至"苦槠豆腐"和"伯爵猫"，其形其态，其旨其义，尽管各有其社会学、生物学或环境发生学特征，但它们作为逻辑自洽的小说行为体或意涵载体，语汇容有不同，其传达的物质性或精神性脉动，本质上却根系相连。即如"鼠"字猥碎，却仍迸发出星火虽微、足以亮眼的光芒。

在短篇小说《乌鸦》中，乌鸦的存在则伴随着人的成长。在特定的时代背景之下，人的命运浮沉往往不由自主。乌鸦的出现是一个契机，在那个如同橡皮泥一样可以随时捏扁搓圆的年代，乌鸦在少年眼里象征着理性的智慧和自适的意志、自主的意识。在这个短篇中，乌鸦的形象显然超出了原型意义。我们不妨看看其具有人类文化学特征的小说构型：以体现"乌鸦反哺"的《慈乌夜啼》契合中国传统美德之孝道文化，又以日本乌鸦在马路上借车辆破核桃的细节实例，展现了人与动物共生的可能性；借写乌鸦之灵奇，道中心之期许，乌鸦来去、啄食等意象，不完全是世间情景的精确再现，而是包孕了作家的观照与反思。南翔是在用文字构筑一条双向通道：他是在用高墙深禁，反衬绿篱、通途、远山和轻云，是在用拘囚做参照系，找出人的复归坐标。这样的观照、反思，已经比仅仅讲一个好听的故事要深刻得多。作家在这里，是要探寻文学的、心灵的至洁境域，觅得一条更开放、更包容、更温煦、更光明的去路，鼓舞自适之精神，宣言解放之新思。文中少年在智慧与仁德的修持中步步高升，从对乌鸦的态度推及对人类未来的展望，最后收束于小说的重峦高处：天罗地网的束缚于乌鸦及人都不美。万物首先得有灵魂无忧无虑、不受捆缚的飞翔，然后才有可以尽情尽兴的视觉展示，如此方能形成世界的多样性、多元化。《乌鸦》的人鸟对视与交流，实际上就是一种隐喻，万物都需要发生、成长、活动的空间，尘世的一切，不管它是什么样的生命形态，都不能短其翅翎、绝其门径。举凡自然或人文体系，我们都必须善待。一句话，百鸟不能少和鸣，湍流不能少澹淡，只有守住"人"的底线，不断提升、不忘初衷、不断突破，才能脱离狭隘的偏安一隅，获得与天地并生的心灵辽阔和自由。

与《乌鸦》一样，短篇小说《果蝠》也有一个具特殊意义的时代背景——新冠疫情。自疫情发生以来，抗疫文学迅速成为此类书写的一个新的方向，《果蝠》采取的是科学启蒙小说的形式，不苟求纪实性与时效性，避开了抗疫文学的常用套路，选择并立足于一种富有浪漫气息的现实进向。在人物塑造方面，男女主人公分别作为生命科学和中文系的大学教师，在知识分子的层面凸显了"自然共生"的视角，理科和文科思维的交合，既有理性的解释，又有文艺的阐述，而果农则是从自然的角度传达出一种淳朴天然的归隐态度。三方结合，在疫情这一"灾难文学"的叙事中，融合了科学的理性观照和艺术的感性铺陈，在一众抗疫文学中脱颖而出，展现了独特的个性与风采。

疫情之下对蝙蝠这一物种的排斥，导致共同认知的分化、转移乃至倾侧，偏激情绪也因之涌浪高涨。但这种行为其实于事无补甚至有害，这是由于其忽视了疫情产生主要在人而非物种本身。人类的打扰才让宿主变成病毒传播链条，祸患确是源于病毒，然而，人的口腹之欲、享乐之举和任意所为，才是真正打开潘多拉盒子的那只黑手。人类必须清楚的一点是：自己的家园是地球，但地球不只是人类的家园。人类科学的发展呈现善恶两面性，自然的进化固然也是好坏并存，在对自然的适应过程中，不同的物种都在选择和进化，人类成为地球最具智慧的生物，蝙蝠的身体也在上天入地中百毒不侵，病毒会存在，是自然本身的附带属性。至于其存在于何处，则是物种不同的进化选择的结果。仅就新冠病毒传播而言，"病毒"更像是自然对人类的惩罚，假使人类行差踏错，只想着一味以继续破坏自然平衡的方式去回应自然所施以的惩罚，那就必定会得不偿失。

《果蝠》是跟心理意象、生命拷问有关的一类小说。疫情环境下，"果蝠"的授粉技能和物种身份之间的矛盾，提早浮出水面，并引发了"该不该"将其扑杀的讨论。而在这背后，实际上是更迫切的人与自然如何相容的问题。作品逐步揭示生态平衡与人类生活所具有的隐秘且内在的联系，传递出对于生命、生存、科学的关乎人文价值核心与族群审美品格的思考。这当然还是一种学者式的观照与自省。这种严肃中，间杂焦虑，对现代知识分子使命与担当的峻急呼唤，同样值得身处疫情中的每个人去正视。一如沈从文所言，作家就"应该像'大司务'那样，善于认识生活，明白极多"，南翔推出心理意象、进行生命拷问，其创作立场、情感建构，尤其是他在这个短篇中的价值呈现，显然与沈从文所说的精神指征是高度相关的。《果蝠》以更为文学的方式契合了生态发展和科学发展的时代精神，让读者对前沿性、现代性的思想导引，更加具体可感。

二、学者视角与民间维度

南翔书写所表现出的学者视角，不仅有对自然生态平衡的关注，还有对民间文化传承的凝视。其作品中所无法遮没的民间维度，又特别彰显了人文知识分子的良知与系念。以《曹铁匠的小尖刀》为例，深圳来的学者教授孙老师带着两个学生做非虚构采集——"非非遗"写作，本身就带着学者独有的普适取值，而关注非非遗的民俗工艺，对民间传统文化进行更广泛、全面的调查与研究，则是在致力于非遗文化保护。这当然是学者视角，也是民间维度。在对曹铁匠的采访中，作家不仅发现了其"干一行，爱一行"的工匠精神，还察见了普通人身上的某些文人特质。以真诚、爱意来塑造民间人物、展示民间景象，这样的小说，如果没有很深的民间认知、民间意识，是无法进入，更不可能去专题勾描的。我们可以据此做出一个判断：南翔的学者视角，和他作品中的民间维度，显然有着很深的关联。《曹铁匠的小尖刀》中的"非非遗"笔墨，即为学者视角，叠加"非学者"的民间表达，故而它既相关知识精英的文化体认，又避免了过于精英化的疏离倾向。作品所展列的田野调查的元素，流露出的平凡淳朴的民间气质，恰好融合了学者视角与民间维度，这是南翔创作的一个突出特点。

从小说所涉的调查采访段落中可以看出，对于曹铁匠的传统民间技艺，曹铁匠本人、企业家吴天放、学者教授孙老师及他的两位学生，视角都有所不同。这种差异，由不同立场、不同身份、不同经历所造就。尽管视角不同，却不妨碍它们拥有一个

寄寓的诗性与想象的超越 |

共同点，即其寓意均形成了共轴——都成了庞大的时代背景的映射，一代人的聚散离合、骨血意气成为碑刻，镂镌于社会变迁的巨幅版面之上。《曹铁匠的小尖刀》的故事，当然不是惊心动魄的形制，它的高妙之处，在于不露声色，是把惯常职业、寂寞相守的场所、过气的手艺、多数人不以为意的泛黄记忆，用细节揉搓成的线绳串起、圈住，再行展开；是把人内心的嵯峨山势、翻滚波澜，通过凉热并现的抚触、晕染、打磨，有序推出。南翔的这种写法，非有学者视角与民间观照，非有丰富的文学实践，难以为之。因此，曹铁匠的形象，是特殊社会环境之下做散点观察的很好目标，更是作家追本溯源式的民间挖掘样本，是一种艺术铸炼，具有认识论价值，而且其意义是隐伏于故事深处的。曹铁匠的角色，无疑是南翔小说的一个文学贡献。在改革的年代，人们面临多种多样的选择，有人闷声做老本行，有人下海经商，有人潜心于研究终成学术中坚……在小说的语境中，不同选择引出不同境遇，两者并无好坏之分，各安生理，氛围积极。但时代并非只有春风风人，也有寒雨雨身：儿子的夭亡是曹铁匠淳朴平凡的一生中深埋于心底的一抹悲凉。这个小说不是专力于讲生死，作家写曹铁匠儿子的夭亡，或许只是要告诉读者，曹铁匠即使遭逢如此人生变故，心志也未能被夺，道途也未能被阻。那么，曹铁匠的"冥顽不化"得到了什么样的回馈呢？答案可能是，他一直在追寻父亲的足迹，以图固守父亲"全能铁匠"的尊严。小说人物对话的音频收放和行动交集的画幅翻卷，许多都带着怀旧性质。这里所讲的怀旧，不是复古，不是自失，而是前移，是文学的自适。从小说流转的过程里头，我们约略可以推测出作家的真实想法：社会身份的改易，从来都属于那些敢于在没有路的地方，辟出新路的人；生死是不可测的，富贵也不由人，但命运向好，却必须不懈爬坡，倾尽力气。在澎湃的时代浪潮中，什么样的人能伫立于浪头眺望，什么样的人会被掩埋在退潮后的沙土中，其实都是峥嵘平陆自有来处。或许不存在天生的悲剧性格，但在时势的推动下，不同性格必然会导致悲剧和遗憾的出现。曹铁匠如此，吴天放如此，别的人，也一样如此。回到曹铁匠的故事当中，我们不难发现，社会的变动不居，也非常真确地通过小说人物生活的升降沉浮表现出来，换句话说，社会生活的走向，被作家捕捉住，最终都形于笔端，成为文学事件、文学现实、文学珠玉。比如曹铁匠那种民间工艺，因缺少研究和宣传，面临后继无人的尴尬，技艺如此，人生亦然。人生无法完美，而人生总要向前，经南翔写成小说，也便由与世界的一般关联，实现了文学关联，由单一阐释获得了多维阐释，也获得了远胜于本体的价值体认。

需要重点指出的是，南翔小说的学者视角，不是化外的独立产物，也不是冰河的早期孑遗，它是植根于人文沃壤当中的骆驼刺、白坚木，顽强不移地锁定于多维观照、多维书写乃至民间维度。

曹铁匠们出现在南翔笔下，成为"非非遗"的叙事对象，不可能是其近于巧合地自动走到作家视野中，一定是南翔经过凝望、甄别、选择、塑形的结果。这还是属于学者视角与民间维度的范畴。曹铁匠的故事如此，《回乡》中，广福的故事也如此，《疑心》中，大姨的故事还是如此——综观整部《伯爵猫》集子的各个篇什，其人物故事，莫不如此。

三、现代城市的情感困境

南翔是由内地调入深圳高校的人文知识分子，是学者作家。他在改革开放进一步深化之际，直接到了这座辨识度极高的创新

　　　　　　　　　　　寄寓的诗性与想象的超越 ｜

之城的文化教育现场，目睹作为改革开放突破口的深圳的雏羽鲜艳，亲见城市的日新月异、飞速发展（这种情形，成为一代人的共同记忆），许多感受是与众不同的。他的《伯爵猫·自序》，即以"大江茫茫去不还"为题，虽非言深圳的具体景象，却道出了他对所身处的世界（当然也包括他对所身处的城市）的立面认知。在时代的快速变迁中，大量的、丰富的信息涌入这座城市，也同时涌入人的大脑之中，因新旧观念的冲击而产生的大大小小的矛盾，让南翔对于现代城市的情感困境，有了更多的关注，也有更多的思考。

如果说现代城市的情感困境分很多种，那么夫妻关系是南翔小说中最为常见的。

所谓夫妻关系，短篇小说《檀香插》对此有过诠释，即是两个没有血缘的人结合，生产出与两人相关的一种血缘关系，这两个人也就产生了另外一种清晰又朦胧、坚韧又脆弱的关系。

清晰又朦胧，坚韧又脆弱，两种反义词汇的交融可见关系性质之复杂。凭着一腔深爱维系这段关系，彼此心理相容的接受度又影响到此一关系的正负取值，宽则悦，窄则忧，宽窄的内在反映是感情的绷紧或松弛。太绷紧了，激情过剩而显得轻浅且无余力，但太松弛了，不免趋于平淡，让人感叹那逐渐消散的热情如白开水般食之无味，虽为生活必需，却少色彩。

夫妻关系的婚姻情感在南翔小说中总是承载着一份更深的蕴含。小说《车前草》也写了夫妻关系，不过，小说中的人物，由于与生俱来的性格差异和观念的不同，令夫妻在沟通交流时难以互相理解。更为残酷的是，因为与生俱来，所以很难通过后天的习得与顿悟开窍，这是婚姻的内伤，是其隐于背后的悲哀，也是人与人关系中恍如高崖般的隔断，其中藏着许多无奈。

当然，《车前草》中的夫妻关系并非该文描写的主要部分，但其中婚姻的裂缝不在于绝不可弥合，不在于大起大落，不在于无法原谅，所有矛盾冲突，都源于毫厘微末，都是些小细节、小习惯上堆砌积累的瑕疵，细微之处的拦阻，其结果往往是引致逐渐坠入更为巨大的深渊。从"我在这世界里只看到你"的双宿双栖，到唯愿独自立于天之涯地之角的劳燕分飞，不起眼的位移叹息最后成了守与弃的决断沉吟。一个天长地久的神话，很可能没有结局，只待在时间最终流逝处，怅然相望，心事难道，呜呃霜晨：前方到底是生命的尽头，还是爱的尽头？这种小说处理，印证了该文表达的主题：人世间一些大小事情的决定与转圜，常常起于细微，放置在南翔短篇小说风格的整体语境中，则是见微知著。再打开《伯爵猫》的其他作品，《痛点》《选边》《凡·高和他哥》等等，相当部分都可以看到小说家的这种星斗微茫笔墨。这种烟草云林处的群山寂寥，正是出于作家的文学自觉。

再说夫妇情爱，还是短篇《珊瑚裸尾鼠》。这个小说对婚姻关系的描写篇幅更大，动荡更甚。值得一提的是，在该文中，妻子曹老师提出了"娜拉出走之后"的问题，舍弃一段不恰当的关系是一方的独立、解放与觉醒，但快速脱离之后的归宿竟也是茫然。而这种茫然是一种现实的困难，也是婚姻关系加速断裂之后形成的又一层挤压。

除去婚姻关系，家国情怀和故土情结也是在时代紧张中遗留的情感问题，南翔的短篇小说《回乡》以"回乡"为主题，既有台湾民胞回乡寻根，也有早年因遭遇不公终至离家的母亲对家乡的复杂情绪。其中无不涉及时代因素：国内动荡之后两岸的长期分离，重男轻女的封建思想统驭下女儿所承受的亲情的隔阂，都是特殊时段所发悲声，也是情感的挽歌。

回乡是一个观察点。作家在这里又一次展现了学者视角和民间意识，当然，更吃重的是他更切近、更冷静地地搠入放大了情

　　　　　　　　　　寄寓的诗性与想象的超越　|

感困局。这不仅是维系亲情的机会，也是能看清人情纠缠、人性弱点的节点。血缘维系的亲情遭长年离散，加上多种因素（同样涵括政治）的掺杂其间，"回乡"成为更加复杂的情感表达。不同的人生际遇，不同的生活环境，不同的家庭位置，造就了不同的生活理念、态度、习惯、表征，家庭关系也因此变得游离。其中也有让人觉得动容的地方，像广福为父亲（"我"的大舅）用樟木板做"四脚枷凳"，像大舅妈利索地替大舅从一只银亮的小药盒里取出一粒药来，让大舅就着温水服下，像大舅于1984年、1985年先后三次托人将三笔港币从香港带回汨罗老家，等等，这样的细节，是不会褪色的。而最令人动情之处，在于世俗对亲情的崩坏捆绑，依然抵不住血脉流淌的紧密维系。这样的血脉联系，似乎有种天生的黏合力跟感召力，即使小舅对大舅有各种各样功利性的索求，但那种贴近和卑怯，那种指望与怨恨，都是贫瘠求生的结果。而且，即令兄弟在一些地方互有不满，但在小舅与大舅的相处中，依然能看出在物质需要的表面之下，仍有一种精神需要和依赖，不论小舅行为举止中如何凸显势利的嘴脸，但终归还是在亲兄弟的联系上游走。在"海外关系"如悬于头顶之利剑的年代，所有的担惊受怕和自私索取，似乎都能诠释为一种人情之间的亏欠和弥补的交互，一种亲情上的难以割舍和温和的忍让。

小舅对大舅如此，母亲对小舅亦然，在对一方的弥补中，又免不了对另一方的亏欠，母亲对小舅行为的默认，让"我"对小舅一直啧有烦言，而大舅对表哥的弥补，却是以他另一个家的破裂为代价。特殊的时代造就了特殊的家庭关系；在贫瘠的土地上生长出来的孩子，在长期的贫困苦难之后，忽然获得以亲情温暖换取的大量物质补偿，反而因为沉迷于物质执念而损耗了自身生命。总之，这类弥补与亏欠难以平抑，也让作者过往的小说角色，亲手制造了自身家庭支离破碎的悲剧；至于努力想要弥补的一方，也付出了远远超过当初预期的代价，情感上的渴求与心理上的间距，到末了，其矛盾也还无法消除。因长久缺席和带着牺牲性质的补偿，对付出者和被补偿者来说，都是沉重的负担。

而究其根本，亲情关系转变为补偿关系是一个特殊时代所造成的，在荒唐的语境之下，人物的命运、情感、关系都蒙上了悲剧性的色彩。血缘的维系还在，可是家乡的味道却变了。短篇小说《回乡》以患病开篇、回乡为线，以望乡之诗作结：波澜一般漫涌过来的水流，涌动再涌动，坚定、无声而带着席卷一切的力量。渐渐掩盖了一切，带走了一切……

四、结语

南翔的短篇小说集《伯爵猫》契合时代记忆，引发精神共鸣，以学者的视角去观照当下，以人文知识分子的精神之手抚摸现代情感，以理性的眼光凝视自然的凋敝与文化的式微，既有建构，又有解构，以知识分子的方式替文学发声，不管是温和还是尖锐，其小说，始终都集中于多维视角、人文观照，不离现代反思，不离民间立场。

发表于《粤港澳大湾区文学评论》2022 年第 3 期

浸润的命运

——读沈念新作《大湖消息》

  《大湖消息》是作家沈念二十多年在洞庭湖行走的经历写下的文字，既是一部纪实作品，也是一部颇具艺术美感的散文集。沈念以洞庭湖为依托，记录了包括麋鹿、江豚、水鸟、黑杨等生物和人类共同生存的大湖故事。他对于人与自然的生态环境思考是多样的，即以对鸟的态度来说，既有对护鸟人的描写，也有故事讲述打鸟人，甚至是两者之间的身份转变。对自然的再思考和人类命运的观照，以及洞庭湖个中因素复杂的碰撞、时代的变迁，共同给予作家灵感，谱写了《大湖消息》这样一部灵动的作品。

  《大湖消息》全书不长，分为上下两篇，上篇《所有水的到访》主要写的是洞庭湖内生物的故事，有《大湖消息》《麋鹿先生》《故道江豚》和《黑杨在野》。下篇《唯水可以讲述》主要叙述了生活在洞庭湖区的人的故事，有《化作水相逢》《致江湖儿女》《水最深的地方》《湖上宽》。全书向读者展示了一种极致的大湖美学，从多方位考察，都展现了湖区独特的生命体验，且各个部分彼此勾连，人都与水的命运息息相关。

  "命运"是文学作品永恒的主题。无论是文学史上的经典作品，还是普通的文学创作，都离不开对命运这个终极命题的探讨。作为一部非虚构作品，作家沈念能以独到的见解向我们展示人与自然、人与命运的纠葛，尤其是下篇《唯水可以讲述》，其实是作者对洞庭人生活的采风记录，但是他却能将那些湖区人习以为常的事情写得波谲云诡，惊心动魄。

在《大湖消息》中，梦境是作家经常写到的。瑞士心理学家卡尔·荣格就非常重视此事，他曾如此自述："即使是现在我也要讲故事——讲那些神话故事（Mythologein）——除此之外别无他法。"比如在《黑杨在野》中，如此描写崔福的梦：

> 他晚上做梦，青得发黑的夜空，下弦月惨白的光落在树冠上，枝条像千万条扭动的游蛇。那些树根闪电般越长越快，粗壮得像条大蟒，向地下钻，也向天上冒，冒出来的树根唰唰地跟在他身后追，在荒野中赛跑。

村民们疯狂种植黑杨的日子，使得崔福有一种隐隐的不安，而这种不安的具象化，正是他梦中那些追着他疯长的黑杨。现实的切肤之痛与艺术的浪漫描写完美融合在一起，使得非虚构作品有着醇美的艺术体验。又比如崔福的另一段梦境，则整合出了梦中人多感官的感受：

> 夜晚，他被混乱的梦蜇醒。他在梦中走进黑杨林，突然间，林子变成走不出的迷宫，湿雾、寒气、冰凉铺天盖地，刺鼻的药味致人头痛欲裂，行走的树让人眼花缭乱，地面微微战栗，耳畔游荡着低幽的哭泣，所有的声响像是从树根里传出来的，所有的道路都被树阻断。

触感、视感、嗅感、听感，营构出了一个极具艺术想象魅力的梦境。梦境的迷狂和刺激，恰恰展现了渔民崔福在面对自然环境和政策改变之后那种无所适从的心境。而除了梦境这一意象之外，作家也会将民间传说和民俗写入故事中。在《湖上宽》的故事中，讲述了鹿式父子的经历，写到"凡事都有预兆，命运安排好的不可改变"。鹿佬酒后想起曾祖母的遗言，挥锄挖缸，挖出极不吉利的土公蛇，宿命般地昭示了鹿佬酒后猎鸟的死亡命运。祖宗遗训、农村习俗、传说故事，都在故事中展现，向内聚合成了一种人与命运的交响曲。本来平平的乡间故事和民间风俗，却能被作家笔触蔓延铺开，表现出文学永恒命题的内在张力。

《大湖消息》是一部充满生物灵气的散文，沈念的语言总是能击中读者的内心。虽然这是一部非虚构作品，而且是叙写自然生态的，但是作者并没有反复提及那些复杂的生物学概念。读者能感受到的，反而是一种浸润在整个洞庭湖大湖美学之中的人的生命状态。《化作水相逢》就很能体现这种"水"对人生命状态的影响。

此外，作家的对事物的比喻、意象的营造、氛围的塑造，显示出他精湛的语言表达水平。比如对鹿佬去世的隐晦表达，"墙上多了一个人，像是屋里挖了一个洞"。说明鹿佬的照片被挂在墙上成为遗像，而屋里挖了一个洞，更写出了一种家中失去亲人的空洞无力感。《水最深的地方》，描写失独之后的谭宙地是"陷入生活的失魂落魄中，又像反吊双臂悬在半空"。这样的形象不由得让人想起西方历史中耶稣和普罗米修斯的形象。两者都是"受难者"，对人类有着恩泽但是却蒙受灾厄。而失独之后的谭宙地，面临着太多挣扎，比如丧子之痛、比如丧妻之痛、比如他人已至风烛残年，对过去的追寻和对自己生命的思考，都像一个"受难者"的形象。如此细致入微的描写，营造出普世的人们在困苦中挣扎的样子。书中像这样的语句还有很多，比如渔民提到的芦苇和研究生想告诉他们的应当是帕斯卡尔的名言"人是一棵会思考的苇草"。

沈念往往将环境的描写与人物心理的描写融为一体。比如：

> 熟悉的水的气息每天清早把他从梦中唤醒。他又想起那些追逐云霞的日子，晨曦，午后，黄昏，白色的，七彩的，烈焰似的，粉色雾霭，沉凝墨色……他看着它们的聚散，却有一种"常恐归时，眼中物是，日边人远"的神伤。

把老渔民经历过大灾大难之后的感怀跟云雾等自然变化相联系，使人想到山顶的迎客松、古人登高望远之后的感怀诗。作家总是能将普通人的命运的不凡之处通过自然环境的渲染，剖开给人看。

近几年，生态问题和自然问题也渐渐吸引了文学界的关注。地理学家和生物学家有着他们自己考察这个问题的方式，而作家也有自己独特的解读方式。作家的关注更多是从整个宏阔的角度上，突破时间和空间，将个体生命跟自然生态联结，追求天人合一的艺术化境。人是渺小的，既不能跟广博的天地相比，也不能跟深厚宽广的湖相比。如果人的命运是悲苦的，那湖上万千的水鸟、黑杨、江豚、麋鹿，它们的出生、成长、衰老、死亡，哪一个环节不也包含着悲苦？可是悲苦之中又有生命生生不息的平静和一些平淡的快乐。而湖呢，就默默包含着他们这一切。人们在这大湖中度过一生的生、老、病、死，体验着喜、怒、哀、乐。沈念对人类命运的关怀是一种缓慢的、柔性的，如同大湖的

　　　　　　　　　　　　寄寓的诗性与想象的超越　|

水一般，把一个个故事编织得惊心动魄，又娓娓道来。上善若水，而文学的人文关怀也有着水一般柔的力量，可以带人渡过万物。阿列克谢耶维奇曾言："我很想了解古希腊：那个时代的人是怎样讲话的，怎样相爱的，怎样上战场的，怎样杀人的，怎样死的。——通过普通人讲的故事的细节来了解。每个时代都有三件大事：怎样杀人，怎样相爱和怎样死亡。"关于非虚构的写作，阿列克谢耶维奇无疑有着更多的话语权。了解一个人的生命，书写一个人的命运，有着太多角度可以写，沈念无疑也掌握了这种写作的法门。杀人、相爱和死亡的命题也在《大湖消息》里存在着，每个人的生命都紧紧与湖的生命绑在一起。通过人生命中的关键节点叙写，来描写人与外部环境的关系。人们如何认识和消解这种外在环境对自己的附加性，其实是个伪命题。因为湖区人永远不能摆脱湖，湖不仅有资源，有灾厄，湖更是深深埋藏在他们血脉中的命运。

这种天人合一的艺术追求，也是通过作者巧妙的叙写完成的。自然，这也是基于洞庭湖渔民自身堆积的湖区生活经验之上。比如老渔民救助水鸟，其后人又被水鸟所救。又比如黑杨的种植、推广、砍伐，不仅关系到湖区生态关系、生物关系，更是关系到人的生存状况。看似处在食物链顶端的生物人类，也不过是被紧紧绑缚在这个链条上不能左右偏倚的自然的渺小之子。渔民对自然的心态，从原初时期的盲目崇敬，到科技时代的无所顾忌，最后又归于了对水的敬畏。渔民的整个心理状态转变，完整展现在读者面前。渔民离不开湖，他们的生活方式早已经跟湖紧紧联系在一起，无论是灾厄还是福报，渔民亦是湖的"大地之子"。

发表于《中国艺术报》2022年4月22日

生活的真相与难题

——读赵燕飞小说集《等待阿尔法》

    赵燕飞以其精确的笔触描摹了当下人们生活的情境，也真情实感地触动了现代人的生存困境。在《等待阿尔法》这部中短篇小说集里，在她的叙说中，既写到了具有普遍性的人类精神困境，也生动地展现了每个人面临生存时的物质难题。

    在小说中，赵燕飞总是能选取最具有生活气息的现实片段和最独特的视角进行描摹。就叙述声音和叙述视角而言，在《犹如一道闪电》中，作家选取了杜宾犬"黑风"作为叙述者，借用宠物狗的视角展现人的生活、人性与"狗性"。这篇小说让我想起经典的文学名著，比如杰克·伦敦的《野性的呼唤》、路遥的《人生》，他以狗的口吻说起很多有关人的思考。跟随主人在城里长大的宠物狗黑风，在不得不回归乡村狗之后成了看门狗，玩伴也从狗中淑女的妞妞降为他颇看不上的小黑。黑风脱离了城中优渥的贵族生活，从吃高级狗粮变成吃排骨等天然肉食。关于城市和乡村的抉择，关于伴侣的选择，关于个人生命价值的追寻，都通过黑风的"狗生"展现出来，比如黑风曾经爱慕妞妞，但是在乡下，黑风又发现了小黑的好并日久生情，在最后的生命抉择中，黑风选择勇敢地担起生命的担子而去寻找被绑走的小黑。这样的选择似曾相识，那个在人生路口徘徊的高加林，在城市和乡村、刘巧珍和黄亚萍之间摇摆不定。而"狗性"比人性简单得多，它无须负责伦理道德上的难题，也不用太多忧虑前途的问题。说到底，黑风只是一条听命于主人的宠物狗，主人让它在城市，它便可以养尊处优地生活，主人把它放到乡村，它也只能慢慢面对这样的人生现实。也许是狗无须受到道德的束缚，黑风在面对命运抉择时反而比人类更坚定，"只有救出小黑，我才能原谅自己，才有脸回到主人的身边"。"狗性"与人性的差别，也展示了某种特别的冲突。此外，小说的选材总是能特别地描摹出现代人面临的具体的生活难题，整部小说集中，《苏格拉没有底》应该是作者最具有代表性的一篇小说。小说主要选取了林之、沙漏、林浩一家三口在高考前后的生活片段作为主要描写内容，与以往文学叙述标签化地将"青春期"与"更年期"相对照不同的是，《苏格拉没有底》更真切也更深入地浸透在两代人不同的命运思考中。林之喜欢的音乐、游戏，以及他的梦想，都完全不符合父母的期待，而父母对林之考重点大学、考公务员等希冀，林之也不能遵从。这并不是一个单纯的"叛逆"便可以概括的，林之也在尽力地顺从和考虑沙漏的要求，沙漏在林之的 LOL 游戏中拼杀时，也表现了作为母亲的隐忍和谅解。但是两代人的精神隔阂，并没有因为个体的主观努力而消除，这种隔膜有如一道鸿沟，仍然在那里清晰地存在着。这篇小说最真切地展现了两代人当下的精神困境，尤其是关于林之的同学小胖的一段论述，展现了母子俩根本不能沟通的言说境地。这其实是非常贴近年轻人心境的真实描写。

在接受了高等教育、见识到斑斓世界之后，对很多年轻人来说，往往找不到生活的意义。而在经历过苦难的50、60、70后等一辈人看来，饱食暖衣、物质丰盈已属不易，何来的追求什么"生活的意义"呢？正如小说中所揭示的，沙漏认为小胖父母工作好，家庭条件好，物质丰富而不必走向绝境，但是林之却很能理解小胖，不是因为怕父母伤心难过，人就可能走向生命的终结。这样的矛盾的背后其实是时代赋予个体的命运体验差异，老一辈人为生存和物质所困扰，而年轻人则更容易被精神和存在所困扰。人活着的意义是什么，这个千百年来困扰着人们的难题，始终如一个达摩克利斯之剑一样高悬于人的头顶，人们在追寻这个问题答案时往往会发现生命的无常和无目的性，进而走向极端。李庆西曾在《文学的当代性》中提出：如果说哲学家是在理论上去探寻生命存在的意义，试图寻找答案。而作家更像是那个提出问题的人，优秀的作家往往能将生活的现象和本质一同抽丝剥茧地展示给大众，让人类自己去思考其中存在的个中滋味。因此，正因为他们是某一时代人类最高阶段的最充分的代表，从这一高处来观察人们和自然的生活，把这种生活描写给我们看，他们就能高出于文学的服务作用之上，而跻身于促进人类彻底认识自己的活跃的力量和自然倾向的历史活动家的队伍。

与此相同的还有《组团去天堂》，几个角色各异的人，在平安夜一起进行了一场闹剧，有青春期的小情侣，有失恋的人，有失业、在资本市场赌输的人，有选择跳楼结束生命的人。作家的人物描写总是以借代的方式，用个体特征指代人物本身，每个人都面临着各自的生存困境而不能解脱，但是这些陌生人又恰巧在彼此安慰。小说的结局十分罗曼蒂克，在前路无数个险境和未知面前，素颜和剑眉紧紧相拥接吻。这样的结局无疑是文学给予生活的浪漫解答：唯有真情和人与人的携手，才能解答个体和整个人类的命运问题。

而在以叶子为女主角的小说和《红月亮》《她要听大海唱歌》这两篇小说中，则更多地写到个体与外部环境和命运的对抗。在叶子的故事中，梦、月亮、远方是反复出现的几个意象，未来的希望和现实的牵绊始终交织在一起。在《等待阿尔法》这篇小说中，因母亲的病，女主角叶子日夜陪护，入睡时，她做了一场大梦。梦中的叶子仿佛西绪福斯一样，不断地攀登上一座很高的天梯，又不断坠落，始终不能摆脱这种悲剧的命运。而在父亲和母亲的争执之中，也可以看出男性和女性在对待诸如生育等问题时的本质差别，对每个具体的人而言，他人都是无法理解的存在，也是无能为力的存在。正如作家在小说中所叙写的："她不想让母亲太伤感。世事无常，渺小如他们，除了默默忍受各自的悲与愁，又能怎样呢？"《等待阿尔法》是故事里小姑娘得了重症，希望有人工智能"阿尔法狗"前来拯救人类的命运，但是，等待阿尔法狗就如同等待戈多一样——看起来满是希望，实际上却几乎没有希望。阿尔法狗是一种希望的寄托，是人类苦痛生活里的一剂精神安慰剂。

弗吉尼亚·伍尔夫曾在其作品《奥兰多》中表达她的文学观点：一个作家灵魂的每一种秘密，在他生命中的每一次体验，他精神的每一种品质，都赫然大写在他的著作里。"我疑惑，"她问自己，"我是不是在写自传而将它称为小说？"作家所要做的就是紧密地贴合生活，以自己独特的笔去叙写人们真实的生活体验。在小说《春晚》结尾，叶子暂时脱离了精神上的不安状态。作为大人，叶子选择暂时放下生活中的争端，尽量不去与安平的前任妻女争风吃醋，快快乐乐地看春晚，而在结局过后，人物的命运又要回到庸常琐碎的生活中去了。

精神世界的丰富和高远远不能解决现实生活的难题。车尔尼雪夫斯基曾经说过，"心理分析几乎是赋予创作才能以力量中的要素"。那么，通过心理分析人的心灵和现实双重矛盾，加上红月亮意象的营造，使得人物真正具有现实打动人心的力量。人在面临金钱、感情、生活难题等复杂的现实生活时，那种挣扎才真正显现出人类的伟大光辉，文学描写就应如此，既描绘出生活的真实性，也描绘出渺小的人在面对命运时的伟大，正如罗曼·罗兰所言：世界上只有一种真正的英雄主义，那就是认识生活的真相后依然爱它。

发表于《文艺报》2022 年 3 月 9 日

时间的淘洗与击缶者

——《无愁河的浪荡汉子·八年》读札

当下写作，作家们一直在探寻各种写作的可能性，文学如何"破圈"，汲取文学种类之间的各种壁垒，一直是作家们致力于探讨的问题。《无愁河的浪荡汉子》是作家黄永玉创作的自传体系列长篇小说，全书分为上下两部，第一部《朱雀城》主要描写了湘西人物风貌，而第二部《八年》主要是描写了主人公张序子从家乡朱雀城到东南沿海及周边地区的旅途见闻与人生经历。从十二岁的序子离开朱雀城写起，沿途经过长沙、武汉、南昌、芜湖、杭州、上海等城市，辗转来到厦门集美求学，后又流浪在福建、江西、广东多处地方，落笔结尾处，序子已是二十岁的青年。这部小说在何处感染力最深？是主人公张序子身上自带的那抹湘西朱雀色彩？是他东南沿海的民俗风情？是中国人民八年来一日也不肯松懈的抗日决心？还是那时代那些人求真求知的人生态度？这些元素，《八年》兼而有之，但是从来也不侧重于哪一方面，黄永玉的笔触似乎也是浸润了湖南湘西的风土人情，虽然不是中文系出身，也并没有师从哪位名家，但是他的写作中却天然地带着一种灵气。我想，这像沈从文一样，从湘西凤凰出来的写作者，他们笔下的人物山水大抵总带着一些那样的灵气和绵长的回甘。

黄老一直是文艺界的"老顽童"，在各种传媒总是能精彩地看见"黄永玉"三个大字，你可以看到很多传奇见闻，鬼才、"90后"、没有正经受过科班的训练，还能知晓他老人家做过的形形色色的特别的事情。这是一个真正活过的人，他是画家、是作家，也是刻木刻出身的。他得过无数的奖项、无数的赞誉，有过许多传奇故事，但是最能打动读者的其实还是他这个人本身。为什么黄老活出了一种人人羡慕的自得状态，人们希冀"老了就做黄永玉"？从这本《无愁河的浪荡汉子·八年》，我们就能略窥一二了。这本《无愁河的浪荡汉子·八年》①是黄老的自传体小说，主人公张序子就是黄老自己的化身。有些遗憾的是，世间唯有一个黄永玉，黄老的价值也就在于此，并且，他告诉你，你不要学做任何人，而是带着自己的真情和真性做自己。那种童真，那种可贵的真性情，加上湘西凤凰民风和出来游历见闻所塑造出的人格，让序子一步步成长起来一天天成为他自己。

《八年》全书共分六卷，叙事时间跨越八年，而这八年恰好是 1937 年到 1945 年，即抗日战争全面爆发的八年时期，所以整部书也相当于是在全面抗战时期个人在时代洪流中的一个缩影。书中附有大量插图，都是黄老自己根据小说情节配的。涉及的地方不少，人物名目繁多，光是人物介绍就足足写了四十五页之多，全部是真名真姓确有其人的，故事情节也是黄老自己亲身经历的。可以说，张序子这八年的游学流浪史，就是黄永玉个人的成长史的真实再现。而且，这部小说还总是充满着诗情画意的民俗风情与透彻的哲思，这种哲思性，在我看来，不是某种教科书似的刻意"输送"。而是如我前文所述，像一种绵延不绝的心情，慢慢的，如同静水流深。

---

① 黄永玉：《无愁河的浪荡汉子·八年》卷二，人民文学出版社 2019 年。

一

《无愁河的浪荡汉子·八年》这部小说，因其主要描写的是主人公张序子的求学和游历的生活，因此辗转多处，其中两个给读者留下最深印象也是序子停留较长的地方就是集美和朱雀城。虽然在小说一开始，序子就离开了朱雀城，但是他时时回望着故乡，朱雀的风俗怎样、朱雀人会怎么做、朱雀有什么好玩的好吃的，都时时引起序子的怀念。

最妙的就是书中的方言描写，也是主要有湖南话和闽南语两种。在书的前半部分，主人公序子跟随父辈一起出走朱雀，都是用湖南方言描写而成，在读书时自然而然地就想用湖南方言的腔调去进行那些对话，冇、伢崽、晓得、拐事……几句方言一出，楚地风情便不自觉跃然纸上了。等序子到了福建的时候，整本书的语言和叙述风格又完全转变成了闽南风格，甚至直接就是用闽南话去表现对话的，再在后面加上普通话的翻译，作家认为这最能体现当时的情境。单单是尤贤常请吃的"阿呀买"（蛎黄粥）、每日佐餐的"喔践"（芋头腐乳）、去师长家常常能听到的"呷袋！呷革！"（吃茶！吃糕！）这些生活琐碎小事，也足以体现东南沿海的别样风情。叙事学认为，叙述声音与叙述的视角、叙述人称、故事的氛围等很多叙述元素都有密切的联系，具有民俗风味的意象的描绘也能够表现出整个小说的情感基调、人物性格和价值倾向。自然，在此背后，这种别样的地域色彩和民俗风情也影响着序子的说话做事。他在集美和后来的流浪之路上，常常想，当下发生的一件事，如果放在我们朱雀，会如何如何。

除此之外，在小说中可以感受到黄老丰沛的阅读量和过人的艺术涵养，整部小说弥漫出一种"黄永玉式"的人文气息。虽然说序子并没有受过正经科班训练，他所学的无非是看书自学或者是经他人指点慢慢累积而成。张序子一路走来，碰到的良师益友不少，愿意借给他书籍的，与他探讨学问的，与他切磋技艺的都有。作家也常常在行文中吟咏一番。仅在剧团服务时，就提及了不少文学史上的作品和名人，顾毓琇的《古城烽火》、巴金的《家》、曹禺的《雷雨》与《日出》《巷战歌》、林语堂、周作人、鲁迅……这些现代文学史上的名家和名篇，在一个十几岁的孩子眼中所看到的与教科书是浑然不同的，完全摆脱了平日艰深晦涩的评价。反观当下语文教育现状中，学生"一怕文言文，二怕写作文，三怕周树人"这种戏谑之语其实也给我们以警醒——我们的文学教育是否客观地从青少年的角度出发让学生了解真实的文学和真实的世界。序子一开始对鲁迅并不感兴趣，觉得也没有什么特别的，后来在几位师友的再三举荐之下，他找来鲁迅的作品读了，才感觉到这位伟人的独特之处，但也没有把鲁迅捧到一个特别高的角度。窃以为，这才是每个人接受鲁迅的正确的路，而不是由观念先入为主。张序子对鲁迅这个大的意象的接受的塑造，使得小说既没有摆脱少年的稚气感，也没有摆脱普通人心理感受的真实感。除了序子对作家的切身感受，还有一些散落在整部小说中的诗句，使得全篇文气斐然。卷二前文，序子跟尤贤前去拜访李先生，这一大一小能就古书古人聊出许多趣味，《辰阳琐言》《岳阳楼记》《沈园》《与元九书》……虽然是借他人话以自说，也使得小说带有了文人小说的独特色彩。罗兰·巴特在《写作的零度》中写道，"某些意象、某些叙述方式和词汇都出自作家本身及作家的过去，逐渐地形成其艺术的规律性的东西"。作为自传小说而言，带有作家本人色彩是一定的，而如何在带有鲜明个人色彩的同时，又引起读者共鸣作家黄永玉在写这部小说的时候总是出现一些叙述情节中的画外音，用括号标注在文中。这些画外音篇幅不少，就像是听戏，舞台上大戏演着，故事的当事人突然跳出来给观众讲了一段，故事的解释也有，回忆也有，突然想到的与此不着边际的联想也有，往往一下打乱了既有的叙事节奏，这种画外音的干预性叙述，却并没有影响整个长篇小说的进行，反而使得读者能在各种意象的交融缠绕之中获得新的阅读体验。甚至还有与读者做游戏的环节，在卷五的后半部分，黄老试图描述二点五公分粗细的具象概念，但是难以找到现实的类比，转而采用了这个抽象数据，还号召大家一起来做游戏，找出与其贴合的现实物件。整部小说中这种与读者不断对话的画外音数不胜数。这样巧妙的对话设置，更引发了读者在感受上的共鸣。使得读者移情而入，与文中的人物合二为一，达到一种"物我合一"，而且是虚静的无利害境界。在文学边缘化的今天，文化版图也呈现多元局面，不同的文化也许没有高低之分，但是每个人都更容易被困在信息茧房里去加强自身既有的文化影响，加上大数据、云计算等互联网加持下的数据手段，每个人接受的碎片化信息都更难跳出原来的圈子，作者如何打破这种差异真正地唤醒读者，形式上的变化也是必不可少的。从先锋文学开始，作家们的尝试层出不穷，黄老叙述的虽是规规矩矩，但是也有一些跳脱出传统叙述的新尝试，比如跟读者对话，又比如对标点符号的刻意使用。在卷六的后半部分，序子跟女朋友梅溪就序子的爱好有一番谈论：

> "不喝酒，不抽烟，不赌博。
>
> "喜欢聊天，不喜欢打听别人家里是非。
>
> "不喜欢下棋，觉得白花时间，可惜。学校体育项目，赛跑、跳高、跳远、篮球、足球，都没参加过。乒乓球好。丙组推铅球得过第一。赛跑一百米十一秒；后来更正为五十米。

"会游泳，狗爬式。

"喜欢吃饭。喜欢猪肉牛肉和杂碎。喜欢辣椒、青菜、豆腐……"①

    这一段文字，中间引用的话都没有下引号，只有上引号。全书的对话很少有这样展现的，仅笔者发现的只这一处，是序子跟自己喜欢的梅溪谈论自己的时候，特意没有使用下引号。笔者认为，这种文字上的小游戏不仅仅是为了引起读者的注意，更能展现对话上似断非断的连续性。整个对话呈现出的就是序子絮絮地在那里讲述自己的经历爱好的情态，直到两个人私密的约会被友人撞见，才戛然而止。标点符号本身不在文字叙述之列，但是仍然带来了强有力的文学表现效果。

    还有一点创新是叙事时间上的，整体上，《八年》的叙事节奏跟现实时间基本是等速叙事的，没有或快或慢的突变。甚至为了凸显生活记录的真实性，作家还化身为剧中讲故事的人的身份，讲起了与整部小说几乎无关的小故事。在卷五的叙述中，当序子刻木刻的时候，叙述者讲了三个小故事，吴百想调解"水仙花"和龙允的矛盾、让公狗来喜下奶、满白柏嫁八十岁妹满玉脂的故事，无一不奇②。末了，黄老还用括号为读者做一番标注：我写这么一些和木刻一点关系也没有的闲话，是怕你们等待刻完一副木刻产生不耐情绪。让你们听一点乐子高兴解闷。仿佛读者跟序子一起刻了一副木刻似的。同时，透过这几个小故事，作家的写作功底也可见一斑，若不是黄老行笔至此突然停止，真想问

---

① 黄永玉：《无愁河的浪荡汉子·八年》卷六，人民文学出版社 2019 年，第 1925 页。

② 黄永玉：《无愁河的浪荡汉子·八年》卷五，人民文学出版社 2019 年，第 1520 页。

问吴百想到底用了什么妙招，来喜怎么就变得具有母性了，满玉脂和百想是怎么好起来的？不过两三页篇幅的小故事就能勾起人无限的兴趣。不过我想这其中的妙处我们不能知道了，它的妙处大抵和魔术一样——不可说。作家们是很少使用等速叙事的，这种叙事节奏的变化，以及借用插入不相干的小故事加强整体叙事效果的手法，比较新颖，读来也很有趣味。而不断在文中插入叙述者声音的叙事，汲取了古代评书的智慧，把纸面上的文字变得立体化，具有对话感和现场感了。

《八年》整部六卷，写得洋洋洒洒、浩浩荡荡，仿佛是一个铺开的人生画卷，从序子出走朱雀开始，一直写到了抗日战争的结束，把一部诗作成了画，这大抵也是作为画家的黄老的独特的写作风格吧。

在叙事的技巧上，却是颇有"大巧不工"之感。这部徐徐展开的画卷中，总有一些不断回溯的叙事。比如序子在各地游历，往往是碰到一个熟人或者经人介绍去某地，在当地结交了一帮朋友，又共同服务于一个事业，比如民众教育馆、演剧队、战地服务团。在新的游历过程中，老朋友不断出现，过去的经历不断浮现，这些所有的过去无形中给了序子力量，塑造了今时今日的张序子。这种始终从容不迫的叙述带来一种阅读的节奏感，舒缓但有力。在这慢慢的叙述节奏当中，他的生活蔓延在整个小说的氛围当中，使得叙述节奏、叙事情节、人物形象整个围绕着个人成长的氛围聚合起来。同时，这种文学结构的可逆性带领着读者也不断向之前的故事回复，使得原本单向度的小说呈现出一种非时间性。叙述本体的意义超脱于线性时间而存在，使得那些值得铭记的真人、真事、真情留在故事当中。这些东西并不随着时间的流逝而流失，而是不断地将既有的过往纳入到未来的叙事当中，作为一个整体来看待。序子不断的回忆、人物的不断出现、相似情节的不断回环使得文本具有了超脱时间的意义，一切变化都是跟过去相关的，同时，一切变化也是与过去不同的，那些反复出现、反复营构的内容恰恰也是序子在成长路上不断抛却又不断获取的内容。我们必须要承认的是，90 年代以来，中国的社会环境发生了翻天覆地的变化，商业潮流和消费主义不断地冲击和改变着我们既有的文化氛围，传统文化和传统美学也在多元文化的混杂之中变得岌岌可危，再试图以现代的方式去追寻过去原汁原味的美学价值无异于缘木求鱼。好在过去这种艰难岁月里淳朴的美仍然通过作家的记忆一点一滴展现出来，而且这种生活经历的叙述并不是隐秘内在的，而是经过时间慢慢沉淀之后"酿"出的叙事。在《八年》这部小说里，虽有不少难忘的过往和愉快的经历，但是少年人独自出走他乡的艰辛和抗日战争的苦痛却也并没有减少。比如，序子三次在街上都险些被炸，一次在安溪，一次在泉州，一次在长乐。等朋友以为他被炸死再发现他时，悲喜交加，一时各种滋味涌上心头。还有一次序子走在街上，便听到了轰的一响，是街上两个运炮弹的夫妻被炸得血肉横飞。[1] 人生的无常、苦痛、血泪和喜悦往往交织在一起难舍难分。这种人生体验，非经历过大风大浪的作家很难描绘出其中一二，就如同法国人常说的那句话——C'est la vie，经过时间的淘洗更显得醇厚。

同时，因为作家涉及人物繁多，除了主人公张序子以外，鲜有特意重点刻画的人物，往往是写到某个地方人物便可能由于某种主要缘由走散了。黄老也采取了一种淡然的态度，他还特意在括号中告诉读者，无须去介怀这么多的人物，也无须特意去记每一个人的名字，因为人生的旅途往往是如此。

---

[1]　黄永玉：《无愁河的浪荡汉子·八年》卷六，人民文学出版社 2019 年，第 1957 页。

二

这本书洋洋洒洒写了六大卷，最具灵魂的人物自然是张序子，不过这部小说并没有以往传统叙事学刻意刻画人物之感，而是在漫漫人生路上不经意地将张序子这个形象展现出来。张序子何许人也？画家黄永玉自传当中的自画像是也。既无过分美化，也没有刻意丑化，而是一点点揭示人物的想象，而且，从十二岁的张序子写到抗战结束时的张序子，序子的性格、思考、行事各方面都有他的"变"与"不变"。

不变的是他承自湖南湘西血脉的野劲，为同学打抱不平、为朋友两肋插刀，从小练过拳脚的序子往往给身边的败类以震慑。不变的是他执着的艺术追求，木刻、版画、剪影、画招贴画，在各个地方都留下了他的艺术珍品和世人的啧啧称赞。不变的是他一开始就秉持的人生态度，一种对世事淡然、豁达乐观，但是对自己认真要求的人生态度。从欣赏文学艺术的角度入手，人物塑造是极其重要的一环，更重要的是写出人物形象当中的变与不变。有变化的人物才是生动且立体的人物，读者所欣赏的不是具有"完美人设"的单面人物，而是一个有血有肉、有真情实感的立体人物。序子当然不是完美的，他也有冲动莽撞的时候，他不符合一个"好"学生的规范——屡次被留级，他有跟朋友冒险、插科打诨的时候。按儒家的学习标准来看，这也许是一个不知"礼"的人，但是比起循规蹈矩而言，他有一个更为可贵的品质——张序子是一个真的人，他在选择做自己的情况下，坚持不懈地追求善、追求美，且不论他追求的结果如何，这样的行动和追求已是大部分人所不能企及的。他有一套自己的行事准则而不为他人所动摇。卡西尔在《人论》中讲过这样一段话："凡是人自外部世界获得的都是虚的和空的。人的本质不取决于外部环境，而只取决于他赋予自己的价值。财富、地位、社会名望，甚至健康或才华——这一切都变得没有高低贵贱之别（adiaphoron）。唯一重要的是灵魂的倾向、灵魂的内在态度；而且这个内在本原不可能被扰乱。"只有这个内在本原，才是作家的着力点和应当尽力去塑造的东西，也只有这个内在本原，才是唯一能打动读者，引起心灵共鸣的东西。在当下这个时代，人的自我认识面临危机，每个人总是摆脱不了以外在物质附加来证明人自身的价值的命运，人的头衔、人的衣饰，乃至他人等都变成给自身赋予价值的外在证明。一个人很难再通过自我去认同自我的价值。但是就序子这个主人公而言，他似乎是超脱这套世俗标准而存在的，他留级，这是一件有悖常理的"不正确"的事情，周围亲朋好友均来劝他，但是他自己对自己有一个认定，留级，也没什么大不了的事情，他虽然留级，不能很好地完成正式科班教育，但是却能够自己在图书馆读书，尽力去汲取知识。他存在的价值是超乎外界评价而存在的，张序子就是张序子，他对自己内心有一个认定。

对于木刻艺术，他一直是很认真的。这里无意去赞颂黄老的木刻技艺，更想通过张序子的一番话让我们普通人也能知晓一些道理。序子在叙述中不断强调，木刻一定要认真，半点马虎不得，因为一刀刻错，就没有修改的余地，万事都需要重来。在卷二，有一段这样的描写：

> 张序子对于一个艺术家刻了一张失败的、不理想的作品该不该用这种强烈情绪对待自己也开始有点怀疑。为什么不好？毛病出在哪个问题上？还要不要重刻第二张？
>
> 于是就不难过了。来日方长，三天得个教训，算不

得重大损失。①

做艺术和做人应该是什么态度，我想跟黄老所述一模一样。当序子进入超然的艺术思考境界时，神魂颠倒地想了半天，自我虐待、自我陶醉、自我释然，一步步在自己的艺术天地里颠之倒之，倒之颠之，最后达到虚静的艺术境界。这是在这个浮躁的年代，《八年》和黄老能留给我们的一点平凡又珍贵的东西。

除了张序子这个人物之外，整个《八年》还塑造了形形色色的人物，既有学养深厚的弘一法师、战地服务团的王淮、集美学校的各科老师；也有俗人，比如开车师傅刘兆龙、出海打鱼的虾姑、曾经盗过墓抓过壮丁的黄金潭和阿华等人。这是一部富有文化气息的小说，但是其中的人物却绝无高低贵贱之分，序子一开始碰到弘一法师的时候，不知道他是何许人也，全无尊敬，后来出于对弘一法师行事和做学问的敬佩，对他反而有了真正的尊敬。序子对人的评价是不看人的文化程度大小的，譬如战地服务团的罗干事虽然有着正规的教育训练，却不懂得做人之道，受到大家的鄙视。人的性格、人的学识、人的命运的无常都混在一块，表现得很真实。黄金潭和阿华本身算是战地服务团的边缘人物，因为他俩过去"劣迹斑斑"，但是战地服务团仍然派他们俩去拿一笔大款子，当两人在风雨交加之夜拖着浑身湿透、滴着泥水的身子捧上那一笔巨款之时，众人迎来的其实是对于自己内心的谴责。不论大小、笔墨多少，每一个人物都是鲜活立体的"真人"。

1993 年第 6 期的《上海文学》上发表了一篇名为《旷野上的废墟——文学和人文精神的危机》的文章，作者为王晓明，20 世

① 黄永玉：《无愁河的浪荡汉子·八年》卷二，人民文学出版社 2019 年，第605 页。

纪90年代著名的"人文精神大讨论"就此开始。王晓明、陈思和、朱学勤等许多学者都参与其中。他们以文章对话的形式，探讨文学面临的危机，认为在当下文学面临的危机主要是整体性的人文精神危机。正如在文章中所说的"今天的文化差不多是一片废墟。或许还有若干依然耸立的断垣，在遍地碎瓦中显现出孤傲的寂寞"。而总有那么一些作家，他们浸染了家乡的民俗风情，在创作上别具一格，在浮华的年代中致力于表白最真、最美的东西，像沈从文、汪曾祺，还有黄永玉。科技的进步和物质的增加永远不是治愈人类精神的良药，反而容易桎梏了人本身，读者永远需要这种返璞归真的文学去陶冶自己的内心。

张定浩曾提出，如果说《无愁河的浪荡汉子·朱雀城》的焦点尚且在一座城，那么到了《无愁河的浪荡汉子·八年》，则彻底取消了焦点，也取消了透视法。如其题目所暗示的那样，时间成为小说绝对的主宰。[①]与时间的种种游戏、搏斗乃至塑形，几乎已成为现代小说家的基本欲望，但这个欲望在《无愁河的浪荡汉子·八年》中得以最大程度地消解，作者在此完全臣服于时间的物理流逝，仿佛化身为一片顺水流淌随波逐流的叶子，而非奋力而为的击水者。叙事节奏的和缓，叙事声音的有趣，叙事人物和情节的突转和丰赡，都带着读者从无愁河边浪荡了一圈又一圈。而作者的这番写作却像是"无招胜有招"，浑然天成。正如黄老自己在代序《我的文学生涯》里所述，"我为文以小鸟作比，飞在空中，管甚么人走的道路！自小捡拾路边残剩度日，谈不上挑食忌口，有过程，无章法；既是局限，也算特点"。这种自小摸爬滚打走出来的"野路子"文学，倒无意中继承了文学审美的真正内涵。从审美的意义出发，序子这个人物是真的人，他读过

---

① 张定浩：《张定浩谈黄永玉〈无愁河的浪荡汉子·八年〉：重新做梦》，《文艺报》2016年3月14日。

的书、他走过的路、他看遍的世界都组成了他在小说中呈现的点滴，促成了他真善美的追求。苏轼论作文有云："夫昔之为文者，非能为之为工，乃不能不为之为工也。山川之有云雾，草木之有华实，充满勃郁，而见于外，夫虽欲无有，其可得耶！"写小说如黄老，做人如张序子，所谓从心所欲不逾矩，大抵如此吧。

发表于《中国当代文学研究》2022年第3期

以柔克刚的生活斗争

——谈黄咏梅小说集《小姐妹》^①中人物的心理困境

摘要： 以日常生活中的小人物作为描写对象的现实主义作品往往带有社会边缘化的特征，但黄咏梅的小说集《小姐妹》则将笔下的小人物放置在社会的大环境下，并让其融入其中。作者无意于描写物质匮乏带来的社会隔阂，而直击精神世界心理困境的共通之处，孤独带来的个人边际感成为社会个人难题的共同点，也将所谓的边缘化通过普遍化的处理而展现出和谐的气象。小说探讨的是困境，揭露的是伤痛，但留下的却是光和暖，传达的是适应生活的积极心态，引出带泪的微笑，在悲喜交融之间，引向更悲怆的和解，与更阳光的未来。

关键词： 黄咏梅　小人物　心理困境

人间多热闹，人心多寂寥，烟火气是生活废墟旁的篝火，照亮生活的坍塌，也照亮人忧郁的脸庞，但火光跃动间，人们还是会随之起舞，唱起欢快的歌谣。黄咏梅的小说集《小姐妹》即以这份烟火气为底色，触及社会小人物人群，当平凡的命运在生活的巨兽面前被无情击落在孤独的深渊，而每一层梦呓般的粉饰，竭力的奔跑，都是他们在逃离过程中，微笑的试探与挣扎。有人

---

① 黄咏梅：《小姐妹》，长江文艺出版社 2021 年。

活成了鲜明的旗帜，有人回望深渊的眼睛，有人陨灭在青春的尽头，也有人在追赶中逐渐游刃有余，他们从来仰视生活的重压，承受命运的玩弄，但这些平凡的命运最终交织成不屈的灵魂，他们的不屈是温柔的，妥协的，无奈的，让所有的逃离和挣扎蒙上了一层宿命般的悲剧色彩。但如同柔软的水波亦能抚摸坚硬的礁石，作者用包容悲悯的态度拥抱生活的刺，让被刺伤的疼痛转化为眼泪，再度融进柔软的水波之中。人在命运面前无法逃离的渺小感令人窒息，但作者如水波一般的细腻笔触又似乎有"以柔克刚"的力量，溺水者成为水去拥抱棱角，一如努力生活的人最后融入了生活本身。

一、人性共通的心理困境

人的情绪对环境是有感染力的，人所见、所闻、所亲的事物，尤其是生命机体，在主体情绪的渲染下，也会呈现出情绪的映照状态，从而形成道具隐喻的作用，让人抽象的情绪通过参照物的相互映照，而向读者迸发出更加形象、深厚的情绪波动。在黄咏梅的短篇小说集中，小说《睡莲失眠》《跑风》以及《证据》中的主人公都有相应的参照物对其情绪及生活状态进行映照和隐喻。小说《睡莲失眠》中的许戈和睡莲，两者在小说所展现的空间内都出现了"失眠"的状况，许戈在丈夫出轨离婚、母亲去世、膝下又无子女的情况下陷入情感的空虚和无尽的孤独。随着年纪的增长，许戈在生日上的"掩耳盗铃"似乎也无济于事，她无法刻意去忽视那些她人生中已经缺失的和正在流失的东西，而对楼那个丈夫意外去世的女人所经历的，似乎就是自己曾经受过的创伤，但她无法给予女人更多的安慰。迷茫中的女人更显得孤独无助，那朵"失眠"的睡莲却陷入了诡异的长眠，紧紧收拢的花瓣好像在紧握着孤独的秘密，许戈等待着睡莲的重新张开，一如她等待时间抚平她孤独的伤口。

在小说《跑风》中，主人公高茉莉与她的布偶猫雪儿的映照关系则显得更为贯通和鲜明。从大城市回到农村老家的高茉莉对于家人来说就是一只漂亮昂贵的布偶猫，身上散发着颇有几分距离感的吸引力，在若即若离间完成对人和猫的试探与观赏。布偶猫意料之外"出逃"至小土山的情节则贴合高茉莉小时候的经历，以及她从小农村到大城市的心路历程，小土山于布偶猫而言，就如同大上海于高茉莉的巨大、陌生与迷茫。人和猫都等待着救援，这救援来自自己最熟悉的情感，而高茉莉只身一人在大城市的选择，又让这一情感的救赎鞭长莫及，这是属于高茉莉的孤独与无奈。返回上海后，高茉莉因失眠服下了之前为缓解布偶猫长途中不适而准备的一粒安眠药，其实，需要缓解痛苦的，只是游子高茉莉而已。

小说《证据》则以鱼缸里唯一的蓝鲨来隐喻主人公沈笛。艺校出身的沈笛美丽如蓝鲨，其余二十八条发财鱼像世俗生活的名利拥挤地抢占蓝鲨的生存空间，沈笛感受到蓝鲨的孤独，害怕它会从小孔逃走，天真地以为它只是因为缺少同伴。蓝鲨在鱼缸中的消失之谜一直到小说结尾都未能解开，但不论是被其他鱼吃掉还是从小孔逃走，蓝鲨的结局似乎都不容乐观，仿佛在警告抗争的代价是何等惨重，但蓝鲨消失后，沈笛也似乎在迷失自我的婚姻爱情中找到了一点点方向。

孤独是黄咏梅的小说集《小姐妹》中人物普遍共通的心理困境，印证了作者在对小人物人群平凡命运的交织网中采撷共通点，让人性深处的共通情感及命运波折得以在文字中安放。《睡莲失眠》中中年离异妇女在精神上无所依靠的孤独，《跑风》中阶层隔阂下游子的孤独,《证据》中婚姻爱情里不安的孤独,《小姨》中独树一帜的孤独,《表弟》中在现实无所适从的孤独,这些都集中于个体的孤独,而在小说《小姐妹》中,则体现为"人生难得一知己"的孤独。两个老太太身处于闹市之中,却没从人群及子女中感觉到陪伴,只有彼此在身边时才感觉到心灵的充实,她们互相搀扶,互为过往岁月的见证,同样都经历过现实生活中的浮浮沉沉。小说《父亲的后视镜》中的孤独也是随着岁月的流逝,目睹亲近之人的离去,同时,还有在年纪的增长和时代快速发展的矛盾中格格不入的孤独。

黄咏梅的短篇小说集《小姐妹》收录了七个故事,每个故事的孤独都各有姿态。人生无常,百味杂陈,孤独的心理困境冲击现代人群的精神世界,犹如水波的包裹让人陷入无形的柔软之中,在窒息的折磨中体验溺水般的无力感,而其中也有人选择直面孤独,并与之抗争,变成那沉浸自己的水,去抚摸把自己绊倒的礁石。小说集《小姐妹》所要传达的,正是在"苦日子"中仍旧勇敢探索、微笑面对的精神,以柔克刚,适应生活,与生活和解,也是与自己和解。

二、平凡生活里的不朽战歌

虽然孤独是黄咏梅小说集《小姐妹》中人物普遍的心理困境,但共通的情绪下亦有不同的表现形式,而人物性格的鲜明塑造,则将孤独通过人物性格表达出更为鲜活的力量,将心理困境外化为人物性格,再经过人物的行动展现出来,将现代社会下人们孤独的困境表现得更加形象可观。

小说《小姨》和《表弟》两篇都以"我"的视角来描写这两个性格色彩极为凸显的人物,像怀抱悲悯的态度来描写小说中人物在生活苦海中的挣扎，与在孤独边缘的徘徊。他们的生命像点燃的火焰，不屈地燃烧成生人勿近的模样，他们内烧的生命热情展现在外在行为，则带有夸张的、盲目的、偏执的、不为人所理解的怪异，他们通过怪异来尽力拉扯自己深陷泥沼的心灵。但泥沼之所以为泥沼，就意味着越是挣扎，越是下陷，在他们近乎狂热的燃烧下，犹如羸弱的马，跌入悲剧的结局。

　　亚里士多德曾说过："悲剧给人造成的审美感受具有陶冶人心灵的效果。"其中的"陶冶"放置在当今的语境中，即是"共鸣"。悲剧能引发广泛的共鸣，《小姨》和《表弟》的悲剧在夸张怪异的人物行为背后，却紧扎现实生活的根。夸张和怪异让人惊奇，但并非不可能，这无疑放大了人物性格中的孤独与抗争，也加重了生活馈以他们的痛苦。小说结尾处，小姨化身成了《自由引导人民》中那个战场上举着旗子指挥人们的女人，表弟不堪重负纵身一跃，在青春中结束了自己的生命。"我"被滑稽的小丑一般的小姨吓哭，而表弟则带着孤独的屈辱死去，他无所适从的孤独在青春期逆反幼稚的外壳下始终不被人所理解。小说的结尾以悲剧收场，但人物生命力的迸发绝不只体现为不自量力的疯女人和一无是处的中学生，那些疯狂、无为的身份背后，是长久以来对生活的猛烈抗争和对孤独的默默排解。

　　小姨的伤痛在脱衣的那一刻如高潮般在每一个毛孔绽放，世俗只看见她两只干瘦的乳房，但背后却是汹涌的抗争精神和破釜沉舟的倔强决心。小姨在坚持正义和尊严的道路上，把自己活成了一面旗帜，被生活重压，尊严依然鲜明地矗立在骄傲的顶点，在悲剧性的命运中跳脱出倔强的火花，犹如黑暗之中希望的曙光，永不屈服，永远渴望。

　　表弟则与小姨的抗争不同，他几乎算是在家庭的溺爱和外界的欺侮中成长的，矛盾的环境让他在隐忍和冲动两个极端横跳，

　　　　　　　　　　寄寓的诗性与想象的超越　|

隐忍是成熟的无奈，而冲动又是幼稚的魔鬼。表弟在现实生活带给他的两极挤压下逃入游戏世界，在虚构中感受那些看似脱离日常平淡的、伟大深沉的情感建构，也在其中获得现实中难得的尊严。他在游戏世界中是叱咤风云的雷克萨，但屏幕外的现实，他只是一条被拉长的单影、外人眼里的网瘾少年，而他沉迷网络寻求救赎，却恰恰被网络的暴力压垮了最后一份尊严，他的归处似乎从来不是现实。《表弟》探讨了青少年成长的心理问题，在少年死亡的悲剧下，"我"用表弟厌倦生活这一残酷无聊的游戏来解释他的消失。"我不跟你玩了！"是人自我解脱的天性使然，是死亡面前的任性洒脱，也是作者在悲剧结尾后留下的点点光明。

三、孤独边际下的亲缘关系

亲情犹如人情感世界的天赋技能，具有无从逃避，又无可选择的宿命感。命中注定的机缘让亲情成为大多数人孤独时不可割舍的羁绊，但黄咏梅小说集《小姐妹》中所描写的亲情，是血缘之间亲密的慰藉，也是岁月和成长推移中无奈的疏离，在亲密与疏离之间，人们努力在权衡中抓住救赎孤独的稻草。小说《跑风》中，随着个体成长的轨迹不同，而在血缘亲情上形成了阶层等级的隔阂，城乡之间的代际就是其中一种。高茉莉带回来的一只布偶猫，可以让村里人像过年习俗一般争相过来观赏，而高茉莉如果没有去大城市，可能永远都不知道《哈尔的移动城堡》，一如高家人不会知道高茉莉还有个名字叫玛丽。

小说中非人物对白、独白部分，都一直将高茉莉称为玛丽，与村里人口中一声声的"高茉莉"形成鲜明的对比。高茉莉没有对家里人说起自己在城里的称呼，就像她不敢说买布偶猫花的价钱一样，因为一旦解释起来，都是没有必要，且让对方难以理解的无效沟通，而当家人交流中出现"没有必要"的选择和"难以理解"的结果时，隔阂便就此产生。但作者在小说《跑风》中的着意点并不在于强调所谓的代沟，而是展现出在个体成长过程中面对与亲情集体所产生的无法避免的疏离时，人应该怎么做。小说《跑风》把解决之道融入了世俗的人情世故之中，围着火炉的闲聊，一起吃顿团圆饭，喝上几杯酒，或者打上几圈麻将，兄弟姐妹几个每年打麻将都要赢走高茉莉一些钱，而母亲的突然帮扶让高茉莉在这一年的麻将桌上接连跑风好几圈，几番耍赖调笑之间，这笔账也又莫名地赖掉了，大家还是一团和气。其实高茉莉就算输钱也认，家里会为了等她回家推迟了一天的年夜饭，下厨房等活也不用她帮忙，而她作为家中经济条件最好的一员，那些对家里人物质上的帮扶，不也就是从打麻将上一点点给出去的吗？亲情融入人情世故之中，大家都自觉地变化着，心知肚明地维系着社会地位不太平等的家庭关系。而母亲帮着高茉莉在麻将桌上跑风，也是在人情世故的形式上，尽力回归以前更为纯粹的亲情，让女儿在回家时排除大城市世俗纷争的烦恼，更真切地感受家庭的温暖。正如作者在小说集中对物质需求的回避和对精神满足的重视，小说《跑风》中母亲送给高茉莉的"跑风"，也是排除亲情关系中物质层面的救济索取，弱化那些约定俗成的"交易法则"，而深入亲情内核的心灵温暖中，为高茉莉的孤独送上亲密的慰藉，也通过亲情的深入慰藉，引出高茉莉孤独心境的逐渐吐露，更衬出现代社会环境下人们心理上的普遍孤独。

　　小说《父亲的后视镜》中，父亲的后视镜里是他见过的风景、经历过的印记。长途运输的路上，他以前方为目标，与时间赛跑，在驾驶室的长时间独处中也生出孤独的种子，他知道自己的后视镜中装着孩子对世界的好奇与渴望，于是他用自己的方式替孩子们记录下沿途的风光，孩子们想象自己坐在父亲的副驾驶位一同经历长时间的旅途，正如父亲在将美景收录眼底之时想要回家与家人分享的喜悦与满足。年轻时，父亲总在路上，他总是一个人前进，看着周围的所有事物在向后退去，自己颇有孑然一身向前的孤独感。缺失感在绝对的运动中油然而生，但对孩子们的爱让他在前行中偶尔驻足，片刻的相对静止是他孤独旅途中的分享瞬间，他停下脚步，在匆匆的岁月中采撷美好，似乎在不同时空，与家人共同感受。

总在路上的父亲终于在老去时回到了家里，而正值壮年的儿女却离开了家。物质上的补给难以填补父亲孤独的内心，子女的陪伴如同年轻时跑长途的父亲一样无可奈何地减少着，年龄的参差在某个时间点巧妙地错开陪伴的机会，父亲老年在家中，一如年轻时在驾驶室里的孤独。时间的流逝也介于运动和静止当中，老去的岁月过得很慢，愈发羸弱的身体难以再感受路途中的速度与激情，而年老也揭开生命尽头的面目，老人们细数着晚年的岁月，在慢慢的日子中珍惜每一寸光阴，又不断割舍曾经生活的执念，在生命的余光中漫长地活着。

小说《父亲的后视镜》对父母子女之间的陪伴进行探讨，同样不着重于抚养和赡养的层面，因为这两者在中国传统伦理家庭观念中是义务和责任一般必然的存在，也是中华民族传统美德的一种体现。作者笔下善良而孤独的主人公们很少有真正僭越道德的行为，他们都用自己真纯的方式，热烈地爱着苦难的生活，在生活的褶皱和跌宕中，以自己的方式在适应中抗争，情感是滋养他们生存的土壤，他们努力在沙地一般的生活中开出花来。

四、现实主义的人物史诗

作为现实主义的小说作品，黄咏梅的小说集《小姐妹》在创作过程中强调客观性，作者让人物在其为之建构的情境中，按照自身的情感逻辑独立发展，而作者在作品中所扮演的，往往是道凝视的目光。而现实中我们所能接触的大多数，都是平淡生活中的小人物，小人物的故事最有烟火气，小人物的情感也最能引发共鸣，他们是社会上的大多数，而在数量之庞大下，对个体内心孤独的描写，则更为鲜明。小说集《小姐妹》中的那道凝视的目光，是凝视小人物的生活，微小的身躯承载生活给予的重负，书写成故事，残酷而熟悉。小说集《小姐妹》中的人物多以笑对人生，作者无意于描写物质需求的不被满足和养家糊口的辛酸，而是直击小人物的精神世界，有关孤独，有关尊严，写小人物在摆脱无望的现实纠缠时存有的高出一点的理想追求，从他们乐天的表面揭露被生活蹂躏的内心，微笑着适应生活，才能笑中带泪。

　　小说集《小姐妹》中故事的人物都是茫茫众生，人物关系也简单，无非亲人、朋友、邻里、爱人之类，但作者却在芸芸众生中选取典型，在习以为常的平淡日常中最大程度地揭露生活的痛苦与残酷，在普罗大众的简单关系中交织出社会情感交往的复杂与孤独。作者书写生活中的熟悉之事，又在熟悉的基础上拉开距离产生陌生感，在固有的成见中将生活中的人重新对象化，在熟悉与陌生的游离间赋予作品以最大程度的精神共鸣，也给读者带来对生活更为深刻的体悟。小说《小姐妹》中，真真假假掺杂在一起，在难以辨别的虚幻中落实现实的根基，体现出在现实挤压面前，人们自然而然的逃避心理和自我排解般的内心优化，这种在内心自我蒙蔽下的逃离，也不失为于苦难现实中求得生存的方式。顾智慧和左丽娟在乐天知命的表象下，各有各的烦恼，而背后的烦恼即是小说从一开始就营造出的隐忧的氛围，在不相协调的表里之间传递出如戏如梦一般的叙事感，似乎在作者铺就的现实土壤之上，正浇灌着一丛花期极短，但"春风吹又生"的植物，在美丽与枯萎的交替之间，是梦境的虚幻与面对现实的无奈。

黄咏梅在创作谈中提及："生活中大致有这么两种人。一种是，活得越来越真实，真实得连梦都荡然无存；一种是，活得越来越不真实，睁开眼睛就想逃到梦里去。"小说《小姐妹》中的顾智慧和左丽娟无疑是后者，她们以转移的态度面对生活的不堪，是胆怯的妥协，也是曲线的求存。她们用精神上的虚幻美化来麻痹自己在现实生活中的种种不顺与不堪，她们好像活在自己构建的精神王国中，自己即是这个世界的王。

但顾智慧和左丽娟又不是沉迷在梦境中的人，她们适时地清醒，但无法怪罪于自己白日梦般的不切实际，幻想是她们在苦难生活中生存和前行的滋养，是她们的尊严，也是她们的希望。一切虚构的外壳都在作者的娓娓道来中得以层层揭露，最终在河西农贸市场卖羊肉的女人气急败坏的一语道破中达到了高潮，左丽娟仿佛"皇帝新衣"的秘密被人揭开，扯开遮羞布后她如赤裸一般把自己生活的不堪完全暴露在众人面前，在被褪去的幻想的华丽衬托下，更显得无地自容。她没法再像从前那样逃避，现实逼迫她直面那些不堪，撕开体面的伪装保护，尊严的防线一度溃败。而小姐妹之所以能成为小姐妹，就在于能够理解彼此的痛处，至少在两人的私密关系中，能给对方以足够的尊重，让其再次回归回避与忽视的生活状态。顾智慧自然懂得左丽娟的软肋，依靠幻想勉强存活的她们在梦境被无情撕碎后，需要极力抓住幻想的尾巴。但长久的幻想被现实直击之后，左丽娟被彻底暴露在现实的蹂躏之下，一时难以寻得幻想的入口，她眼睛躲在墨镜背后的流泪，是她一贯的逃避，也是她重拾幻想的第一步。

小说《小姐妹》中的回避与幻想，是小人物在摆脱无望的现实纠缠时存有的高出一点的理想追求，她们追求的，是在现实中编织美好的梦境，在现实的不堪面前享受精神上的慰藉。现实的残酷客观、真实而无可避免，在现实中营造生活的美好幻想，是自我麻痹的回避，也是踟蹰前行的挑战。黄咏梅的小说集《小姐妹》，是对当下社会生活化的叙事，深入现实生活的心理困境和精神世界进行探查，再通过细腻的书写一点点扩延开来。作者的个人情感更多地融入到对生活的凝视之中，在小人物的平淡日常中迸发来自生活的巨大能量，在回荡迂回中传递人性的复杂思考和命运的无常跌宕，展现出史诗般的壮阔气象。

人民是历史的创造者，小人物不仅反映出努力适应生活的现实生存，也影射着时代洪流的奔涌。时代的变迁造就平凡人生中的迷茫失措，而积极面对生活的人们勇敢向前，跻身于时代洪流，一如他们在现实纠缠下的每一次挣扎。小说《父亲的后视镜》则以"后视镜"为隐喻，在向前奔涌的时代洪流中，只有不断参照过去，才能领悟变迁的意义。作者将"以小见大"的手法巧妙地运用到小说《父亲的后视镜》中，将时代的变迁史浓缩到父亲的生活史和情感史中，同样，父亲个人的历史也始终融于时代的浪潮之中，受其影响，两者互为映照。

父亲作为普通的劳动者，是时代之下千千万万小人物的一员，而作者将父亲这一人物的典型属性勾勒出来，比如 1949 年出生的父亲与新中国同龄、作为长途货运司机的父亲……让父亲一个人成为时代一群人的代表。父亲的身份具有深刻的时代烙印，他是新中国建设历史的亲历者，也是祖国大好河山不断发展的见证者，他普通平凡的底色最真实，视角也最亲切。他谈不上做出何等杰出的贡献，也不对时代的发展发表建设性的见解，父亲在小说中的定位，只是时代变迁下的经历者、感受者，而这种身份定位正适用于更为广大的人民群众，也推动读者对时代变迁的理解和感受，于平淡之中颇有超拔壮阔之气象。

    寄寓的诗性与想象的超越　|

而"后视镜"中的"后视"是在时代快速发展中对过去的参照，也是个人历史中对往昔的回顾。以史为镜，可以知兴替。在经验的不断背离与解构之中，时代的发展需要总结历史的经验作为前行的借鉴，而父亲作为个人对往昔的回顾，则是在时代快速发展之下一时的无所适从，连碰瓷的场所都从马路发展到情感，父亲何等丰富的人生阅历在极速前进的时代面前也显得单纯如白纸。时代发展下对老一辈人的照顾成为小说观照的主题，体现出深厚的人文关怀，也是时代发展下给予的温柔警醒。

　　小说《父亲的后视镜》以六十四岁高龄的父亲在运河中游泳为结尾，如果把运河比作时代奔涌的浪潮，而人民群众就是运河里的水，无数人民群众汇聚成时代，也在时代的挟卷之下不断向前。父亲在货船面前恶作剧般的玩笑，是人民群众在时代潮流下的适应，也是时代发展的积极气象。黄咏梅的小说集《小姐妹》是在生活的伤口上回报以安之若素的淡然，在苦难的生活中，人们都怀着一腔孤勇的倔强，试图冲破命运的牢笼和生活的桎梏。作者不以理想主义的美好结局来虚构凭一己之力僭越苦难的可能性，而是通过小人物自身不同的生存方式，在苦难的尽头点燃一束火光，给人们以希望的引导，而不以空泛的口号对生活的残酷发出口头的宣战，在思想层面更具现世的意义和深度。

　　当然，在黄咏梅的小说集《小姐妹》中，作者从不逃避命运不可避免地被生活废墟所掩埋的现实困境，她始终把命运和生活的难题放置在小说中的小人物面前，无人彻底逃脱，始终在宿命般的煎熬中浮沉，逃离不了命运的魔爪，他们却在不同程度上朝着自我解脱的方向进发。小人物个体的力量从不在于改变世界，改变社会，他们倔强地从自身出发，寻觅内心的自足与充实，才造就在苦难生活中的超然与洒脱，他们的力量柔软到只能改变自己，也强大到决定改变自己，在生活的磨砺中最终融入生活本身，生长出坚硬的铠甲，不断进化成与生活成功磨合的样子。

　　黄咏梅的小说集《小姐妹》将故事建构于小人物的日常生活之中，也因平凡与日常，在充满烟火气的包裹中最接近人性的温度。小人物们与生活的和解看似是单方面妥协的牺牲，但如同人类与自然的关系在于共存而不是征服一般，小人物们与生活的关系也在于磨合之后，被生活所接纳，他们才得以在生活中绽放出属于自己的花朵，如同日常盛放的瞬间，也是现实主义文学中颇具美学意义的时刻。

　　　　　　　　　　发表于《长江丛刊》2022 年 3 月上旬

图书在版编目（CIP）数据

寄寓的诗性与想象的超越／冯祉艾著 . -- 北京：作家出版社，2025.2

（21 世纪文学之星丛书·2021 年卷）

ISBN 978 - 7 - 5212 - 2219 - 7

Ⅰ. ①寄… Ⅱ. ①冯… Ⅲ. ①中国文学 - 当代文学 - 文学评论 - 文集 Ⅳ. ①I206.7 - 53

中国国家版本馆 CIP 数据核字（2023）第 039431 号

寄寓的诗性与想象的超越

作　　者：冯祉艾

责任编辑：李亚梓

特约编辑：赵　蓉

装帧设计：守义盛创·段领君

出版发行：作家出版社有限公司

社　　址：北京农展馆南里 10 号　　　邮　　编：100125

电话传真：86 - 10 - 65067186（发行中心）
　　　　　86 - 10 - 65004079（总编室）

E - mail: zuojia@zuojia. net. cn

http: // www. zuojiachubanshe. com

印　　刷：唐山玺诚印务有限公司

成品尺寸：142 × 210

字　　数：238 千

印　　张：10

版　　次：2025 年 2 月第 1 版

印　　次：2025 年 2 月第 1 次印刷

ISBN 978 - 7 - 5212 - 2219 - 7

定　　价：52.00 元